读客®

全球顶级畅销小说文库

全球文化，尽收眼底；

顶级经典，尽入囊中！

国家阴谋 4

维也纳死亡事件

长篇小说

丹尼尔·席尔瓦［美］
王 臻 译

DANIEL SILVA

A DEATH IN VIENNA

同心出版社

第一部

中央咖啡馆的男人

1

维也纳

这是一间很难找的办公室——其设计意图也正是如此。在维也纳，它所在的街区因为夜生活而闻名，于是，其悲剧的过去就显得不为人知了。在一条曲曲弯弯的小巷尽头，它的入口处仅有一块小小的铜质标牌——“战争索赔及调查”。它的保安系统森严而醒目，是由一家位于特拉维夫的隐晦而神秘的公司负责安装的。一个虎视眈眈的摄像头就设在大门的上方。来访者必须事先预约，而且要出具介绍信，访客还必须通过一道精密电磁计量仪。那里有两位女孩，一个叫蕾芙卡，一个叫萨拉，其中一位负责检查客人的手袋和公文包。她们的美艳令人如沐春风，作风却又不苟言笑、公事公办。

进屋后，访客要走过一条幽深恐怖的过道，穿过夹道的青灰色文件箱，然后会走进一间典型维也纳格调的房间。屋内铺着淡色地板，头顶是高高的天花板，一座座书架被数不尽的书籍、文件夹压弯了隔板。凌乱之中散发着学究气，倒也引人入胜。不过有些人却会在这里心生恐惧，因为暗绿色的防弹玻璃俯临着忧郁的庭院。

在这里坐镇的，是一名不修边幅又很不起眼的男士。这也正是他的特殊天赋所在。如果你走进房间，有时会看到他站在图书馆的梯子顶端，正找寻着某一本书籍。通常情况下他会坐在书桌后，在香烟的笼罩下瞥望着成堆的文件和卷宗。访客到来之际，他会抽空写完一句话，或是在文件的空白处草草做一段笔记，然后站起身，伸出他的小手，用敏捷的眼光迅速地打量着你，“在下伊莱·拉冯。”他一边谦恭地说着，一边和你握手。不过在维也纳，不消介绍，人人也都知道“战争索赔及调查”的主持者是何许人也。

如果不是拉冯的声名素著，单看他的外表，或许并不怎么受欢迎——衬衫的前襟长年沾着烟灰，外套是一件破旧的酒红色羊毛开衫，手肘上打着补丁，下摆也破了。有人怀疑他经济拮据，还有人猜想他是个禁欲主义者，甚至还有点疯癫。有位妇女曾来此求助，希望要回瑞士银行的存款，依据她观察得来的结论，拉冯一定是为了感情而伤透了心。若非如此，他从未结婚成家又该作何解释呢？在他自以为没有人注意的时候，又为何会露出一脸惨淡、如丧考妣呢？不管访客们作何猜想，结果往往都是一样的。大多数人都会黏着他，生怕会失去他。

他会请你坐上舒适的沙发。他会请姑娘们替他应付来电，然后将食指和拇指捏在一起，朝自己嘴唇比划着说道：“上咖啡，麻烦你。”耳边会隐隐传来姑娘们的争吵声，推诿着这次该轮到谁了。蕾芙卡是来自海法的以色列人，橄榄色皮肤，黑色眼睛，性情固执而暴躁。萨拉来自富裕的美国犹太家庭，是波士顿大学一个犹太人大屠杀研究项目的研究生。比起蕾芙卡，她更加知性一些，所以也更富有耐心。她认为琐碎的细务不合她的身份，于是不惜耍诈甚至径直撒谎来逃避值日。蕾芙卡是个耿直的姑娘，并总是因此吃亏，所以，往往是她端着银质的托盘，不情愿地把咖啡送到桌上，然后闹着情绪退下来。

拉冯会见客人并无固定程式。他允许客人自己决定流程。如果有人问及他的个人问题，他也不反感，如果被追问得太紧，他就会给人家解释，自己身为以色列最具天才的青年考古学家，为何会选择追查大屠杀所遗留的未了之事，而没有留在饱经祸乱的祖国。不过，他对自己的过去也只会讲这么多，再也不愿意深入了。他不会告诉客人，早在二十世纪七十年代的前期，他曾短暂地为恶名昭彰的以色列情报机构服务过；他也不会对他们说，他至今仍被认为是机构中有史以来最优秀的街巷监控大师；而且，每年两次回以色列探望老母的时候，他都会去特拉维夫以北的一处高度隐秘的场所，向后辈特工人员传授经验。在情报部门内部，他至今仍被称为“幽灵”。而他的导师，也就是那位名叫阿里·沙姆龙的男人总是说，伊莱·拉冯这个人可以一边和你握着手一边消失无踪。这种说法并不算夸张。

他在客人面前很安静，就好像为沙姆龙执行监视任务的时候，他也是同样的安静。他平常烟不离手，不过客人如果不喜欢，他就能克制得住。他通晓多种语言，不管你喜欢用哪一种语言谈话，他都乐意倾听奉陪。虽说他的眼底有时也会滑过迷惑不解，但他的目光却坚定而饱含同情。他习惯于把所有的问题先藏在心里，直到客人将案情从头至尾讲完为止。他的时间是宝贵的，而他的决策也是迅速的。他清楚在什么情况下自己能帮得上忙，也清楚在哪些情况下不应该去招惹那些陈年旧事。

如果他接下了你的案子，会收取一小笔钱，用于起步阶段的调查工作。他索取费用的时候显然会有些扭扭捏捏，如果你付不起，他就会干脆给你免单。他的大部分运作经费来自捐赠，不过“战争索赔及调查”实在不是家盈利的企业，所以拉冯长期以来都囊中羞涩。在维也纳的某些圈子里，他的经费来源成了一个颇有争议的话题，在那些人口中，拉冯被斥为好生事端的不速之客，而且还拿着国际犹太社区的经费，到处探头探脑多管闲事。在奥地利，许多人都巴不得战争索赔处永远关门才好。正因为有这些人，伊莱·拉冯才会将自己深藏在绿色的防弹玻璃后面。

某年的一月初，在一个大雪纷飞的夜晚，拉冯独自一人在办公室埋头应对着成堆的文件和卷宗。今天没有访客。事实上，自从拉冯上一次接待访客至今，已经过去许多天了。在这期间他的大块时间都被同一件案子占据。七点整，蕾芙卡将脑袋探进门里。“我们饿了，”她的话带有典型的以色列人的率直，“给我们弄点吃的吧。”拉冯虽然记忆力出众，却不太会记菜名。于是他一边依旧盯着案头的工作，一边举起手中的笔，在空中比画着，做出写字的样子——给我开个单子，蕾芙卡。

片刻后，他合上了卷宗，站起身。他望向窗外，只见雪花轻柔地飘落在院里的黑色砖地上。接着他穿上大衣，将围巾在脖子上绕了两圈，给自己头发稀疏的脑袋扣上了一顶帽子。他穿过门厅，来到姑娘们工作的房间。蕾芙卡的桌上堆满了德国军事档案，萨拉则不愧是书卷气永不消退的研究生，她的世界完全被书籍包围了。同往常一样，她们又在争吵。蕾芙卡想点多瑙河对岸的一家印度餐厅的外卖，萨拉想吃的是卡恩特纳大街上那家意大利餐厅的意粉。拉冯浑不在意，兀自端详着萨拉桌上的新电脑。

“这是什么时候买来的？”他打断了她们的争论。

“今天早上。”

“为什么要买新电脑？”

“因为买上一台的时候奥地利还有皇帝呢。”

“我有没有批准过你买新电脑？”

这话问得并不带威胁语气。因为姑娘们负责打理办公室，经常把各类文件都送到他眼皮底下，而他也常常是看也不看就把字签了。

“没有，伊莱，你没有批准过。是我父亲付的钱。”

拉冯微微一笑：“你父亲真慷慨。替我谢谢他。”

二姝继续辩论。同往常一样，萨拉又赢了。蕾芙卡写好单子，威胁着说要把它钉在拉冯的袖子上。其实，她只是稳妥地把菜单塞进了他的大衣口袋，又轻轻推了他一下算是送他出门。“别喝咖啡耽搁了，”她说，“我们饿着呢。”

从战争索赔处往外走，几乎和走进去一样，是件大不容易的事。拉冯往墙上的键盘敲进一串号码。鸣声响起，他拉开了内层的安全门，来到一个安全隔间。内层大门闭合后十秒，外层门才能够打开。拉冯将脸凑近了防弹玻璃，向外窥看着。

街对面的一条窄巷巷口，阴影遮蔽之下站着一个肩宽背厚的身影——头戴呢帽，身披着防水布雨衣。面对这样的情形，如果不仔细查看他的“尾巴”，伊莱·拉冯是没法就此走上维也纳街头的，不管在哪座城市都不行。他非但要审查有没有“尾巴”，而且还得牢牢记住那些面孔，那一张张在不同场合重复出现多次的面孔。这是一种职业本能。此刻，即使距离遥远，即使光线昏暗，他也能看得出来：在过去的几天里，眼前这个身影已经在街对面出现过好几次了。

拉冯检索着自己的记忆，就如同一名图书馆管理员检索着卡片的索引，终于，他找到了记忆中的画面。是啊，就是他。在犹太人广场，两天前。*就是你跟踪我，当时我刚和那位美国记者喝过咖啡。*拉冯继续“查阅”着“索引”，又从中找出了第二张“卡片”。那是在斯坦恩加撒大街，在一间酒吧的窗户里。就是他。那一次他没戴呢帽，正不经意地望着自己的啤酒杯。当时，拉冯刚刚在办公室里焦头烂额地忙了一天，正在滚滚人流中匆匆地穿行着。第三条“索引”多花费了他一些时间，因为他需要确定具体地点，不过他还是记起来了。在2路有轨电车上，晚高峰时间。拉冯被人紧紧地挤在车门上——那是个维也纳人，一张红润的脸盘，满嘴酒气和德国香肠的味道。那位戴呢帽的早已找了个位子坐下，正在安静地用车票的票根清理着自己的指甲。这是个很享受做清理工作的男人——拉冯当时这样想。也许他的职业就是清扫什么东西。

拉冯转身按下了对讲器的按钮。没反应。快点啊，姑娘们。他又按了一次，然后回头望了望。戴呢帽穿雨衣的男子已经不见了。

扬声器里传来一个人的声音。是蕾芙卡。

“你是不是已经把菜单丢了，伊莱？”

拉冯再次用大拇指按下按钮。

“快出来，马上！”

几秒钟后，拉冯听见走廊里传来脚步声。隔着一道玻璃墙，两位姑娘出现在他面前。蕾芙卡冷静地输入着密码。萨拉在一旁静静站着，她的双眼紧盯拉冯，一只手扶着玻璃墙。

在他的记忆里，从来不曾有过爆炸声。蕾芙卡和萨拉先是被一团火球吞没，接着被气浪卷走了。内层大门向外飞出来。拉冯像一只儿童玩具一样被抛在空中，扭曲着后背，好像一名体操运动员。他如梦境中一般飞腾起来，只觉得自己一次又一次地翻转身体。在他的记忆里并不存在气流和撞击，他只知道他仰面躺在了雪地上，碎玻璃像冰雹一样落下。“我的姑娘们，”他悄声说着，渐渐滑进了沉沉的黑暗，“我美丽的姑娘们啊。”

2

威尼斯

这座土红色的小教堂是为卡纳雷吉欧区一个贫穷的教区而建的。修画师来到侧门前，在造型优美的玄月窗下停步，从自己防雨外套里掏出一套钥匙。他打开装饰繁复的橡木门的锁，悄步溜进门去。一阵寒风挟着沉重的湿气和古旧蜡烛的气味拂过他的面颊。他在半明半暗之中立定了片刻，然后穿过宁静的正十字架中殿，朝着教堂右侧的圣徒哲罗姆礼拜堂走去。

修画师的步态轻盈，略微有些向外侧弯曲的双腿透露出从容和笃定。他生了一张长脸，尖下巴，细巧的鼻子宛如用木头雕刻而成。他的颧骨宽阔，一双绿色的眼珠流露出一抹西伯利亚大草原的气息。一头黑发剪得很短，两鬓处已经变成了灰色。从这样一张脸上，看不出他来自哪个国家；凭这张脸，这位修画师的语言天赋恰好可以自由发挥。在威尼斯，他所用的名字是马里奥·德尔韦基奥。这当然不是他的真实姓名。

祭坛装饰画藏在帆布遮盖的脚手架后面。修画师抓住了铝制的管材，悄无声息地攀上了脚手架。他的工作平台同昨天下午离开时一模一样：画笔和调色盘，颜料和调色油，各归各位。他扭亮了一排荧光灯。要修的画是乔凡尼·贝利尼的最后一件大型祭坛画——此刻它正在强烈的灯光下放射着光辉。圣人克里斯托弗站在画面的左侧，幼年基督就骑在他的肩上。他的对面站着图卢兹的圣路易斯，手里拿着权杖，头上戴着主教的冠冕，身披镶金的红色锦缎披风。在他们上方的一块平地上，圣徒哲罗姆面对着一部打开的《诗篇》，背后是色调鲜明的蓝天，配着棕灰色的云朵。每位圣人都彼此分开，单独面对上帝，如此彻底的隔绝感，细看之下几乎令人心痛。一个八十岁的老人还能创作如此作品，实在令人惊异。

修画师在高耸的画幅面前静立不动，宛然变成了贝利尼巧手之下的第四位人物。他任凭自己的心神游离于形骸之外，徜徉在画幅中的景物之间。片刻后，他往调色盘里倒了些媒介剂，又加了些颜料，添了些稀释剂，将浓度和强度调至最佳。他再次抬眼望着画面。根据其温暖而丰富的色彩，艺术史专家雷蒙·范·马尔勒认定此作显然出自提香的手笔。虽说修画师对范·马尔勒不敢不敬，可还是认为他犯下了令人遗憾的错误。这两位艺术家的作品，修画师都曾经亲手修复过，因而熟谙他们的笔法，就如同熟悉自己眼眶周围的皱纹一般。圣乔凡尼礼拜堂的祭坛画是贝利尼受命创作的，而且接受任务的唯有他一个人。再说，创作这幅画的时候，提香正不遗余力地想取代贝利尼成为威尼斯画坛的翘楚。修画师无论如何不相信乔凡尼能请得动年轻气盛的提香来给他助阵，更何况是如此重要的一件作品。范·马尔勒如果功课做到了家，就不会犯下如此荒谬的错误贻笑大方。

修画师戴上一副眼镜式放大镜，瞄准了圣人克里斯托弗的玫瑰色外袍。这幅画一度饱受冷落，几十年来历尽寒暑风霜和香烛的熏烤。克里斯托弗的袍子早已失去了原有的色泽，表面的颜色纷纷剥落，露出了里层的斑斑色块。修画师已经得到了授权，允许他修复时采用大胆的手段。他的使命，就是要恢复作品原有的光彩。而艰巨之处在于，既要使它焕发光华，又不能太过做作，以免使之看起来像一件赝品。简言之，他必须不着痕迹，要使这幅画好像是由贝利尼本人修复的一般。

修画师独自工作了整整两个小时。其间一派静寂，唯有街上窸窣的脚步声和店铺卷帘门升起的声音。十点整，威尼斯著名的圣坛清洗师阿德里安娜·齐内蒂来了，搅扰了修画师的清净。她从帆布后面探头进来，向修画师问候早安。虽然不胜其烦，他还是将放大镜片推到头顶，朝工作平台下方瞥了一眼。阿德里安娜所处的位置，让人无法回避她衬衫里汹涌的乳房。修画师庄重地点头致意，然后望着她轻盈地滑上脚手架，好似一只自信满满的猫。阿德里安娜知道他与另外一个女人住在一起，那是个来自老犹太区的犹太女子。不过她还是一有机会就挑逗他，似乎只消一个媚眼，或是一次“偶然”的触碰，她就能瓦解他的防线。他始终羡慕她，居然还能用如此单纯的眼光看世界。阿德里安娜爱艺术，爱威尼斯美食，爱享受男人们的追捧。其他的事情，她才不在乎呢。

随后到来的是位年轻的修画师，名叫安东尼奥·波利蒂。他戴着太阳镜，一副宿醉模样。那德性好像他是个摇滚明星，正在老大不情愿地接受媒体采访。安东尼奥根本不屑给修画师道个早安。他们之间的厌恶是双向的。为了完成圣乔凡尼礼拜堂的修复项目，安东尼奥受命修复塞巴斯蒂亚诺·德尔·皮翁博的主装饰画。修画师认为这后生还不够格，每天晚上离开教堂前，他会暗中查看安东尼奥的工作平台，审视他的进展如何。

最后一个到来的是弗朗西斯科·提埃坡罗。他是圣乔凡尼礼拜堂项目的负责人，是位步履蹒跚的大胡子，身穿一件丝滑的白衬衣，粗脖子上围着一条真丝围巾。在威尼斯的大街上，游客们会错把他当作帕瓦罗蒂。威尼斯本地人则极少会犯这样的错误，因为弗朗西斯科·提埃坡罗经营着全威尼斯最成功的艺术品修复公司。在威尼斯的艺术圈，他可是典范。

“早——安——”他的嗓音带着歌剧般的共鸣回响在中央大殿。他伸出一只巨手抓住修画师的工作台，猛力地摇晃了一下。修画师像滴水嘴怪兽一样倾向一侧，瞥望着他。

“你差点就把一个早晨的辛苦工夫都破坏了，弗朗西斯科。”

“所以我们才需要使用隔离漆，”提埃坡罗举了举手里的白色纸袋，“要不要羊角面包？”

“上来吧。”

提埃坡罗抬脚踩上了脚手架的横杠向上攀去。修画师能听得出来，铝制管材在提埃坡罗超重的身躯下绷得紧紧的。提埃坡罗打开纸袋，将袋里的杏仁面包递给修画师，又自己取了一个，一口便吞下了一半。修画师坐在平台一边，双脚在边缘以外晃荡着。提埃坡罗站在祭坛画面前，审视着他的工作成果。

“要不是事先知道是怎么回事，我会以为乔凡尼老先生半夜里溜进来自己替自己修了画。”

“要的就是这个效果，弗朗西斯科。”

“是啊，可惜有这份天才的人太少了。”此刻，剩下的羊角面包也没入了他的口中。他抹去胡子上的糖霜：“何时能完工？”

“三个月，也许四个月。”

“依着我的短浅目光，三个月总好过四个月。不过我可不逼你，要是把咱们的大天才马里奥·德尔韦基奥给逼急了，上天都不答应啊。有什么旅行计划吗？”

修画师隔着面包盯着提埃坡罗，缓缓摇头。一年前，他曾被迫向提埃坡罗承认了自己的真实姓名和职业。而这位意大利人则一直信守承诺，没有把他的信息透露给任何人，不过有时候，他会在他们单独相处时请修画师说两句希伯来语，为的是提醒自己：这位传奇人物马里奥·德尔韦基奥，其实是来自以色列耶斯列谷地的加百列·艾隆。

一阵突如其来的倾盆大雨砸在教堂的屋顶。在工作台的上空，高高的礼拜堂顶端，那雨声如同阵阵擂鼓。提埃坡罗向天举起双手，做了一个哀告上苍的动作。

“又来暴风雨了，上帝帮帮忙吧。他们说最高积水位可能达到五英尺，上一回的积水我还没完全排干净呢。我喜欢这地方，可连我都不知道还能忍受多久。”

今年，这个季节的积水问题尤其棘手。威尼斯已经遭了五十多次洪水，而持续三个月的冬季仍未过去。加百列的家已经泛滥多次，所以他把家里一楼的所有东西都搬空了，又在门窗周围都装上了隔水的屏障。

“你会在威尼斯终老的，就像贝利尼一样，”加百列说道，“我会把你葬在圣米凯莱的一棵丝柏树下，修一座巨大的墓室，让它配得上你的巨大成就。”

提埃坡罗似乎很喜欢这样的描绘，尽管他心里清楚，同大多数威尼斯人一样，到时候他也只能落得一场有失体面的大陆式葬礼。

“那你呢，马里奥？你会死在哪里？”

“要是运气好，我会在自己选定的时间和地点死去。这大概是我这种人最大的福分。”

“你只要帮我一个忙。”

“什么？”

提埃坡罗凝视着受了伤损的画作：“在你死之前把祭坛画修好。这是你欠乔凡尼的。”

四点钟过后，圣马可教堂上空的洪水警笛拉响了几分钟。加百列急忙清理了画笔和调色盘，可是当他爬下脚手架，穿过中央大殿，来到了正门口时，街上已经积了几英寸高的洪水。

他回到室内。同大多数威尼斯人一样，他也有几双橡胶防水靴，分别存放在各个关键的地点，以备不时之需。放在教堂里的这双是他的一号主力，是翁贝托·孔蒂借给他的。孔蒂是威尼斯的修画巨匠，加百列的学徒生涯就是随他度过的。加百列无数次想把靴子还给他，但是翁贝托一直没有收。留着吧，马里奥，把它和我传你的技艺都好好留着，它们会派上大用场的，我保证。

他穿上翁贝托那双褪了色的旧靴子，又套上一件绿色的雨披。片刻后，他蹚过洪水没过小腿的圣乔凡尼教堂街，好像一只土褐色的鬼魅。在新星街，城市清洁工今天没有铺设一种叫作“步行板”的木质踏板——这是个不好的征兆，加百列知道，那是因为人们预计洪水会非常猛烈，“步行板”必定会被冲走。

当他来到圣莱昂纳多大街的时候，洪水已经快没过他的靴筒了。他转进一条巷子，这里很安静，唯一能听到的是水花溅起的声音。他沿着巷子来到新犹太区，那里横跨着一座临时搭建的木质行人桥。一组没有灯光的公寓楼渐渐升起，进入他的视野，它们比威尼斯的其他建筑更高大，因而颇为引人注目。他涉水穿过一条已经淹没的甬道，来到一座大广场上。两个留着胡须的犹太教学生从他面前走过，踮着脚穿过洪水弥漫的广场，朝犹太教堂走去。他们披着犹太教的大披巾，披巾的流苏垂落在他们的裤腿上。他向左转，朝2899号的大门走去。一块铜质小标牌上用英文和意大利文写着：威尼斯犹太人社区。他按响了门铃，迎接他的是对讲机里一个老妇人的声音。

“我是马里奥。”

“她不在。”

“她去哪儿了？”

“在书店帮忙。有个姑娘病了。”

他走进了几步之外的一道玻璃门，摘下了雨衣的兜帽。他左侧的入口通往社区内最低调的博物馆，右侧门里是一间引人驻足的小书店，店堂里透出温暖而明亮的光线。一个金色短发女孩正端坐在柜台后面的高凳上，趁着日落前急急忙忙地点数着收银机里的钱。这女孩名叫瓦伦蒂娜。她朝加百列微微一笑，用铅笔尖指了指俯瞰运河的落地窗。窗缝里的衬垫号称是密封的，不过洪水还是渗进屋里，一个女人正跪在地上吸干渗水。她的美丽，令人震撼。

“我告诉过他们，这些封条挡不住水，”加百列说，“那些钱白花了。”

基娅拉猛一抬头。她的头发乌黑蜷曲，反射着褐色和栗色的光泽。虽然后颈有一枚宽松的发箍约束着，然而一头生命力旺盛的秀发还是漫过肩颈，垂散在前面。她的眼珠是褐色的，又杂糅了金色。它们的颜色似乎会随着她情绪的变化而变化。

“别光傻站着。过来帮我。”

“难道你指望我这样的天才男人帮你……”

一条白色的吸水毛巾抛了过来，力道和准头都很惊人，正好砸在他的胸口。加百列把水拧进桶里，在她的身边跪下来。“维也纳刚发生了一起爆炸案，”基娅拉悄声说道，她的嘴唇贴近了加百列的脖子，“他来了。他要见你。”

洪水围困了这座临河建筑。加百列开门出来的时候，大理石正厅里已经水波荡漾。他察看着灾情，然后疲倦地跟着基娅拉走上楼梯。起居室被沉沉阴影笼罩着，一位老者站在雨水敲打的窗前，俯瞰着运河，一动不动，犹如贝利尼画作中的某个人物。他穿着一身深色商务套装，系着银色领结。他的秃顶形如一颗子弹，晒得黝黑的脸上布满了沟沟坎坎的皱纹，犹如沙漠中饱经风化的石头。加百列走到他身边，老人也不招呼他，只是自顾自地凝视着洪水漫涨的运河。他眉头深锁，一脸嗟叹命运般的愁容，似乎他正在见证着上古的洪荒，无情地摧残着脆弱的人类。加百列知道，阿里·沙姆龙又要向他传递噩耗了。当初，是死亡的噩耗将他们连在一起，而死讯则一直是他们之间的纽带。

3

威尼斯

在以色列情报机构的走廊和会议室里，阿里·沙姆龙都是一个传奇人物。事实上他的生命和血肉就是由机构打造的。他曾打入过皇室的宫廷，窃取过大独裁者的机密，刺杀过以色列的国家敌人。他毕生成就的巅峰是在1960年5月的那个雨夜。那是在布宜诺斯艾利斯肮脏的北郊，当时他一跃跳下车，逮住了阿道夫·艾希曼。

1972年9月，果尔达·梅厄总理曾下令，要他刺杀在慕尼黑奥运会上绑架并杀害十一名以色列人的巴勒斯坦恐怖分子。当时的加百列是耶路撒冷贝扎雷艺术学院的一名高材生，他不太情愿地加入了沙姆龙的冒险行动，那次行动应景地化名为“天谴”。根据机构内部的规定，加百列在特工行动中的头衔是“刺客”。他凭借手里唯一的武器——一支点二二口径的伯莱塔手枪，迅速刺杀了六名男子。

沙姆龙的职业生涯也并非一路上升、尽享荣耀的。他曾深陷于低谷，也曾误入歧途，使特工行动陷于困境。他曾以做事不计后果而闻名。他有一副古怪飘忽的脾气——这也成了他最大的财富，因为朋友和敌人同样为之胆寒。对于有些政治家来说，沙姆龙的反复无常太过分了，实在难以忍受。拉宾总是不肯接他的电话，怕他又带来什么出格的消息。佩雷斯认为他是个粗人，于是将他遣送到犹大旷野，让他过上了退休生活。情报局的机构刚创立时，巴拉克重新启用了沙姆龙，请他为机构掌舵。

名义上，他应该已经退休了，他所热爱的机构掌握在一个叫作勒夫的人手里。此人诡计多端，是个彻头彻尾的现代技术官僚。然而在许多领域，沙姆龙才是首脑，是掌控局面的人。现任总理和沙姆龙是同一个战壕里的老朋友。他给了沙姆龙一个含糊的头衔，又赋予他足够的权力，足以使他到处惹人嫌。扫罗王大道的机构总部里，早有人在赌咒，说勒夫一定暗地里盼着沙姆龙快快死去；还有人说，这位意志如钢的老顽固沙姆龙之所以还活蹦乱跳的，就是为了好好地折磨勒夫。

此刻，沙姆龙站在窗前，平静地向加百列叙说了他所知道的维也纳事件始末。昨天晚上，有人在“战争索赔及调查”的内部引爆了一颗炸弹。伊莱·拉冯正在维也纳总医院的重症病房里，处于深度昏迷状态，存活的几率最多只有五成。他的两名研究助理，蕾芙卡·加奇特和萨拉·格林伯格已经在爆炸中丧生。有一个鲜为人知的组织宣称对此事件负责，他们自称为伊斯兰战斗小组，是本·拉登“基地组织”的一个支派。沙姆龙对加百列说着口音极重的英语。在威尼斯的这座临河建筑里，希伯来语是禁止的。

基娅拉端着咖啡和犹太酥卷来到客厅，然后在加百列和沙姆龙之间坐下来。三人当中，只有基娅拉仍受机构的管辖。作为一名女特工，她需要在工作中假扮某位特工的伴侣或情人。同所有情报机构的人员一样，她接受过搏击格斗训练，学习过如何使用武器。她在射击项目的期终测试中，成绩居然超过了传奇人物加百列·艾隆。由于这个原因，她的存在为机构带来了某种紧张的气氛。由于地下工作的性质，她往往需要同自己的搭档保持某种亲密的关系，比如，在餐厅或夜总会扮亲热，或者在酒店和公寓共枕而眠。饰演伴侣的女特工同专案特工发生恋情，这是明令禁止的。不过加百列清楚，孤男寡女同处一室，再加上第一线工作的巨大压力，往往会自然而然地让他们走得更近。其实，他自己曾经同一位女特工在突尼斯发生过恋情。对方是位美丽的犹太女郎，来自法国马赛，名叫杰奎琳·德拉克罗瓦。那段恋情几乎断送了他的婚姻。基娅拉不在的时候，加百列总会想象着她正和另一个男人睡在一张床上。尽管他并非善妒之人，却还是暗暗盼望扫罗王大道能够尽早明白一个道理：她的美艳太过显山露水了，还是将她撤离谍战第一线为妙。

“伊斯兰战斗小组究竟是些什么人？”

沙姆龙做了个鬼脸：“他们都是些小打小闹的角色，主要活跃在法国和其他几个欧洲国家。他们热衷于在犹太教堂搞搞纵火案，或是亵渎一下犹太人的公墓，再不然就是在巴黎大街上殴打几个犹太人家的儿童。”

“他们宣称对此事负责，这其中有什么有用的信息吗？”

沙姆龙摇摇头：“他们说的全是老一套的胡言乱语，什么巴勒斯坦人民的苦难，什么摧毁锡安主义的组织。他们威胁说，要继续攻击欧洲的犹太人目标，直到巴勒斯坦获得解放为止。”

“拉冯的办公室是一座装备齐全的要塞。一群只会扔燃烧弹和摇涂鸦罐的宵小，怎么会有本事把炸弹装置在战争索赔处的内部？”

沙姆龙接过了基娅拉递过的咖啡：“奥地利国家警察还不能确定，不过他们认为炸弹可能藏在一台电脑里。电脑是爆炸当天早些时候送进办公室的。”

“在维也纳，伊斯兰战斗小组难道有能力把炸弹藏进电脑，然后瞒天过海把它送进戒备森严的办公楼？我们能相信吗？”

沙姆龙狠狠地搅拌着咖啡里的糖，缓缓摇摇头。

“那是谁干的？”

“显然，我也很想知道答案。”

沙姆龙脱下外套，卷起了衬衫袖子。他的意思再明显不过了。加百列避开沙姆龙的凝视，回想起这个老头儿上一次派自己去维也纳的情形。那是1991年的1月，机构得到情报，一名在维也纳活动的伊拉克特工正在策划一系列恐怖活动，袭击以色列目标，以配合第一次海湾战争。当时沙姆龙命加百列监视这个伊拉克人，如果必要，可以采取行动，先发制人。加百列不愿再一次忍受同家人长时间的分离，于是他带上了妻子莉亚和儿子丹尼同行。然而他并不知道，他已经走进了圈套。布置圈套的人是一名巴勒斯坦恐怖分子，名字叫作塔里克·阿尔·胡拉尼。

加百列出神地想了一阵子，终于转头看着沙姆龙道：“维也纳是我的人生禁区，难道你不记得了？”

沙姆龙点起一支气味恶臭的土耳其香烟，将熄灭的火柴丢在茶碟里。他将眼镜推到头顶上，双臂交叠抱在胸前。在松垂、黝黑的皮肤下面，那双胳膊依旧强健，犹如一对缠绕在一起的钢筋。同样强健的还有他的双手。他的这副姿态，加百列已经见过很多次了。沙姆龙是不可撼动的。沙姆龙是不屈不挠的。他第一次派加百列去罗马执行刺杀任务的时候，也摆出了这副姿态。当时他就已经年岁不小了。说真的，他从来也没有年轻过。青春岁月里，他没有在海滩上追求女孩子，而是在帕尔马赫突击队里担任队长，为了以色列而战斗，无休无止。他的青春早已被人窃取。而他接下来又窃取了加百列的青春。

“我自告奋勇，要只身前往维也纳。不过勒夫不答应。他认为我们在那座城市留下过遗憾的历史，所以我也是个不祥之人，是个太过极端的形象，只有换一个温和一些的人物，才能赢得奥地利警方的积极协助。”

“所以你的办法就是派我去？”

“当然，不是以官方的名义。”如今，沙姆龙的一切行动几乎都是非官方的，“不过要是有个我信得过的人盯着这案子，我会放心很多。”

“我们在维也纳有没有机构里的人？”

“有，不过都是勒夫的人。”

“他毕竟是头儿。”

沙姆龙闭上眼，似乎被人触碰到了一个令他痛心的题目：“勒夫眼下有太多的问题，拿不出足够的精力关注维也纳。大马士革的那位小皇帝正在吵吵闹闹；伊朗的那帮‘毛拉’们又在忙着造‘安拉的炸弹’；哈马斯把儿童做成人体炸弹，让他们在特拉维夫和耶路撒冷的大街上引爆自己。相形之下，维也纳的爆炸不算什么大事情，虽说遇袭的是伊莱·拉冯，可还是不会引起应有的重视。”

沙姆龙隔着咖啡杯，充满同情地盯住加百列：“我知道你一点也不想回到维也纳，更何况又是去面对一次爆炸，可是你的朋友就躺在维也纳的医院里，在生命线上挣扎！我以为你也想弄清楚是谁干的。”

加百列想到了圣乔凡尼礼拜堂，思忖着其中尚未完工的贝利尼祭坛画，似乎能感到它正从自己手上滑落。基娅拉不再理会沙姆龙，扭头专注地望着他。加百列避开了她的凝视。

“如果我去维也纳，”他平静地说，“我需要一个身份作掩护。”

沙姆龙耸耸肩，似乎在说，解决这样的小问题，办法太多了——

这还不是举手之劳，伙计。加百列早预料到沙姆龙会是如此反应。于是他伸出了手。

沙姆龙打开公文包，将一枚马尼拉纸信封递了过去。加百列掀开封盖，将里面的东西倒出来，摊在茶几上：几张机票，一个钱包，一本有多国盖章的以色列护照。他翻开护照，看到一张自己的面孔正在盯着自己。他新得的化名叫作葛迪恩·阿戈夫。他一向喜欢这个名字：葛迪恩——犹太人的勇士。

“这位葛迪恩是做什么的？”

沙姆龙朝着那只钱包欠下身去。里面少不了最寻常的东西：信用卡，驾驶执照，健身俱乐部和音像店的会员卡。除此之外，沙姆龙还找出了一张名片：

葛迪恩·阿戈夫

战争索赔及调查

耶路撒冷 92147

孟德尔大街 17 号

5427618

加百列抬眼看沙姆龙：“我怎么不知道伊莱在耶路撒冷还有个办公室？”

“他现在有了。试一下这个号码。”

加百列摇摇头：“我相信你。勒夫知道此事吗？”

“还没有。不过你安全抵达维也纳以后，我打算告诉他。”

“也就是说，我们要对奥地利人和本机构一起使诈了。即使对你来说，这也是惊人的举动啊，阿里。”

沙姆龙窘迫地笑了笑。加百列打开机票夹，查看行程安排。

“从这里直接飞往维也纳，我认为不太可取。我会陪你乘早班飞机先回特拉维夫——座位是分开的，这个不在话下。然后你再乘当天下午的航班去维也纳。”

加百列抬眼盯住了沙姆龙，用怀疑的口吻说道：“要是我在机场给人认出来了，被拖进审讯室里，那可怎么办？”

“这种可能永远存在，不过事情已经过去十三年了。再说，你最近也回过维也纳。我记得我们去年还在伊莱的办公室开过会，讨论教皇保罗七世可能受到生命威胁的事情。”

“我的确回过维也纳，”加百列承认道，同时拿起了那本假护照，“可从来没拿着本假护照回去，也从来没经过飞机场。”

加百列用那双修画师的眼睛久久地审视着假护照。最终他合上本子，将它滑入自己的口袋。基娅拉站起来，走出了房间。沙姆龙望着她走出去，又望着加百列。

“看起来我再一次打搅了你的生活。”

“难道这一次和以前有什么不同？”

“你要我和她谈谈吗？”

加百列摇摇头。“她自己会好的，”他说，“她很专业。”

在加百列的生命里，有一些零零碎碎的时光片断，他会将它们留在记忆画布上，然后悬挂在自己的潜意识里。如今，在这间记忆的画廊里，他又添加了新的画幅：画面上是此时此刻的基娅拉。她正骑在他身上。卧室外的街灯发出伦勃朗作品中一般的光线，漫进室内。她沐浴在灯光里，缎子面羽绒被只盖住她的臀部，露出了她的乳房。这时，其他画面也一幅幅浮现出来。是沙姆龙敞开了这间画廊的大门。加百列同往常一样，没有反抗的能力：其中有瓦德尔·阿卜杜拉·兹威特，他是个身穿格子呢夹克的瘦小特工，加百列在罗马的一幢公寓门厅里杀了他；有阿里·阿布戴尔·哈米迪，在苏黎世的一条小巷里，他也死在了加百列的手上；还有穆罕默德·阿尔·胡拉尼——塔里克·阿尔·胡拉尼的哥哥。当初在科隆，还不等他从情人的臂弯里爬起来，加百列就一枪射穿了他的眼睛。

一缕头发在基娅拉的双乳前垂坠下来。加百列伸出手，温柔地将它拨开。她望着他。光线太暗，看不清她的眼睛是什么颜色，不过加百列能够感知她的心思。沙姆龙训练过他，教他如何读懂他人的情绪，就如同翁贝托·孔蒂教会了他如何模仿绘画大师的笔法。加百列，即使在爱人的臂弯里，也会时时刻刻地搜索着蛛丝马迹，警戒着不期而至的背叛。

“我不想让你去维也纳。”她伸手按住加百列的胸口。加百列能感觉到自己的心跳敲打着她凉凉的掌心。“你去不安全，所有的人当中，沙姆龙应该最了解这点。”

“沙姆龙是对的。已经过去很久了。”

“是，的确，可如果你回去，调查爆炸的事，你又会招惹奥地利警方和安全部门。沙姆龙在利用你，让你做他的卒子。他可不在乎你切身的利害。”

“你听起来好像勒夫手下的人。”

“我在乎的人是你，”她俯身吻了他，嘴唇上有花香，“我不想让你回到维也纳，然后沉沦在往事里。”犹豫了片刻，她又补了一句，“我害怕会输掉你。”

“输给谁？”

她将羽绒被拉到肩上，盖住了乳房。莉亚的影子横在他们之间。是基娅拉故意把她引出来的。基娅拉只有在床上的时候才会谈论莉亚，只有这样的时刻，她才能确信加百列不会对她撒谎。加百列的全部生活就是一个谎言，不过面对爱人的时候他总会痛苦地做回一个诚实的人。他唯有先坦陈自己曾为了国家杀过许多人，然后才会和一个女人做爱。他从来没对莉亚撒过谎。对她，要说实话，他把这看作责任。即使对替代莉亚上了他的床的女人，也要履行这项责任。

“你知道这对我有多难吗？”基娅拉问道，“人人都知道莉亚的事。她是机构内部的传奇人物，就像你和沙姆龙一样。我总是在担心，担心突然有一天你会觉得我们的关系再也维持不下去了，这样的日子我还要熬多久？”

“你想要我怎么做？”

“和我结婚，加百列。留在威尼斯，继续修画。告诉沙姆龙，别再来惹你了。你已经伤痕累累了。你为你的国家付出得还不够吗？”

他闭上双眼。记忆的画廊又在眼前敞开了大门。他不情愿地走到画廊的另外一边，却看见自己就在维也纳的犹太人老区，莉亚和丹尼就在他身边。他们刚用过晚餐，天上正飘着雪。莉亚神色不安。餐厅的吧台上方有一台电视，吃饭的时候，他们从始至终都在看着伊拉克导弹溅落在特拉维夫。莉亚急切地想回家，然后给母亲打电话。她催促着加百列，逼着他简省了例行的汽车底盘检查。*快点吧，行了，加百列。我要和我妈妈通话。*他站起来，替丹尼缚好安全带，又吻了莉亚。直到现在，他嘴里还留着她唇上的橄榄香。他转过身，开始往教堂走去。他正在那里修复一幅祭坛画，画的是圣人斯蒂芬殉道的故事。莉亚扭动了车钥匙。引擎迟迟没有发动。加百列猛地扭回身，尖叫着要她住手，然而莉亚看不见他，因为挡风玻璃上盖了雪。她再次扭动了车钥匙……

一直等到血与火的图像渐渐消散在黑暗之中，他才开口答复基娅拉的要求：等他从维也纳回来，他会去医院看莉亚，向她解释自己如何爱上了另一个女人。

基娅拉面沉似水：“我希望换成别的方式。”

“我必须告诉她实情，”加百列说道，“这是她天经地义的权利。”

“她能懂吗？”

加百列耸耸肩。莉亚罹患的是精神抑郁症。她的医生认为，爆炸当夜的情形一直在她记忆里无休止地循环播放，现实世界的影响或声音在她心里已经没有存留的空间了。加百列一直琢磨着爆炸当晚莉亚眼中的他会是怎样。她有没有看到自己朝教堂的尖顶走去？她能不能感觉到他将她焦黑的身体从火里拖出来？他所能确定的唯有一件事：莉亚不会再和他说话了。十三年来，她再没同他说过一个字。

“这么做是为了我自己，”他说道，“我必须把话说出来。必须把你的事情告诉他。我没什么可羞愧的，我也绝不会替你感到羞愧。”

基娅拉褪下羽绒被，热烈地吻了他。加百列能感到她身体紧绷，能从她呼出的气息里尝出亢奋。接下来，他躺在她身边，抚摸着她的头发。在这个再度回到维也纳的前夜，他无法入睡。然而还有别的原因。他感到自己似乎在肉体上已经背叛了爱人。似乎自己进入了一个女人的身体，而这个女人是属于别的男人的。接着他意识到，在他心里，自己已经变成了葛迪恩·阿戈夫。一时之间，基娅拉对他来说成了一个陌生人。

4

维也纳

“请出示护照。”

加百列将护照国徽朝下、贴着台面滑了过去。那官员不耐烦地瞥了一眼磨损的封面，一页页翻动着小本，一直翻到签证页，又在上面夸张地用力盖了个印章，然后一语不发递了回去。加百列将护照丢进外套口袋，然后拖着一只拉杆箱，朝着灯光闪烁的出口大厅走去。

到了机场外，他找到出租车站，排队等车。天气很冷，风中夹杂着雪花。维也纳口音的德语一阵阵飘进他的耳朵。与他的同胞不同，他听到别人说德语不会感到不自在。德语是他的第一语言，至今仍是他做梦时说的语言。他说得完美极了，而且继承了他母亲的柏林口音。

他轮到了队伍的首位。一辆梅赛德斯–奔驰滑行过来。坐上后座之前，他没有忘了记下车牌号。他将行李放在座位上，又将一个地址给了出租车司机。距离这个地址几条街远的地方，有一家酒店，他在那里预订了一个房间。

出租车沿着高速公路急速猛冲，穿过丑陋的工厂区，经过一座座工厂、发电厂、煤气厂。不久后，加百列看到了泛光灯辉映下，耸立在内城区上空的斯蒂芬大教堂。同大部分欧洲城市不同，维也纳几乎没有受到都市化的侵蚀，高度保持着原有的风貌。的确，一个世纪以来她的外观和生活方式鲜有变化。当初她可是堂堂奥匈帝国的政治中心。今天，你依然可以在古老的德梅尔宫廷糕饼店享用蛋糕搭配的奶油，或是在兰特曼和中央咖啡馆这样的老字号里悠闲地翻阅杂志，享用咖啡。在内城区，最好撇开汽车，改乘电车或步行，徜徉在灯火闪烁的步行街，细细品味两侧的巴罗克和哥特式建筑，逛逛风格独特的专卖店。这里的男人依旧穿着罗登呢的正装，头戴佩着羽毛的蒂罗尔毡帽；女人们依旧把山地连衣裙视为时尚。勃拉姆斯曾说，他之所以住在维也纳，是因为他更喜欢村庄里的生活。加百列心想，这里至今还是一座村庄，一座蔑视变革，厌恶外人的村庄。对于加百列来说，维也纳永远是一座鬼魂的城市。

他们来到了环城大道。这是一条环绕中央城区的林荫大道。在街灯的柱子上，面目英俊的彼得·梅茨勒正在海报里冲着加百列微笑。此人是极右翼的奥地利国民党候选人。眼下正是大选季，整条街上张贴了数百张竞选海报。梅茨勒的竞选经费充足，花起钱来显然毫不吝惜。到处都是他的脸，他的目光无法躲避。同样无法躲避的还有他的竞选口号：“新的秩序，新的奥地利！”加百列心想：精妙的修辞到底不是奥地利人的强项。

加百列在国家歌剧院附近下了出租车，步行了一小段，来到一条名叫韦伯嘉瑟的狭窄街道。看起来没有人跟踪他，不过依他的经验，那些经验老到的跟踪者是可以做到神鬼不知的。他进了一家小旅店。前台看过了他的以色列护照，随即摆出吊唁的姿态，嘟囔了几句表示同情的话：“犹太区的爆炸，太可怕了……”加百列扮演着葛迪恩·阿戈夫的角色，用德语同前台经理聊了几分钟，然后走上楼梯，来到他二楼的房间里。屋里的地板是蜜色的，落地窗俯瞰着昏暗的庭院。加百列拉上窗帘，将行李包放在床上最显眼的位置。出门前，他在门侧柱上安放了一只报警器。如果有人趁他不在的时候进了房间，它就会发出信号。

他回到了旅店大堂。前台经理朝他殷勤地微笑着，似乎他们阔别了五年而不是仅仅分开了五分钟。室外已经下起雪来。他在昏暗的内城区街道上走着，查看有没有“尾巴”在跟踪自己。他在一处橱窗前停下，借着玻璃的反射观察着身后，随后又缩进一间公用电话亭，假装打电话，借机环视四周。他在一家报亭买了一份《新闻报》，接着又向前走了一百米，将报纸丢进了垃圾桶。最后，他终于确信没有遭人跟踪，于是走进了斯蒂芬广场地铁站。

射灯照亮了维也纳的交通图，加百列却无需查看，因为一切都记在他的脑子里。他在自动售票机上买了票，穿过闸口，直奔月台，登上一节车厢，然后牢牢记下周围所有人的面孔。列车驶过五站后，来到维也纳火车西站，他在此转车乘上了北区的U6线。维也纳总医院有自己的地铁站。自动扶梯载着他缓缓上行，来到一处雪花覆盖的四方形院落，总医院的大门距此仅有几步之遥。

在维也纳的城西，医院在这个地方已经有超过三百年的历史。1693年，利奥波德一世出于对穷困市民的关心，下令修建贫民收容所。一个世纪后，约瑟夫二世为它重新命名，称之为“病患者总医院”。老建筑依然存在，就在几条街以外的亚瑟路上，不过在它周围，大学附属医院的现代化建筑覆盖了几个街区的面积。加百列对这些都很熟悉。

一名来自大使馆的男子正躲在门廊下，他的头顶上方有一行铭文：救治病患，慰藉心灵。他身材矮小，面色紧张，是一名外交官，名叫兹维。他同加百列握了手，又检查了他的护照和名片，然后对他死去的两名同事表示了哀悼。

他们步入医院大堂。这里除了一个长着一把稀疏白胡子的老头儿，再没其他人。只见他坐在一张沙发的一端，双腿在脚踝处交叉，帽子搭在双膝上，好像一名旅客正在等待着迟到已久的列车。他正在喃喃自语。加百列经过的时候，老者抬头望去，与他的目光短暂地接触，接着，加百列便走进了一部电梯，老者随即消失在两道电梯门的后面。

电梯门再次打开的时候，他已经到了八楼。迎接加百列的是一道和蔼温良的目光——那是一位身材高大的以色列男子，一头金发，身穿两件套正装，耳朵上伸出一条耳机电线。在重症监护病房的入口，站着第二位保安人员。第三位则是一名深色皮肤的矮小男子，身穿不合体的西装，站在伊莱的病房门口。他闪向一旁，让加百列和外交官进去。加百列停下来，问自己为何没有接受检查。

“你和兹维是一起的，我没必要检查你。”

加百列举起了双手：“检查我。”

那保安歪了歪脑袋，满足了他的要求。加百列很熟悉搜身的手法。那是例行公事而已。不过档部检查显得过于无礼，但加百列还是接受了。做完之后，他说道：“务必要检查每一个进入病房的人。”

大使馆派来的兹维全程见证了这一幕。显然，从此他再也不会相信，这位耶路撒冷男子是什么来自战争索赔处的葛迪恩·阿戈夫先生了。加百列并不在乎兹维怎么看。隔着眼前这道门，他的朋友正无助地躺在里面。为了朋友的安全着想，他不惜得罪几个人。

他跟着兹维进了病房。病床放置在一道玻璃隔间里。病人看起来不大像伊莱，不过加百列对此并不惊异。同大多数以色列人一样，他见识过炸弹作用下人体会变成什么样子。伊莱的脸掩藏在呼吸机的面罩下面，双眼周围勒着测量仪器的导线，头上缠着厚厚的绷带。双颊和下颚裸露的部分被爆炸后的碎玻璃糟蹋得不成样子。

一名黑色短发的护士，眼睛的颜色格外蓝。她检查了静脉注射器，随后抬头看了看探视者的隔间，眼光同加百列凝视的目光短暂触碰后，又继续做她的工作。她的目光诚实无欺，没有半点伪诈。

兹维让加百列单独待了一会儿，然后走进玻璃隔间，向他通告了这位同事的最新病况。他的语言精确专业，犹如一个看了太多医学肥皂剧的老观众。加百列的眼睛紧盯着伊莱的脸，外交官所说的话，他只听见了一半——却足以知晓他的这位朋友离死神不远了，而且，即使他活下来，也绝不可能复原如初。

“眼下，”兹维说出了最后的总结，“他的生命是靠机器维持着。”

“他的眼睛为什么缠着绷带？”

“碎玻璃。大部分他们已经取出来了，不过还有十几片嵌在眼睛里。”

“他会不会失明？”

“在他恢复知觉之前，谁也说不准，”兹维说道，接着又悲观地补上一句，“如果他还能恢复知觉的话。”

一名医生走进病房。他看了看加百列和兹维，朝两人迅速点了点头，然后打开玻璃门，走进了隔间。护士从病床边走开，医生站在了她原先的位置。她绕过病床，在玻璃隔断的后面站定。她与加百列的目光又一次相交了，接着，她手腕猛地一挥，合上了窗帘。加百列走进了门厅，兹维紧随其后。

“你还好吧？”

“我会好的。只是需要单独待一会儿。”

外交官转身回了病房。加百列双手攥在一起，放在身后，如同士兵稍息的姿势，同时迈开步子，沿着走廊缓缓地走着。他走过护士的值班台。俗气的维也纳街景画挂在窗边。气味也是一样的俗套——消毒液和死亡的气息弥漫在空中。

他来到一扇半掩的门前。门牌号是2602－C。他用指尖轻柔地一推，无声无息地推开了房门。房里没有人，一片昏暗。加百列回头一瞥，周围没有护士。他悄步进屋，回手关上门。

他没有开灯，一直等到瞳孔在黑暗中自然放大。很快，室内的一切都看清楚了：床上无人，监控屏幕寂静无声，椅子上盖着塑料布。这是全维也纳最不舒服的椅子。他曾经整整十天坐在这把椅子上，几乎没有睡过觉。唯一的一次，莉亚恢复了知觉，她问丹尼怎么样了，加百列对她说了真话。眼泪涌出来，铺满了她伤残的脸颊。从此后她再也没和他说过话。

“你不该进这间屋的。”

加百列吃了一惊，迅速转回身。说话人正是刚才伊莱身边的那位护士。她对他说的是德语。他也用同样的语言答道：“对不起，我只是……”

“我知道你在干什么，”静默了片刻，她继续道，“我记得你。”

她斜倚在门上，双臂交叠在胸前。她的头倾向一侧，要不是身上穿着松垂的制服，脖子上挂着听诊器，加百列会认为她在勾引他。

“多年前你的太太遭遇汽车炸弹袭击。那时我是个年轻的护士，刚刚入行。当时我负责她的夜间护理。你不记得了？”

加百列定睛看了她一阵子。最后，他说：“我认为你是认错人了。这是我第一次来维也纳。我也从来没结过婚。对不起。”他一边朝门口走着，一边匆匆补上一句，“我不该进来的。我只是需要一个地方好好思考。”

他走过她身边。她伸出手搭在他胳膊上。

“对我说两句真话，”她说，“她还活着吗？”

“谁？”

“你太太，那还用问吗？”

“对不起，”他坚定地说，“不过你的确认错人了。”

她点点头——随你怎么说吧。她湿润的蓝眼睛在昏暗的光线里闪烁着。

“伊莱·拉冯，他是你的朋友吧？”

“是的，很好的朋友。我们在一起工作。我住在耶路撒冷。”

“耶路撒冷，”她重复着，好像很喜欢这个词的发音似的，“我一直很想去耶路撒冷。我的朋友们觉得我发疯了。你知道的，自杀式炸弹，还有那些可怕的事儿……”她的声音哑下去了，“可我还是想去。”

“你应该去，”加百列说道，“是个美好的地方。”

她第二次触摸了他的手臂。“你的朋友伤势严重。”她的语气柔和，带着哀伤的调子，“他会经历一段非常严酷的时光。”

“他还能活吗？”

“这样的问题，我是不允许回答的，只有医生才可以预测病情。不过如果你要听我的建议，那就多陪陪他吧，和他说说话。说不定，他还能听见你说的呢。”

他继续逗留了一个小时，隔着玻璃盯着伊莱一动不动的身体。护士也回了病房。她花了几分钟时间检查了伊莱的几项重要指标，随后向加百列示意，要他进来。“这是违反规定的，”她神秘兮兮地说道，“我会在门口替你望风。”

加百列没有同伊莱说话，只是握住了他浮肿而淤伤的手。眼看着又一个亲密的人又一次躺在维也纳的病床上，这样的心痛是无法用语言传达的。五分钟后，护士回来了，伸手搭在加百列肩上，告诉他时间到了，他该走了。病房外，走廊上，她告诉他自己名叫玛格丽特。“明天晚上我值班，”她说，“明天再见，我希望会的。”

兹维已经走了，新一班保安人员接替了岗位。加百列乘电梯下楼，出了大堂，来到了屋外。夜晚的天气越发苦寒起来。他将双手插在外套口袋里，加快了脚步。他正打算乘自动扶梯进入地铁站，却发觉自己的胳膊上多了一只手。他扭过头，本以为会看到玛格丽特，但是面对的却是大堂里那位自言自语的老头子。

“我听见你对那个大使馆的男人说希伯来语。”他用癫狂的语速说着维也纳式德语，大睁着一双润湿的眼睛，“我名叫麦克斯·克莱恩，这一切都是我的错。求你，你得相信我。都是我的错。”

5

维也纳

麦克斯·克莱恩住的地方只有一站电车的距离。那是环城大道以外一片优雅的老社区。老头儿所住的是一幢精致的旧式公寓楼，其中有一条走廊直通一座内置的大庭园。庭园里光线昏暗，微光的源头来自于公寓楼里的灯火。穿过第二道走廊便来到一间整洁的小门厅。加百列瞥了一眼住户的名牌，在中间的位置上他看到了一个名字：M.克莱恩——3B。楼里没有电梯。克莱恩攀着木质的楼梯扶手，执拗地向上爬着，脚步沉重地踩过饱经蹂躏的楼梯。两扇装了门镜的木门出现在第三层的楼梯平台上。克莱恩一边跌撞着趋近右边的那扇，一边从外套口袋里掏出一串钥匙。他的手抖得厉害，手里的钥匙叮叮当当，犹如一件打击乐器。

他开了门，走进去。加百列站在门槛外犹豫着。在列车上同克莱恩相邻而坐的时候，他就意识到，在此之前他从未与任何人在眼下的情境会晤过。以往的经验和严酷的教训告诉他，即使对一位八十岁的犹太老头儿，也必须视之为潜在的威胁。然而加百列心头的焦虑很快烟消云散，因为他看到克莱恩将公寓里的灯一盏一盏全部打开了。他暗想，一个设局害人的人，不会做出这样的举动。不错，麦克斯·克莱恩自己也很害怕。

加百列随他进了公寓，合上门。在通明的灯火里，他终于可以好好看看他了。克莱恩的一双红眼睛又潮湿又黏稠，隔着一副黑色的宽边眼镜，似乎睁得更大了。他的一小撮白胡须已经盖不住脸颊上的黄褐斑了。还不等克莱恩告诉他，加百列已经知道：他是位幸存者。同子弹和烈火一样，饥饿也会留下疤痕。这样的面孔，加百列在耶斯列谷地见过许多，其中包括他的父母。

"我去泡茶。"克莱恩说罢就消失在一面通往厨房的双扇门后。

午夜的茶水……加百列思忖着。会是一个漫漫长夜了。他来到窗前，拉开了百叶帘。此刻雪停了，街上空荡荡的。他坐下来。这间屋子让他联想到伊莱的办公室：高高的彼得麦式样的天花板，书籍凌乱随意地堆在架上。凌乱之中，透着优雅和书卷气。

克莱恩从厨房回来，用银器盛了一份茶水，摆在一张矮桌子上，随即在加百列对面坐下，静静地打量了他一阵子，终于开口道："你的德语说得非常好，说真的，你说起话来像个地道的柏林人。"

"我母亲来自柏林，"加百列实话实说，"不过我出生在以色列。"

克莱恩仔细审视他，似乎也是在寻找幸存者的伤疤。接着，他饱含疑问地举起手掌，似乎是在请加百列回答一道填空题——她当时去了哪里？她是怎么幸免于难的？她也进了集中营吗？或者，她是不是在疯狂屠杀之前就已经逃出去了？

“他们当时住在柏林，最后还是被驱赶到了集中营，”加百列说道，“我的外公是位相当有名的画家。他一直深信德国人是地球上最文明的民族，所以始终不相信他们会把事情做到那个份儿上。”

“你外公叫什么名字？”

“弗兰克尔，”加百列又一次实言相告，“维克特·弗兰克尔。”

克莱恩记得这个名字，他缓缓点着头道：“我看过他的作品。他是马克思·贝克曼的学生，是不是啊？天分极高的。”

“是的，没错。他的作品很早就被纳粹定性为堕落，大部分都被销毁了，工作也丢了。原本他是在柏林的艺术学院教书的。”

“不过他留在了德国，”克莱恩摇着头，“谁都没想到会发生那些事。”他顿了顿，思绪转向了别处，“那你的父母后来怎么样了？”

“他们被驱赶到了奥斯威辛。我母亲被送往比克瑙的女子集中营。获得自由之前，她在里面熬了两年多，活了下来。”

“你的外祖父母呢？”

“一到集中营就进了毒气室。”

“你还记得是哪一天吗？”

“我想应该是1943年1月。”加百列说道。

克莱恩伸手盖住了双眼。

“这个日期有什么特别的意义吗，克莱恩先生？”

“是的，”克莱恩失神地答道，“那天晚上柏林的车队抵达的时候，我也在。我记得很清楚。你知道吧，阿戈夫先生，我是奥斯威辛集中营乐队里的小提琴手。我在一支受诅咒的囚徒乐队里给魔鬼们演奏音乐。就在那些可怜的人慢慢走向毒气室的时候，我却要为他们献上夜曲。”

加百列面不改色，依然平心静气。麦克斯·克莱恩显然饱受负罪感之苦。对于那些从他身边经过、走向毒气室的人们，他认为自己也负有一份责任。当然，这完全是胡思乱想。他和所有在工厂里充当奴工或是在奥斯威辛的田里干活的犹太人一样，都是为了活下去，都是无辜的。

“不过你在医院里拦住我，一定不是出于这个原因吧？你想对我说的，是有关战争索赔处爆炸案的事情，不是吗？”

克莱恩点点头：“我说过的，这都是我的错。我应该对那两个美丽姑娘的死负责。你的朋友伊莱·拉冯躺在医院里濒临死亡，也都是因为我的错。”

“你该不会想告诉我，是你安装了炸弹？”加百列故意加重语气。这样的问题，答案不言而喻，显然只能用荒诞不经的语气提出来。

“当然不是！”克莱恩脱口道，“不过我认为是我埋下了祸根，这才导致了后来的一切。”

“你为何不把所知的一切都告诉我，克莱恩先生？让我来判断是谁的罪过。”

“唯有上帝能够裁判。”克莱恩说道。

“也许吧，不过有时候连上帝也需要点儿小小的帮助。”

克莱恩笑了笑，斟了茶。接着，他从一切的最开头讲起了故事。加百列耐心地听着，不焦不躁，不催促不打断。伊莱·拉冯也会选择这样的方式。上了年纪的人，记忆就像一堆瓷器。他总爱这么说。如果你急于从中间抽取一只盘子，那就把所有的盘子都砸碎了。

想当初，这间公寓属于他的父亲。战前，克莱恩同他的父母和两个妹妹就住在这里。他的父亲所罗门是位成功的纺织品商人，克莱恩过着体面优裕的中产阶级生活：午后时光在维也纳最优雅的咖啡馆里享受水果干酪点心，晚上去看戏或听歌剧，夏日在幽僻的南方别墅里避暑。青年的麦克斯·克莱恩是位前途无量的小提琴手——“还够不上进交响乐团或歌剧院的水准，不过，说实话，阿戈夫先生，在维也纳的小型室内乐团找个位置，是绰绰有余了。”

“我的父亲，哪怕是工作了一天，累了，也从来不会错过我的演出。”回忆起父亲观看自己演出的情形，克莱恩脸上第一次露出笑容，“他的儿子是位维也纳的音乐家，对此他极其自豪。”

1938年3月12日，他们的如诗华年戛然而止。那是个星期六，克莱恩记得清楚。对于绝大多数奥地利人来说，纳粹国防军列队穿过维也纳的大街是一件值得庆祝的事情。“对于犹太人，阿戈夫先生……对于我们，唯有恐怖。”犹太社区最害怕的事情很快成为现实。在德国，对犹太人的迫害是渐渐展开的；而在奥地利，则是从天而降，而且如狼似虎。不到几天工夫，所有犹太人的商铺都被红色油漆做了标志。任何进入商店的非犹太人都会遭到纳粹党或党卫军的攻击。许多人被强行挂上了招牌，上面写着：我，是雅利安人中的猪，我曾经买过犹太人店里的东西。犹太人被禁止拥有房产，禁止在专业性的岗位上工作，禁止雇佣他人，禁止进入餐厅或咖啡馆，禁止踏足维也纳的公园。犹太人被禁止拥有打字机、收音机，因为这些会便于他们同外面的世界沟通联络。犹太人在自己的家里或是教堂里被人拖出来，拖到街上殴打。

“3月14日，就是这间公寓，盖世太保破门而入，抢走了我们所有最值钱的东西：挂毯、银器、名画，连安息日的烛台也不放过。我和父亲被关押了，还强迫我们用滚水和牙刷清洗人行道。我们教堂的犹太教士被人拖到街上，胡子硬生生从脸上揪下来，一群奥地利人嬉笑着围观。我想要阻止他们，结果差点被活活打死。当然，我是不能够上医院的——那是新颁布的《反犹太法》明令禁止的。”

不到一个星期的工夫，全欧洲最有影响、最重要的奥地利犹太社区土崩瓦解：社区中心和犹太人结社被关闭，犹太领袖进了监狱，犹太教堂关门，祈祷书籍被焚毁。4月1日，一百名杰出的公众人物和商人被驱赶到达豪集中营。不到一个月，五百名犹太人选择了自杀，他们宁死不愿再受凌辱和苦难，他们当中有一个四口之家，就住在克莱恩家的隔壁。“他们一个接一个地开枪自尽，”克莱恩说道，“我躺在自己床上，从头到尾听到了全过程，一枪接着一阵哭泣，再一枪，哭得更凶。四枪之后，他们都不哭了，只有我在哭。”

犹太社区超过半数的居民决定离开奥地利，移居他乡。麦克斯·克莱恩也是其中之一。他获得了一张签证，并于1939年抵达荷兰。不到一年的光景，他所在的地方再次陷入纳粹的魔掌。“我父亲决定留在维也纳，”克莱恩说，“他相信法律，你瞧瞧。他认为只要自己严守法律，就会没事的，风暴终将过去。当然，实际上局势越来越糟，等他终于决定离开的时候已经太晚了。”

克莱恩想给自己再斟一杯茶，可是他的手抖得厉害。加百列替他倒了一杯，又温柔地问起他的父母和妹妹后来怎样了。

“1941年秋天，他们被驱赶到波兰，限定居住在罗兹的犹太人区。1942年1月，他们最后一次遭到驱赶，来到了斩尽杀绝的切姆诺集中营。”

“那你呢？”

克莱恩把头一偏——我呢？同样的命运，不同的结果。1942年6月在阿姆斯特丹被捕，关押在韦斯特博克中转营，然后一路向东，来到了奥斯威辛。在车站的月台上，正当饥渴欲死的时候，传来了一个声音。那是个穿着囚衣的男人，他问道，车上有没有音乐家？克莱恩挣扎着发出声音，犹如溺水之人抓住了一条救命的缆绳。我是个小提琴手。他告诉那个身穿条纹狱服的人。你有乐器吗？他举了举那只破旧的琴箱——这是他从韦斯特博克带出来的唯一一件东西。跟我来吧。今天你交好运了。

“我的幸运日，”克莱恩空洞地重复着，“接下来的两年半，超过一百万同胞灰飞烟灭，而我和同事们却在演奏音乐。我们在车站的坡道上演奏，为的是制造一种错觉，让新来的囚徒认为这是个宜人的地方。那些活死人走向毒气室赴死的时候我们会伴奏。伴着无休止的点名，我们也要演奏。早晨，奴隶们上工时我们也得演奏。下午，他们蹒跚着走回营房，眼里一片死寂，我们也要伴奏。甚至执行死刑之前，我们还得伴奏。到了星期日，我们会为长官和他的僚属演奏。不断有人自杀，我们的乐队一直在减员。很快，我不得不去物色新的音乐家填补身边的空座。”

有一个星期天的下午——“大约是1942年夏天吧，不好意思，阿戈夫先生，我记不得具体日期了。”当时克莱恩完成了演奏，正在回营房的路上。一名党卫军军官从后面赶上来，把他打倒在地。克莱恩爬起来，立正站好，回避着党卫军的逼视。尽管如此，他还是看清了那张脸，而且记得自己曾见过此人一次。那是在维也纳，在犹太移民署的中央办公室。不过当时他穿着一套精致的灰色正装，就站在阿道夫·艾希曼的身边。

“这位武装党卫军的二级突击队大队长告诉我，他要做个试验，”克莱恩说，“他命我演奏勃拉姆斯的《G大调第一号小提琴和钢琴奏鸣曲》，我从琴盒里取出提琴，开始演奏。一位难友从旁边走过，大队长请他说出我所奏作品的名字。难友说他不知道。大队长拔出手枪，射穿了难友的头。他又找到另一名囚犯，提出了同样的问题。这位优雅的乐手拉的是什么曲子？就这样持续了一个小时。答对曲名的人就能捡回一条命。答不对的，他就打爆那人的脑袋。等他结束试验的时候，我脚下已经躺了十五具尸体。饱饮犹太人鲜血的饥渴消解之后，这家伙阴沉地微笑着走了。我和死去的人们并肩躺着，为他们祈祷。”

克莱恩陷入了长时间的沉默。接着，一辆汽车在街上呼啸驶过。克莱恩抬起头，又开口了。如何将奥斯威辛的邪恶同战争索赔处的爆炸案关联在一起，加百列还不是很确定。不过到目前为止，他对故事接下来的走向已经有了一种清晰的预感。克莱恩继续沿着时间轴讲下去，用拉冯的话说，这叫一次取一片瓷器——奥斯威辛虎口幸存，解放，他回到维也纳……

战前，犹太社区计有十八万五千人，他说道。六万五千人在大屠杀中殒命。一千七百个破碎的灵魂在1945年挣扎着回到维也纳，迎接他们的却唯有公开的敌意和新一轮反犹太主义浪潮。那些在德国枪口下逃出去的人，却在返乡的路上遭遇了重重阻碍。他们要求经济赔偿，然而得到的回应却只有沉默，或是讥讽着把皮球踢给柏林。克莱恩回到了第二行政区的老家，发现家里已经住着一户奥地利人。他要求他们离开，却遭到拒绝。他花了整整十年时间才把他们磨走。至于他父亲的纺织品生意，却是永远不能恢复了，也再没人努力去恢复过。朋友们鼓动他去以色列或美国，克莱恩拒绝了。他发誓要在维也纳住下去，做一个活生生的、能呼吸能行走的纪念碑，纪念那些受驱赶、被屠杀的人们。他把自己的小提琴丢在了奥斯威辛，此后也再没演奏过。他先在一家纺织品商店里做文员维持生计，后来又做了保险推销员。1995年，为纪念二战结束五十周年，政府决定向奥地利的犹太幸存者支付每人约六千美元的赔偿金。克莱恩给加百列看了支票——始终没有提现。

“我不要他们的钱，”他说，“六千块？赔什么？我父母亲？我两个妹妹？我的家园？我的财产？”

他把支票摔在桌上。加百列偷看了一眼自己的手表，发现已经凌晨两点半了。克莱恩开始缩小范围，向主题逼近。加百列竭力克制着不去催他，唯恐这位处于脆弱状态的老头儿，被人一推就跌倒在地，再也爬不起来了。

“两个月前，我在中央咖啡馆喝咖啡。人家给了我一个很舒服的座位，靠着一根柱子。我点了一份法利赛咖啡。”他顿了顿，扬了扬眉毛，“你知道法利赛咖啡吗，阿戈夫先生？咖啡加奶油，同一小杯朗姆酒一起端上来。”他说对不起，因为自己沾了酒精，“当时是下午，接近傍晚了，你了解吧，天又冷了。”

当时一名男子进了咖啡馆，衣着齐整体面，比克莱恩老几岁。“一个老派的奥地利人，你懂得我的意思吧，阿戈夫先生。”他的步态中透着傲慢，惹得克莱恩放低了手中的报纸。侍者急忙抢上去招呼那人。那个侍者拧着双手，双脚来回跳着，好像一个憋了一泡尿的小学生。*晚上好，沃格尔先生。我正担心今晚您不来了。您的老座位？让我猜猜：奶油咖啡？来点甜点怎么样？他们跟我说今天的巧克力蛋糕特别好，沃格尔先生……*

接着，那老人说了几句什么，麦克斯·克莱恩只觉得后背冷得犹如冰冻。这分明就是在奥斯威辛命令他演奏勃拉姆斯的那个声音，就是他，命令克莱恩的难友们答出曲名，答不对的就要接受死刑。此刻，这个杀人犯正滋润健康地活着，还在中央咖啡馆点了奶油咖啡和巧克力蛋糕。

“我感到自己当场就要吐出来，”克莱恩说，“我把钱扔在桌上，踉跄着走到街上。我再一次透过窗户看见这个名叫沃格尔先生的魔鬼正在读着报纸。似乎方才的邂逅根本没有发生过。”

加百列真想问问，时隔这么久，克莱恩为何确信那个中央咖啡馆的男人同六十多年前奥斯威辛的大队长是同一个人呢？不过他还是克制住了。克莱恩是对是错毕竟不要紧，接下来的情节才是最重要的。

“你怎么应对的呢，克莱恩先生？”

“我成了中央咖啡馆的常客。很快，我也有了自己固定的专座，紧挨着这位体面的沃格尔先生。后来我们见了面就会互相问安。有时候，我们会一边读报一边谈谈政治和世界大事。他一把年纪了，思维却还非常敏锐。他告诉我他是个商人，做投资的生意。”

“所以你就边喝咖啡边刺探消息，然后就去‘战争索赔及调查’找伊莱·拉冯了？”

克莱恩慢慢地点点头：“他听了我的故事，承诺说会仔细审查的。同时，他要我别去中央咖啡馆见那个人了。我心里不愿意。我担心他会再次逃脱。不过我还是听从了你朋友的意见。”

“然后呢？”

“几个星期过去了。我终于接到了一通电话。那是索赔处的一位姑娘打来的，是个美国女孩，叫萨拉。她通知我说伊莱·拉冯有消息要向我报告。她要我第二天上午十点到办公室去。我告诉她我会去的，然后就挂了电话。”

“这是在什么时候？”

“爆炸的当天。”

“这些你对警察说过吗？”

克莱恩摇摇头：“你也许能料想得到，阿戈夫先生，我不大喜欢穿制服的奥地利人。再说，我们这个国家对战犯起诉的记录也乏善可陈，对此我也很清楚。所以我保持沉默。我来到维也纳总医院，看着以色列官员来来去去。驻奥大使来了，我想接近他，却被保安推开了。所以我一直等着，直到最合适的人物出现为止。你似乎就是那个最合适的人物。你是吗，阿戈夫先生？”

街对面的公寓楼几乎同克莱恩所住的这幢一模一样。在三楼的一扇暗黑的窗户后面有一个男人。他的眼睛紧贴着一台相机，将长焦镜头对准了克莱恩家门外的走廊，只见镜头里的人影大步穿过了走廊，来到街上。他迅速抓拍了一串照片，然后放低了照相机，坐在了一台磁带录音机面前。黑暗中，他花了几秒钟时间才找到了播放键。

“所以我一直等着，直到最合适的人物出现为止。你似乎就是那个最合适的人物。你是吗，阿戈夫先生？”

“是的，克莱恩先生。我是最合适的人物。别担心，我会帮助你的。”

“要不是因为我，这一切都不会发生。那两个女孩子因我而死了。伊莱·拉冯也是被我害得躺在医院里。”

“并不是这样的。你没有做错任何事。不过考虑到之前发生的事情，我很担心你的安全。”

“我也是。”

“有没有人跟踪过你？”

“我是没发现，不过即使有人跟踪，我估计我也不知道。”

“你有没有接到过恐吓电话？”

“没有。”

“爆炸案发以来，有没有人想要联络你？”

“只有一个人，一个叫雷娜特·霍夫曼的女人。”

停机。倒带。再播放。

“只有一个人，一个叫雷娜特·霍夫曼的女人。”

“你认识她吗？”

“不认识，从来没听说过。”

“你和她说上话了吗？”

“没有，她在我录音电话里留了一条消息。”

“她想要怎样？”

“要谈谈。”

“她留下电话号码了吗？”

“是啊，我记下来了。等一下，是了，就在这儿。雷娜特·霍夫曼，五、三、三、一、九、零、七。”

停机。倒带。播放。

“雷娜特·霍夫曼，五、三、三、一、九、零、七。”

停机。

6

维也纳

“改善奥地利政党联盟”拥有一整套高贵光鲜的行头装饰，然而它的宗旨却无药可救。它的所在地是一座两层的仓库式建筑，位于第二十行政区，又老又破，熏黑的窗户俯瞰着一道铁路。工作区是敞开式的，空间共享，暖气根本发挥不了作用。加百列第二天早上来到这个地方，发现大部分年轻的工作者都穿着厚毛衣，带着毛线帽。

雷娜特·霍夫曼是这个团队的法律总监。早上动身之前，加百列已经以葛迪恩·阿戈夫的身份给她打过电话，对她说了前一天晚上与麦克斯·克莱恩会晤的事情。雷娜特匆忙答应与他会面，然后就挂断了，似乎是不想在电话里讨论这件事。

她有一个隔间充作办公室。加百列受邀进来的时候，她正在打电话。她用一支铅笔的笔尖指了指一张空椅子，示意他坐下。片刻后，她结束了电话，站起来向他打招呼。她个子很高，衣着比其他员工都更为考究：黑色的毛衣和裙子，黑袜，黑色平底鞋。她的头发是亚麻色的，长未及肩，她的肩膀又方又阔。头发从两边分开，自然地下垂，遮在面前，于是她一边用右手同加百列坚定地握了手，一边伸左手拨开碍事的发绺。她的手指上没有戴戒指，颜色动人的脸上也没有施用任何化妆品，身上除了散发出烟味以外，也没有香水味。加百列猜想，她应该还不到三十五岁。

他们再次坐下来，她问了一连串突兀的、律师做派的问题：你认识伊莱·拉冯多久了？你怎么找到麦克斯·克莱恩的？他对你说了多少？你什么时候到达维也纳的？你都和谁会过面？你同奥地利当局讨论过此事吗？同以色列大使馆的官员呢？加百列感觉自己有点像庭审时的被告，不过他还是尽可能礼貌地据实作答。

雷娜特·霍夫曼“审讯”完毕，又怀疑地打量了他一阵。接着她突然站起身，将一件灰色大衣披上了宽阔的肩头。

“咱们去走走吧。”

加百列看了看熏黑的窗户，发现外面正下着雨夹雪。雷娜特·霍夫曼将一些文件塞进皮包，一甩手将包搭在了肩上。“相信我，”她说，似乎感觉到了他的怀疑，“走走会更有益的。”

雷娜特·霍夫曼走在奥加敦公园冰封的步道上，一边向加百列解释了她是如何成为伊莱·拉冯在维也纳最重要的资源的。从维也纳大学毕业时，她是班里最拔尖的学生。后来她就职于奥地利国家公诉人办公室，出色地工作了七年。五年前，她辞职了，对朋友和同事说她一直渴望做个自由从业者。其实，她是下了决心，再也不能为这样的政府工作了，因为它只会考虑国家和有权势者的利益，而不是想着如何维护正义。

促使她下决心的，是惠勒的案子。惠勒是个联邦警察的侦探，最喜欢刑讯逼供，屈打成招，有位尼日利亚难民就是这样不明不白地死在了羁押所。雷娜特·霍夫曼打算起诉他，因为这个尼日利亚人生前受过捆绑，口中被塞过东西，还有证据证明他曾反复遭受拷打并窒息。她的上级却有意袒护惠勒，并把这个案子销了。

雷娜特对于体制内的抗争感到厌倦了，于是她决定从外部展开攻势。她开了一家小小的律师行，只为维持生计，却将大部分精力和时间贡献给了“改善奥地利政党联盟”——这是一个改革者的团体，旨在振奋国人，避免奥地利陷入政治失忆，忘却纳粹主义的教训。同时，她还同战争索赔处的伊莱·拉冯结成了默契的联盟。雷娜特·霍夫曼在关联体系内部依然有不少朋友，都是些真能帮得上忙的朋友。这些朋友能让她接触到重要的政府文档，而这些又恰是拉冯得不到的。

“为何这么神秘？”加百列问道，“为何不愿意在电话里说？这么糟糕的天气为何还要在公园里走这么长的路？”

“因为这是在奥地利，阿戈夫先生。很明显，我们的工作在奥地利社会的许多人群眼里是不受欢迎的，就像以前伊莱的工作也不受欢迎。”她发觉自己说了“以前”，自觉并不妥当，立即说了抱歉，又道，“这个国家的极右派不喜欢我们，他们在警察和安全部门中有不小的势力。”

她伸手抹去一张公园长椅上的冰雪碎屑，他俩都坐了下来。“伊莱大约两个月前找到我。他对我说了克莱恩的事情，还讲了中央咖啡馆里的那个男人：沃格尔先生。我不大相信，不过为了帮伊莱一个忙，我答应至少去查查看。”

“你发现了什么？”

“他名叫路德维格·沃格尔，是一家公司的董事长，公司的名字叫多瑙河谷贸易和投资集团，成立于六十年代初。当时的奥地利刚刚脱离战后被占领的状态。他做的生意就是引进外国产品，为愿意来这里投资的外国企业提供本地服务，尤其是针对美国和德国公司。七十年代奥地利的经济起飞，沃格尔恰好充分利用了自身的条件。他的公司为数以百计的项目提供了风险资本。目前，在奥地利许多最盈利的公司里，他都拥有比例可观的股份。”

“他有多大年纪？”

“他是1925年出生的，在上奥地利的一个小村镇里，随后在当地一座天主教堂里受了洗。他的父亲是位普通的劳工，显然当时他的家庭非常贫穷。路德维格十二岁的时候他的一个弟弟死于肺炎。两年后他的母亲死于猩红热。”

“1925年？那么1942年的时候他只有十七岁，党卫军突击队大队长绝不会这么年轻吧。”

“不错。根据我掌握的资料，他在战争期间并不在党卫军中。”

“什么样的资料？”

她压低了声音，同时俯身靠近他。加百列嗅到了早晨的咖啡味儿和她呼出的气息。“在我的上一份工作中，有时候会调阅一些奥地利国家档案馆的档案。我至今在里边还有联络人，都是些在适当条件下乐意帮忙的朋友。我同其中一名线人通了电话，他很热心地复印了路德维格·沃格尔在一支国防军服役时的档案。”

“国防军？”

她点点头：“根据国家档案馆的档案，沃格尔于1944年应征入伍，当时他十九岁，随后被派往德国去保卫第三帝国了。他在柏林战役中同俄国人打过仗，而且侥幸活下来了。在战争的最后时刻，他逃到了西线，向美国人投降。他在柏林南边的一处美军拘押所服过刑，后来成功脱逃，回到了奥地利。他是从美军那里逃出来的，这一点却没给他带来任何麻烦，因为从1946年起，直到1955年签订《奥地利国家条约》为止，沃格尔一直是美军占领当局的非军事雇员。”

加百列目光锐利地审视着她：“美国当局？他做的是什么样的工作？”

“他从总部的一个文员做起，最后成了美方和奥地利新建政府之间的联络官员。”

“婚否？有子女吗？”

她摇摇头："一辈子单身。"

"他遇到过什么麻烦吗？比如财务方面的异常、民事诉讼，或者其他？"

"他的底子异常干净。我在联邦警署还有一个朋友。我请他调查过沃格尔，他一无所获，这倒是件不寻常的事。你想，每一个有些声望的奥地利人都会在警察那儿留下案底，可是路德维格·沃格尔没有。"

"你对他的政治立场有何了解？"

雷娜特·霍夫曼花了很长时间，仔细查看了四周，这才答道："我向线人问了同样的问题。这几位联络人都在维也纳比较激进大胆的报纸和杂志社里就职，他们是决不会同政府沆瀣一气的。最后发现路德维格·沃格尔是奥地利国民党的主要财政支持者。事实上，他就是彼得·梅茨勒竞选经费的源头。"她停顿了一阵子，点上了一支烟，她的手冻得发抖，"我不知道你是不是关注我们这里的大选，不过只要今后三周内没有戏剧性的变化，彼得·梅茨勒就要成为奥地利下一届的总理了。"

加百列静静地坐着，消化着刚刚听来的讯息。雷娜特·霍夫曼吐出一口烟，随即将香烟丢进了污浊的雪堆里。

"你刚才问我为什么这种天气还要出来散步，阿戈夫先生。现在你知道为什么了。"

她毫无征兆地突然站起来，迈步就走。加百列也站起来，跟着她。你得稳住，他心想。推理很有趣，前后情节也容易引人联想，不过这一切都没有佐证，更没有一条站得住脚的铁证。根据国家档案馆的档案，路德维格·沃格尔绝不可能是麦克斯·克莱恩所说的那个大队长。

“有没有可能沃格尔知道伊莱正在调查他的过去？”

“我考虑过这一点，”雷娜特·霍夫曼说，“我猜想国家档案馆或是联邦警察把我在调查他的事情透露出去了。”

“就算路德维格·沃格尔就是麦克斯·克莱恩在奥斯威辛看到的那个人，距离犯罪时间已经过去六十年了，现在能把他怎么样呢？”

“在奥地利？没什么大不了的。在处理战犯的问题上奥地利的历史记录乏善可陈。我的看法是，这里其实已经成了纳粹战犯的避难所。你有没有听说过海因里希·格罗斯医生？”

加百列摇摇头。海因里希·格罗斯，她说，是位医生，就职于斯珀格朗地的一家专治残障儿童的诊所。战争期间，这家诊所成了一间安乐死中心。在这里，纳粹的主张得到了实践——带有所谓“病理性遗传基因”的人都要在这里予以“斩草除根”。有接近八百名儿童在这里遇害。战后，格罗斯成了声名显赫的儿童神经科专家。而他的研究所用的脑组织，许多都来自斯珀格朗地诊所的受害者。一直以来，他将这些组织存放在一处庞大的“脑库”里。2000年的时候，奥地利联邦检察官终于决定将格罗斯绳之以法。他受控参与九项斯珀格朗地诊所的谋杀罪，被带到了被告席。

“开庭一个小时后，法官认定他患有轻度痴呆，不具备当庭受审的条件。”雷娜特说道，“他的案子被无限期地搁置了。格罗斯医生对他的律师露出了微笑，走出了法庭。在法院楼梯上，他对记者谈起了自己的官司。很明显，格罗斯医生当时的神志非常清楚。”

“你的重点是？”

“德国人喜欢说，只有奥地利能让世界相信贝多芬是奥地利人，而希特勒是德国人。我们最喜欢假装自己是希特勒的第一个受害者，而并非心甘情愿做了他的盟友。我们有选择地忘记了奥地利人加入纳粹党的比例同我们的德国表亲一样高，忘记了奥地利人在党卫军中的百分比高得异乎寻常。我们有选择地忘记了，阿道夫·艾希曼就是个奥地利人，忘记了他的属下有百分之八十也是奥地利人，忘记了在他的死亡集中营里，百分之七十五的军官也都是奥地利人。”她压低了声音，“数十年来，格罗斯医生受到了奥地利政治精英和司法系统的保护。他是社会民主党的资深党员，他甚至有资格为法院充当精神科法医。整个维也纳医学界都知道所谓的‘脑库’是怎么来的，人人都知道他在战争期间做了些什么。像路德维格·沃格尔这类的人，即使摆明了就是个骗子，到头来可能也就是‘无限期休庭’的结果。这种人在奥地利受审获刑的可能性是零。”

“假定他知道了伊莱的调查又怎么样呢？他有什么可害怕的？”

“没有，不过是有点尴尬而已。”

“你知不知道他住哪里？”

雷娜特·霍夫曼将几绺头发塞进她贝雷帽的带子里，然后认真地看着他：“你不会是想会会他吧，阿戈夫先生？现在这种条件下，那可是个极其愚蠢的想法。”

“我只是想知道他住在哪里。”

“他在第一区有一所住宅，在维也纳森林还有一所。根据房地产交易记录，他在上奥地利还有数百英亩的地产和一幢木屋。”

加百列回头望了望身后，随后又问雷娜特·霍夫曼，自己是否可以要一份她收集的这些文档的副本。她低下头，看着自己的脚，似乎早已预料到了这个要求。

“给我也透露点情况，阿戈夫先生。我和伊莱合作这么多年，却从来没听他提过战争索赔处在耶路撒冷还有分支。”

“是最近才开设的。”

“那可太凑巧了，”她的语气充满了讽刺，“我持有的这些文件是非法的。如果我把它们交给一个外国政府的特工，我的处境就更加危如累卵了。如果我把它们给了你，是不是意味着交给了一名外国特工呢？”

加百列认定，雷娜特·霍夫曼是位聪颖过人的精明女性：“你把它们交给了一个朋友，霍夫曼小姐，一个绝对不会损害到您的朋友。”

“如果你在持有国家机密档案的时候被联邦警察抓获，你知不知道会是什么结果？你会面临一场漫长的官司。”她逼视着他的眼睛，“如果他们知道了你是从哪里得来的，那我也会牵连进去。”

“我没打算让联邦警察逮捕我。”

“谁也没有这种打算，不过这是在奥地利，阿戈夫先生，我们的警察和他们的欧洲同行们遵守的可不是同一套游戏规则。”

她伸手摸进自己的手袋，取出一个吕宋纸信封，递给加百列。信封悄然滑进了他的夹克口袋，他们继续往前走着。

“我不相信你是来自耶路撒冷的葛迪恩·阿戈夫，所以我才会把文件给你。在我这里它们已经派不上更大用场了，至少眼下这种政治气候是不行了。不过你得给我保证，每走一步都要小心谨慎。我不希望我的联盟和同事们遭遇战争索赔处那样的灾难。”她停下脚步，略一转身，面对着他，“还有一件事，阿戈夫先生。请不要再给我来电话了。”

一辆监控车就停在奥加敦公园边缘的瓦斯纳格索大街上。摄影师坐在后座上，躲藏在单向透光玻璃后面。趁着目标中的两个人分开的一刹那，他抓拍了最后一张，然后将照片下载到一台笔记本电脑里，回放着一张张图像。信封从一只手传到另一只手的照片是从后面抓拍的。取景不错，光线良好，活儿干得漂亮。

7

维也纳

一个小时之后，在环城大道的一幢不知名的新巴罗克式建筑里，照片递送到了一间办公室中。办公室的主人名叫曼弗雷德·克鲁兹。照片装在马尼拉纸信封里，由克鲁兹的貌美秘书无言地交给了他，没有半句解释。同往常一样，他身穿深色正装，白衬衫。他有一张沉静的脸，一对尖锐的颧骨，配上一身庄重的服色，越发显得形容枯槁，令下属一见之下就会惴惴不安。他的容貌是典型的地中海式——接近黑色的头发、橄榄色皮肤、咖啡色的眼睛，于是在警界就有传言，说他有吉普赛人甚至犹太人的血统。这完全是来自敌对势力的诽谤，克鲁兹一点也不觉得它好笑。他在同侪中不大受欢迎，不过他对此并不在乎。克鲁兹的人脉很广：每周都要和部长共进午餐一次，朋友里也多是富豪和政治精英。谁要是敢和克鲁兹为敌，他就等着被发配到卡林西亚的蛮荒之地，负责看停车场、开罚单吧。

他的单位正式名称是“第五处”，不过资深的联邦警官以及内政部的上司们都称它为“克鲁帮”。有些时候，他会沉浸在自我膨胀中，而且心甘情愿地承认自己的膨胀，他会把自己想象成全奥地利的庇护者。克鲁兹的工作正是确保全世界其他地方的问题不要漫过边境，进入堂堂的大奥地利地界。第五处的职责是反恐怖主义、反极端主义、反间谍。曼弗雷德·克鲁兹拥有特权，可以监听他人的办公室，在电话上装窃听器，有权拆开邮件，有权实施人身监视。外国人如果到奥地利来找麻烦，克鲁兹的手下就会找上门去。政治活动越过了底线的奥地利本地人也会被如此处理。国境线以内发生的事情，极少有他不知道的，所以他当然也知道，维也纳最近出现了一个以色列人，此人还自称是伊莱·拉冯在战争索赔处的同事。

克鲁兹与生俱来的多疑延伸到了他对贴身秘书的态度上。他一直等到她离开了房间，这才打开信封，将照片抖了出来，正面朝下摔在他的记事簿上。他将它翻转过来，在卤光灯的白色灯光下，他仔细地审视着图像。克鲁兹对雷娜特·霍夫曼不感兴趣。她是第五处的常规监视对象，克鲁兹为她花去了太多时间，早已没兴趣研究她的监控照片和"改善奥地利政党联盟"大楼里采集来的监听录音了。是啊，克鲁兹更感兴趣的是她身边那个深色皮肤的结实身影，也就是那位自称是葛迪恩·阿戈夫的男人。

过了一阵子，他站起身，转到写字台后面，打开了嵌在墙上的保险柜。柜子里，是成堆的卷宗和财务处一个女孩子写给他的一摞情书，在它们中间嵌着一盘审讯实况的录像带。克鲁兹瞥了一眼不干胶标签——1991年1月，接着他将磁带插入机器，按下了播放键。

带子向前走了几帧，然后才进入正题。摄像机安置在审讯室天花板的一角，从斜上方对准审讯的现场。图像有些模糊，毕竟是上一代的技术手段。画面上的青年版克鲁兹正在房间里缓缓踱步，他的姿态充满了压迫感。坐在桌前受审的是个以色列人，他的双手被火烧焦了，眼光暗淡，透出死亡的气息。克鲁兹可以肯定，此人正是眼下这位自称葛迪恩·阿戈夫的人。不同一般的是，首先提出了第一个问题的是这位以色列人而不是克鲁兹。此刻，同当初一样，他的一口柏林腔德语特色鲜明，再次令克鲁兹不由得一惊。

"我儿子在哪里？"

"我恐怕他是死了。"

"我妻子呢？"

"你的妻子受了重伤。她需要立即接受治疗。"

"那还等什么呢？"

"她在接受治疗之前，我们需要了解一些情况。"

"她现在为什么没有接受治疗？她在哪儿？"

"别担心。她没事，有人照顾她的。我们只是想问几个问题。"

"什么问题？"

"不妨你先告诉我们你是谁？拜托，不要再对我们说谎了。你的妻子没那么多时间给你耽搁。"

"我的姓名已经被问过一百次了！你知道我叫什么！上帝啊，赶快给她治疗吧！"

"我们会的，不过首先告诉我你叫什么名字。这一回，请说出你的真实姓名。不要假名、代号，或是化名。我们没多少时间了，你妻子的性命禁不起耽搁。"

"我叫加百列，你这个畜生！"

"姓氏还是名字？"

"是我的名字。"

"姓什么？"

"艾隆。"

"艾隆？这是个希伯来姓氏，不是吗？你是犹太人。你还是个——我猜猜，以色列人？"

"是，我是以色列人。"

“如果你是以色列人，你手持意大利护照来维也纳做什么？显然，你是个以色列情报部门的特工。你替哪个上司工作，艾隆先生？你在这里做什么？”

“打电话给以色列大使。他知道谁是联络人。”

“我们会给你们的大使打电话的，还有你们的外长、总理。不过现在，如果你想让你的妻子得到她最迫切需要的治疗，你就得告诉我们你为谁工作，为什么来到维也纳。”

“给大使打电话！抢救我妻子，该死的！”

“你为谁工作？”

“你明知道还问！救我妻子！别让她死！”

“她的性命在你的手上，艾隆先生。”

“你死定了，妈的！我老婆今晚上要是死了，你也死定了！听见了没？你他妈的死定了！”

画面已经变作银色和黑色的一片模糊。克鲁兹久久地坐着，双眼没法从屏幕上移开。最后，他伸手将电话拨到了保密模式，然后凭记忆拨出了一个号码。他听得出是谁接的电话，他们之间无需寒暄问候。

“我恐怕咱们有麻烦了。”

“什么问题？”

克鲁兹如实说了。

“你为何不逮捕他？他拿着伪造的护照，在一个国家里非法居留，而且违反了两国情报部门之间的约定。”

“可是接下来又该怎么办？交给最高检察官？起诉他？我以为，他就盼着这样的机会，正好借题发挥呢。”

“你有何建议？”

“需要更微妙的手段。”

“这个以色列人是你自己的问题，曼弗雷德，你自己处理吧。”

“那个麦克斯·克莱恩又该怎么办？”

通话中断了。克鲁兹挂上了电话。

在斯蒂芬大教堂北塔的阴影里，有一条仅能通过行人的僻静窄巷。在巷子一端一座呆板的巴罗克式老房子的一楼，有一间小小的商店，专门出售发烧级的古董钟表。门上的招牌制作精细，营业时间却没有写明。有很多天它根本不开门营业。除了店主以外，再没有其他雇员。对于一部分特殊顾客来说，店主名叫格鲁伯先生；在其他人眼里，他就是个修表匠。

他的身材矮小，肌肉发达；他偏爱的衣服是套头衫和宽松的花呢夹克，因为正式的衬衫领带与他本身的气质并不协调；他谢顶了，只剩下一缕修剪过的灰发，眉毛又粗又浓；他戴着圆形玳瑁边眼镜；与其他绝大多数同行相比，他的手显得特别大，却是一双灵巧而技艺高超的手。

他的工作室井井有条，犹如一间手术室。工作台上，在一片通明的灯光下摆放着一台两百年历史的纳沙泰尔挂钟。三折叠的钟盒镶嵌着花草图案的浮雕贝壳，保存得十分完好。罗马数字的珐琅表盘也完整如新。这位钟表匠正在检查这架纳沙泰尔精细的双齿轮系机芯。此时，检查工作已进入最后阶段，完工后的挂钟将开价一万美元，一位来自里昂的收藏家买主正在翘首以待。

店堂里的铃声响了，打断了修表匠的工作。他趴在门框上向外张望，只见一人站在门外的街上——是位骑摩托车的快递员。他的皮夹克打湿了，雨水的反光闪闪烁烁，好像一只出水的海豹。他的胳膊下夹着一件包裹。修表匠打开了门锁。快递员一语不发递过包裹，随后跨上摩托车，疾驶而去。

修表匠重新把门锁好，带着包裹回到工作台。他缓慢地拆开封套——不错，无论做什么事情，他的手脚都很慢。接着，他掀开了硬纸盒的盖子。里面盛着一只法王路易十五壁挂钟，相当可爱的物件儿。他除去外壳，露出了机芯。藏在里面的是卷宗和照片。他花了几分钟浏览了文件，然后将它们藏在一本大部头的书里，封皮上印的书名是《维多利亚时代的旅行钟》。

给修表匠送来路易十五的是他最重要的客户。修表匠并不知道他的名字，只知道他很富有，而且有政治背景。他的大多数客户也具有这两项特征。不过，这一位有所不同。一年前他给了修表匠一份名单，所列人物来自各地，从欧洲到中东到南美。修表匠一步一个脚印，逐一料理。他在大马士革杀了一个，在开罗又杀了一个。他在波尔图杀了一个法国男人，在马德里杀了个西班牙人。他曾跨越大西洋，为的是杀掉两名富有的阿根廷人。名单上只剩下一个人了——一位身在苏黎世的瑞士银行家。修表匠只等收到最后一条指令，就要去收拾他了。今晚收到的案卷带来了一个新的名字，这次比他预计的离家更近些，并非他偏爱的长途奔袭，不过这只是小菜一碟，不构成挑战。他决定接受任务。

他拿起电话，拨通号码。

“壁钟收到了。你什么时候需要它？”

“把它看作紧急项目吧。”

“加急要额外收费的。我料想你是愿意出这笔钱的。”

“加多少钱？”

“老规矩，加一半。”

“就为这么个活儿？”

“你想要，还是不想要？”

“我明天上午就会先付一半给你。”

“不行，你得今晚就付。”

“那就依你。”

修表匠挂上电话，与此同时上百只钟表鸣响了四点的钟声。

8

维也纳

加百列从来没喜欢过维也纳的咖啡馆。是因为气味。二手烟的臭味、咖啡、酒精——他总觉得这其中有一种令人不快的成分。尽管他的天性沉静，却还是不喜欢长时间枯坐，浪费宝贵的时光。他很少在公共场所阅读，因为担心自己的宿敌会在暗中窥视。他只在早晨喝点咖啡提提神，而浓厚的甜食更让他恶心。他讨厌诙谐机巧的谈天；而别人的交谈，尤其是冒牌知识分子的神侃，他听了更会受不了。最令加百列煎熬不过的是，在有些场合下他不得不听那些彻底外行的人探讨艺术。

他上一次造访中央咖啡馆已经是三十多年前了。这间咖啡馆成了历史的见证，一道人生的大门，它见证了加百列追随沙姆龙的学徒生涯的最后阶段——身后是尚未成为特工的岁月，眼前则是未来世界的曙光。在加百列受训阶段即将结束之时，沙姆龙为他安排了最后一项测验，要看看他有没有为自己的第一项特工任务做好准备。当时，他被人半夜“空投”在布鲁塞尔的城郊，没有证件，身无分文。他接到的命令是，次日早晨去阿姆斯特丹的莱德斯普林会见一名特工。他偷了一名美国游客的护照，又偷了钱，然后搭乘早班火车成功抵达目的地。等待他的那位“特工”原来就是沙姆龙自己。他让加百列带上护照和剩下的钱继续赶路，要求他第二天下午抵达维也纳，还要换一套不同的衣服。他们在市立公园的一张长凳上会面，然后步行来到中央咖啡馆。他们的座位在一扇高大的拱形窗边。沙姆龙给了加百列一张前往罗马的飞机票和一把机场储物箱的钥匙。那里边放的，是一把伯莱塔手枪。两天以后，在安娜巴利亚诺广场的一座公寓楼门厅里，加百列完成了生平第一次杀戮。

接着，加百列来到了中央咖啡馆，眼前的情形一如当初，是个阴雨天。他坐在一张皮椅上，将一叠德文报纸放在一张小小的圆桌上，点了一份鲜奶油配清咖啡。咖啡端来了，盛在银托盘里，还配了一玻璃杯的冰水。他打开第一份《记者报》读了起来。头条消息便是战争索赔处的爆炸案。内政部长承诺会尽快拿获元凶。右翼势力借此要求紧缩移民政策，以防范阿拉伯恐怖组织，阻止其他的麻烦事进入奥地利的地界。

加百列读完了第一份报纸。他又点了一份清咖啡配奶油，然后翻开一份名叫《轮廓》的杂志。他环顾了四周。店堂里的客人迅速增加，都是些维也纳的上班族，回家路上转进来喝杯咖啡的。不幸的是，其中没有一个人同麦克斯·克莱恩所描述的路德维格·沃格尔有丝毫相像。

到了五点钟，加百列已经喝了三杯咖啡，而且对于见到这位路德维格·沃格尔，他已经不抱任何希望了。接着，他注意到给自己服务的侍者兴奋地曲起了手腕，重心在双脚上一左一右地来回移动。加百列顺着侍者的眼光望去，只见一位上了年纪的老绅士走进店门——一个老派的奥地利人，*你懂得我的意思吧，阿戈夫先生*。是啊，现在我懂了，加百列心想。下午好啊，沃格尔先生！

他的头发几乎全白了，严重谢顶，所剩不多的头发紧贴着头皮。他一张小小的嘴紧绷着，身上的衣服昂贵，而且搭配很考究：灰色的法兰绒裤子，双排扣夹克，枣红色宽领巾。侍者帮他脱下大衣，引着他来到他的专座，距离加百列不过几英尺。

“一杯奶油摩卡，卡尔。不要别的了。”

自信的男中音，一种习惯了发号施令的声音。

“要不要来一款萨克大蛋糕？苹果干酪点心？今儿晚上的格外新鲜呢。”

回答他的是不耐烦的摇头，左边一下，右边一下。

“今天不要，卡尔，一杯咖啡就好。”

“随您的意，沃格尔先生。”

沃格尔坐下来。与此同时，与他相隔两张桌子的座位上，他的保镖也坐下了。克莱恩没提到过保镖的事，也许他是最近才来的。加百列强迫自己低头看着杂志。

店堂里的座位安排远不够理想。很不凑巧，沃格尔几乎和加百列正面相向。如果换一个模糊一些的角度，加百列反而可以从容观察，而不用担心被对方发现。而且，保镖正好坐在沃格尔背后，眼光不停地四下巡视。他的夹克左侧隆起一块，由此判断，肩带里应该插着佩枪。加百列想换个座位，又怕引起沃格尔的怀疑，于是他原地不动，只是隔着杂志偷眼窥看。

就这样过了四十五分钟。加百列读完了手里最后一份报纸，拿起第一份《记者报》重新开始。他已经点了第四份奶油清咖。他一度发觉自己也成了被窥看的对象，不是被保镖，而是被沃格尔本人。又过了一阵子，他听见沃格尔说道：“今晚冷死了，卡尔。临走前给我来一小杯白兰地怎么样啊？”

“当然可以，沃格尔先生。”

“给那边那张桌上的绅士也来一杯，卡尔。”

加百列抬起头，只见两双眼睛正在审视着他，一双是侍者充满谄媚的小眼睛；另一双是沃格尔的——蓝色的眼珠深不见底。他的一张小嘴巴弯成了一道钩，露出干巴巴的微笑。加百列不知道该如何应对，而路德维格·沃格尔显然很爱看他的窘相。

“我这就要走了，”加百列用德语说道，“不过还是非常感谢您。”

“随你的意，”沃格尔看着侍者，“我想起来了，卡尔，我认为我也得走了。”

沃格尔猛地站起来，递给侍者几张钞票，然后来到加百列桌前。

“我为你点了白兰地，那是因为我发现你在看我。”沃格尔说道，“咱们以前见过吗？”

“没有，我认为没有，”加百列说道，“如果我真的在看着您，那不是刻意的。我只是喜欢看看维也纳咖啡客的各色面孔。”他犹豫了一下，又说，“谁能料得到自己会与谁相逢？”

“我完全同意你说的。”又是一个毫无诚意的微笑，“你确定我们真没见过？在我看来你的面孔非常熟悉。”

“我非常肯定。”

“你是中央咖啡馆的新客人吧，”沃格尔语气肯定地说，“我每天下午都会来。我是这位卡尔的最佳顾客。可我以前从来没见过你。”

“我通常都去施佩尔咖啡馆。”

“啊，施佩尔。他们的干酪点心不错，不过他们台球桌噪音太大，会干扰我的注意力。我必须得说，我还是喜欢中央。也许我们还会见面的。”

“也许。”加百列含糊地答道。

“从前有个老头儿也经常来这家店，他和我年纪相仿。那会儿我们很谈得来，他有很久没来了。我希望他一切都好。人老了，有时候一下子身体就不行了。”

加百列耸耸肩：“也许他改去别的咖啡馆了。”

“也许吧。”沃格尔说。接着他向加百列道了晚安，走上了街头。保镖远远跟在他身后。隔着玻璃，加百列看见一部梅赛德斯-奔驰轿车滑入视野。沃格尔最后瞥了加百列一眼，随即一矮身，坐在了后排的座位上。车门关了，轿车疾驶而去。

加百列坐了一阵子，回味着这一番不期之遇的每个细节。接着他付了账，走进了寒夜中。他知道，对方向他发出了警告。他还知道，他留在奥地利的时间不多了。

最后离开中央咖啡馆的是个美国人。他在门口停下来，竖起博柏利大衣的衣领，一边尽可能让自己不要像一个间谍，一边望着以色列人消失在夜幕下的街道里。接着，他转身朝相反方向走去。这个下午真有意思。沃格尔这步棋够大胆，不过这也恰是沃格尔的风格。

大使馆位于第九区，路途不近，不过这位美国人发觉今晚的光景不错，适宜步行。他喜欢在维也纳散步，正好对他的胃口。不错，他最想要的莫过于在这个间谍之城做一名间谍，而且用自己的青春岁月为此做好了准备。当初，他趴在祖母的膝盖上学会了德语，又在哈佛大学学习苏联政策，凭着出众的聪慧成了这个领域里的翘楚。毕业后，中情局的大门顺理成章地向他敞开。后来苏维埃帝国崩溃，中东的土地上升起了新的威胁。流利的德语加上哈佛的学位在新时代的调查局里都不吃香了。今天的明星都是些铁骨铮铮的武行，他们可以在蛆虫堆里生存下来，可以同部落土人一道徒步一百英里，满脚燎泡也毫无怨言。这位美国人来到了维也纳，却发现维也纳已失去了旧日的重要地位。她已经沦为欧洲的一块穷乡僻壤、一个死胡同，这种地方，只能毁了一个人的事业。

感谢上帝——尽管只是暂时的，但沃格尔的案子，毕竟给他带来了一丝振奋。

美国人转进了伯茨曼小街，在坚固的安全门前停下来。陆战队的门卫检查了他的身份证件，然后放他进去。这位美国人有一个官方的掩护身份。他是文化处的雇员——这让他越发感到自己是个废品。一个间谍，给文化处打工，这样的搭配也太古怪了。

他乘电梯来到五楼，在一道安装了组合锁的门前停下来。在这道门的后面，正是中情局维也纳站的神经中枢。美国人在一台电脑前坐下，登录，向总部发简报。收件人是一个名叫卡特尔的，他是行动部的副主任。卡特尔讨厌在专线网络上啰唆。他曾命令美国人找到一条最关键的信息即可。美国人做到了。卡特尔最终需要的是：将中央咖啡馆苦苦侦查所获得的全部细节发送给他。此前，这个要求听起来似乎咄咄逼人。不过现在好了，一切都搞定了。

他打了一行单词——“亚伯拉罕在棋局中”——发送了出去。他等待着。为了打发时间，他继续写他的文章。这是一篇本次大选的预测分析。不过他知道，他这篇东西，兰利研究中心的七楼估计是不会调阅的。

他的电脑发出鸣声。有新消息了。他点击打开，屏幕上显示出一行字：

“继续盯住以利亚。”

美国人急忙又发出一条消息：“以利亚离开本埠，又该怎么办？”

两分钟过后：“始终盯住以利亚。”

美国人退出系统。他将那篇选举的文章撂在一边。这一刻，他又回到了棋局之中，至少此刻是又回来了。

当晚余下的时间，加百列都待在医院里。玛格丽特是夜班护士，他来到医院一个小时之后，她开始上班了。医生检查过之后，她允许他坐在伊莱床边。继上一次之后，她再度建议加百列同他讲话，接着，她就溜出房间，把私人的空间留给了加百列。加百列不知道说些什么，于是他俯身贴近伊莱的耳朵，用希伯来语悄声叙说着案情：麦克斯·克莱恩的出现，雷娜特·霍夫曼，路德维格·沃格尔……伊莱纹丝不动，头缠着绷带，双眼被蒙着。后来，在楼道里，玛格丽特向加百列透露了伊莱的病情：毫无改善。加百列在相邻的候诊室里又坐了一个小时，隔着玻璃望着伊莱，然后才打出租车回到自己的酒店。

房间里，他在写字台前坐下，扭亮了台灯。他从第一个抽屉里找出几张酒店的便笺纸和一支铅笔。他闭目片刻，回放着他在中央咖啡馆遭遇沃格尔的片段。

“你确定我们真没见过？在我看来你的面孔非常熟悉。”

“我非常肯定。”

加百列再次睁开眼睛，开始画速写。五分钟后，纸上的沃格尔瞪起了眼睛，开始盯着他看了。他年轻的时候该是个什么样子呢？他继续描画，添加了更浓密的头发，抹去了眼袋和眼角的皱纹。他涂掉了一些前额上的抬头纹，将下颚的线条拉紧了些，将鼻翼两侧直至两侧嘴角的深槽去掉。

这下满意了，他将新画的素描摆在第一张的一侧。加百列又开始画第三张了，这一次他画了一件高领紧身制服，再配上一顶党卫军的帽子。这张图完成之后，他定睛看去，只觉得脖子热辣犹如灼烧。

他打开了雷娜特·霍夫曼之前给他的卷宗，读到了沃格尔别墅所在地的村镇的名字。他在抽屉里找出旅游地图，找到了这个村的位置，接着拨通了一家租车公司的号码，为次日早晨预订了一辆车。

加百列带着素描上了床。他斜倚着枕头，盯视着三个版本的沃格尔。最后，穿着党卫军制服的沃格尔看起来有些面熟了。他隐约感到自己曾经在哪里见过此人。一个小时过后，他坐起来，带着素描进了浴室。站在水池前，他依次将三张画烧掉：维也纳体面绅士沃格尔、五十年前的青年沃格尔、党卫军杀人狂沃格尔……

9

维也纳

次日早晨加百列去卡恩特纳大街采购。天空如一座蓝色的穹顶，点缀着大理石纹路般的云彩。穿过斯蒂芬广场的时候，他几乎被风吹倒。挪威的峡湾和冰川令北极风变得冰冷，波兰的雪原使它越发劲疾，此刻它已叩开了维也纳的大门，犹如大举犯境的蛮族部落。

他走进一家百货商店，看了看指示牌，然后乘自动扶梯上楼，来到了专卖大衣的楼层。他在那里选了一件蓝色雪地夹克，一件羊毛套头衫，一双厚手套，还有一双防水徒步靴。他付了钱，又回到街上，沿着卡恩特纳大街漫步，一手拎着一只塑料袋，仍不忘留心有没有跟踪的“尾巴”。

租车公司距离他的酒店只有几条街远。一辆银色的欧宝面包车正等着他。他把塑料袋装上车，在租车合同上签了字，然后坐进驾驶座疾驶而去。他兜了半个小时圈子，查看有没有遭人监控，之后才驶入了A1高速路的入口，向西而去。

云层渐渐浓密起来，朝阳消失无踪了。他抵达林茨的时候，雪下得正酣。他在一处加油站停下，换上之前在维也纳买的衣服，继续开上A1，向萨尔茨堡驶去。

他抵达的时候午后时光已过去一半。他把欧宝停在一处停车场。在午后余下的时光里，他徜徉在大街小巷和旧城的一座座广场之间，扮演着游客的角色。他沿着石雕台阶爬上蒙彻斯山，站在教堂尖塔上欣赏着萨尔茨堡的景色。接下来又来到大学广场，观赏巴罗克时代的大师菲舍尔·冯·埃拉的传世杰作。天色暗下来的时候他回到老城区，吃了一顿提洛尔小方饺。那是一家古意盎然的餐厅，深色嵌板的墙龛里摆满了狩猎比赛的奖杯。

八点钟，他再次坐在欧宝车的驾驶位上，向西驶出萨尔茨堡，进入萨尔茨卡默古特地区的腹地。雪落得更大了，高速路也一路攀升，引向山地。他经过福斯尔湖南岸一座名叫霍夫的小村。接着又走了几英里，来到了沃尔夫冈湖。因湖而得名的小镇——沃尔夫冈镇就坐落在湖对岸。阴影遮蔽之中，还能隐约分辨出朝圣教堂的尖顶。他记得，教堂里保有全奥地利最精美的圣坛壁画。

在沉睡中的小镇泽兴巴赫，他向右转弯，进入一条窄路，陡然爬上一道山坡，把小镇甩在了身后。沿路是一座座村舍，白雪盖顶，壁炉的烟曲曲弯弯地从烟囱里冒出来。加百列经过的时候，恰好有一条狗吠叫着从房里跑出来。

他驶过一座单行道的桥，然后缓缓停下来。道路好像经过了长途跋涉后也累坏了，缩成了一条拥挤狭窄的小道，只能通过一辆车。小道向前延伸，通向一片桦树林。再向前大约三十米，有一道大门。他熄灭了引擎。林中的静寂太深沉了，令人压抑。

他从车内隔层里取出手电筒，下了车。大门是原木纹式样的，只有齐肩的高度。标牌上写着“私人产业，严禁擅入，违者必罚”的警告语。加百列一脚踩上一条木杠，一跃而入，落在了门内的雪垫子上。

他扭开手电，照亮了小径。这是一条陡坡路，蜿蜒向上，消失在一堵桦木墙的后面。地上看不见脚印，也没有车辙。加百列熄灭手电，驻足犹豫片刻，等待着瞳孔适应了黑暗，这才再次迈开脚步。

五分钟后，他来到了一大片空地前。在空地的一端，大约一百米以外，有一座传统的山间木屋。房子很大，斜屋顶，屋檐远远地盖住了建筑物的外墙。他驻足片刻，倾听着自己的靠近有没有被人察觉。彻底放心之后，他贴着树篱绕着空地走了一周。房里一片黑暗，一盏灯也没亮，室外也无灯火。四周也没有任何车辆。

他又站定了一会儿，思量着要不要在奥地利的土地上涉险犯法，破门而入。无人居住的木屋也许能打开一扇窗，使人由此窥见沃格尔的生活情状。这样的机会也肯定不会再出现第二次了。他想起了一个反复做过的梦。梦中提香有意同加百列一道讨论一张画的修复问题，而加百列一直推却，因为他的日程排得太紧，没法安排时间面谈。提香受了严重的冒犯，大怒之下收回了意向。加百列独自面对着一张无边的画布，失去了可供咨问的大师，寂寞无助地工作着。

他开始迈步穿过空地，同时回头一瞥：不错，他必定会在身后留下明显的足迹——从树脚下一直到房子的后门。除非很快再下场大雪，否则足迹会留在原处，人人可见。“继续前进吧，‘提香’在等着呢。”

他来到木屋的后部。贴着外墙堆满了木柴，柴垛子尽头是一扇门。加百列伸手一试，不用问，门锁着。他摘下手套，取出他一贯藏在钱夹里的金属棒。他耐心地摆弄着钥匙孔，直到门锁败下阵来为止。接着他旋开门闩，进入室内。

他打开手电，发现自己站在一间放脏衣物的储物室里。贴着墙端正地摆着三双威灵顿雨靴。一件罗登呢外套挂在一枚挂钩上。加百列朝外套兜里一摸：零钱、一条揉成团的手绢，其中还裹着老头子干硬后的浓痰。

他走过一道门廊，来到一段楼梯前。他轻捷地拾级而上，手里捏着电筒，一直来到另一座门前。这道门没上锁。加百列缓缓开门。干涩的铰链发出呻吟声，在巨大空荡的房舍里回响不绝。

他发现自己来到了一间餐具室，室内的情形倒像是遭了散兵游勇的劫掠：架子上几乎空了，落了一层细细的灰尘。与之相连的厨房是传统与现代的混合：德国制造的电器，不锈钢的外壳，铸铁的锅子挂在一座开放式灶台的上方。他打开冰箱：一瓶喝了一半的奥地利白葡萄酒，一块长了绿毛的芝士，几瓶陈年的调味料。

他穿过餐厅进入一间大厅。他用手电照着各处查看，最后在一张古董写字桌前停下来。桌子有一个抽屉，酷寒的天气使它变了形，紧紧地卡住了打不开。加百列用力地将它拉开，几乎将把手也拽下来了。他用手电一照，有圆珠笔和铅笔，生锈的纸夹子，一堆多瑙河谷贸易和投资集团的信笺纸，个人抬头的信笺——路德维格·沃格尔案头之物……

加百列合上抽屉，用手电照向桌面。在一个纸匣里有一摞信件。他一页页翻看，有几封私人信函，还有生意上的文件。有些文件里还附有备忘录，都是用细长的笔迹写成的。他抓起一叠，对折后放进了夹克前胸的口袋里。

电话是数字显示的，还带有自动留言功能。时钟上的时间是错的。加百列打开机座上的磁带盖子，里面装着两盒迷你卡带。根据他的经验，留言里的录音从来不会完全洗干净，许多重要信息往往会留在里面，只要有一名技师，使用适当的设备，就能轻易听到这些声音。他取出磁带，将它们滑入了自己的口袋。接着他盖好盖子，又按下了“重拨”的按钮。一阵拨号音嘟嘟响起，一串数字闪现在窗口上：5124124。是个维也纳的号码。加百列把它记在了心里。

奥地利的标准铃声响起，一声接着一声，不等铃响到第三声，那头一个男人接起了电话：“喂……喂……哪位？路德维格，是你吗？哪位啊？”

加百列一伸手，掐断了电话。

他爬上了正面的主楼梯。在电话那头的男人意识到自己的错误之前，他还有多少时间？他能不能调动自己的能力，尽快发起反击？加百列分明听见了倒计时的钟声。

在楼梯尽头是一间壁凹似的小厅，布置成了休息室的格局。椅子旁边有一摞书，书堆上放着一只小酒杯。在小厅两侧分别有一条小走廊通向一间卧室。加百列走进了右边的那一间。

天花板是个尖顶，反衬出屋顶的形状。四壁空空，只有一座耶稣受难像俯视着没有整理过的床铺。床头柜上的数字闹钟闪烁着12∶00……12∶00……12∶00……一串黑色的念珠盘曲在闹钟前面。床前的电视柜上放着一台电视机。加百列用戴着手套的手指尖划过屏幕，在一层灰尘上留下了一条黑线。

没有衣帽间，只有一个爱德华风格的大衣橱。加百列打开门，用手电向里面照着：几叠折叠整齐的汗衫，挂在衣钩上的夹克、衬衫、裤子。他拉开一只抽屉，里面有一格毛毡垫的首饰盒，里面是几颗污旧的袖扣，几枚印章戒指，一块古董手表，黑色的皮表带已经破裂。他翻过手表，查看背面：*赠与埃瑞克，敬慕你的莫妮卡*。他拿起一枚戒指，沉重的黄金印章上镌着一只鹰。上面还刻着字，是贴着戒指内圈的一行很小的字：*1005，干得漂亮，海因里希*。加百列将戒指和手表都滑入了自己的口袋。

他离开了卧室，在小厅处逗留了一阵子，向窗外一瞥，车道上没有动静。他又进了第二间卧室。空气里弥漫着浓重的玫瑰和薰衣草精油的香气。地上铺着一张浅色的软地毡，一袭印花丝绒被盖在床上。爱德华衣橱同另外一间的一模一样，只是在门上多了面镜子。在橱里，加百列发现了女人的衣物。雷娜特·霍夫曼曾告诉他，沃格尔一生单身。那么这些衣物是谁的呢？

加百列来到床头柜前。一大部真皮封面的《圣经》摆在蕾丝桌布上。他抓起书脊，用力地翻动书页。一张照片弹落在地上。加百列用手电一照，仔细地察看。照片上是夏日的山间草地，有一名妇女，还有一个十几岁的少年和一名中年男子，都坐在一块毯子上。他们都在对着镜头微笑，妇人的胳膊搂住了男子的肩头。尽管照片是三四十年前拍的，依然可以清清楚楚地认出来——其中的男子就是路德维格·沃格尔。女的是谁呢？“赠与埃瑞克，敬慕你的莫妮卡”？那少年很英俊，穿戴得整齐干净。奇异的是，他看起来颇为面熟。

他听见外面有动静。那是一种含糊低沉的隆隆声。他拉开窗帘，只见一对车头灯正缓缓穿过树丛。

加百列将照片滑入口袋，快步下楼。大厅里已经被车头灯光照亮了。他沿着原路返回——穿过厨房，穿过餐具室，走下背面的楼梯——一直回到来时经过的储物间。他能够听见脚步声在头顶响起——不错，已经有人进入室内了。他悄然把门打开，又无声地回手把它合上。

他绕到房子的正面，紧贴着屋檐下走着。那辆车就停在正门前几米远的地方，是一辆四轮驱动运动型跑车，一侧的车门敞开着。加百列能够听到电子警报器的低鸣声，显然是钥匙依然插在车上。他矮身抢到车前，拔出钥匙，将它抛进了暗夜之中。

他穿过草地，走下山坡。雪积得厚，靴子沉重，让他十分着恼。寒气扼住了他的咽喉。等他终于走过最后一个弯道，却看见木质大门已经敞开，有个男人就站在他的汽车旁边，用手电探照着车内。

加百列完全不怕一对一的对抗。不过如果是以一敌二，那就另当别论了。他决定继续前进，正面出击，在另一个人下山之前解决问题。于是他用德语吼道："说你呢！你干吗动我的车？"

那男子转过身，用手电照着加百列。从他的姿态看，并没有要伸手拔枪的意思。加百列继续往前奔，假装出一副因为别人侵犯了他的车而怒不可遏的样子。接着，他从外套口袋里抽出手电筒，挥手向那男子砸去。

男子举手隔挡，厚重的外套消解了这一砸的力道。加百列甩掉了电筒，一脚狠狠踢在了男子膝盖的内侧。他痛得呻吟出声，奋力还了一拳。加百列脚步移动，轻易就避开了，又稳稳立定，不让自己在雪地里失去重心。他的对手是个大块头，大约比加百列高六英寸，体重至少超出五十磅。如果打斗变成了缠斗，结果是可想而知的。

那男子又狠狠发出一拳，这是一记勾拳，从加百列的脸颊前面掠过。一拳落空后，他失去了平衡，身体左倾，右臂甩落下来。加百列抓住他的胳膊，向前迈步，又屈起手肘，对准男子的颧骨连续发出两记肘锤，同时精确地避开了耳朵前面致命的区域。男子瘫倒在雪地上，天旋地转。加百列又拿起电筒，给了他的脑袋精准的一击，男子失去了知觉。

加百列看了看身后，另一个人还没有返身回来。他拉开男子夹克的拉链，搜找着他的皮夹。在胸前内侧的口袋里，他找到了。夹子里有一块标明身份的名牌。他对姓名毫不在意。他在意的是那人的身份：昏厥在草地上的男人是一位联邦警察的警官。

加百列继续搜身，在胸前口袋里，他又找出了一本皮革封套的警员笔记本。就在第一页上，用孩子气的大写字母抄写了加百列的车牌号码。

10

维也纳

第二天早晨，加百列一回到维也纳就打了两通电话。第一通电话打给以色列大使馆的一个内线分机。他自称名叫克鲁吉，这是他众多电话化名中的一个。他还说，要确认与领事处鲁宾先生的一个预约。过了一阵子，电话另一端传来一个声音：“奥伯恩巷——你认识吗？”

加百列有点恼火地说他认识。奥伯恩巷是卡尔广场下面的一条肮脏的人行通道。

“从北面走进去。”那声音道，“走到一半时，在你的右边可以看到一间帽店。十点整你要准时经过这家店。”

加百列掐断了电话，随即拨通了麦克斯·克莱恩在第二区的公寓的号码。无人接听。他把话筒放回座机，站着愣了一会儿，琢磨着克莱恩可能会去哪里。

同信差接头之前，他还有九十分钟时间。他决定利用这段时间做件有实效的事情——抛弃租来的汽车。现在的局面必须小心应对。加百列已经拿走了联邦警官的笔记本。万一那警官醒来之后仍然记得车牌号，那他只要花几分钟就能找到维也纳的租车公司，然后就能查到这位名叫葛迪恩·阿戈夫的以色列人了。

加百列驱车穿过多瑙河，绕过联合国大楼，在街边找寻着停车位。他找到一处，距地铁站只有五分钟的步行距离。他停好车，掀开前盖，松开蓄电池电缆，然后回到方向盘前，试着转动车钥匙，没有动静，他这才合上车前盖，走开了。

在地铁站的一间电话亭里，他拨通了租车公司的电话，报告说他们的欧宝车出了故障，请他们派人取车。他装出愤怒的口气，另一端的接线员唯有连连道歉。从对方的语气判断，警察应该没有联系过租车公司，更没有征询过前一天晚上发生在萨尔茨卡默古特的抢劫案。

一列火车滚滚而来，驶进了车站。加百列挂了电话，登上了最后一节车厢。十五分钟后，他自北向南进入奥伯恩巷——完全依照大使馆男子的指示。通道里挤满了从卡尔广场地铁站涌出来的乘客，空气中弥漫着浓重的快餐和香烟恶臭。有个阿尔巴尼亚人瞪着一双用过毒品后的眼睛，向加百列要一欧元买吃的。加百列一语不发地走过去，直奔帽店。

加百列走近的时候，大使馆的人向他迎来。那人金发蓝眼，身穿橡胶雨衣，脖子上紧紧地围着一条围巾。他的右手拎着一只塑料袋，袋上印着帽店的名字。他们彼此认识，来人的名字是本·亚伯拉罕。

他们并肩朝通道另一端的出口走去。加百列递过去一枚信封，里面装着他来到奥地利以后收集的所有材料：雷娜特·霍夫曼给他的卷宗、从路德维格·沃格尔的衣柜里取来的手表和戒指、夹在《圣经》

里的照片。本·亚伯拉罕将信封滑入了自己的塑料袋。

“把它送回家，”加百列说，“要快。”

本·亚伯拉罕简洁地点点头：“扫罗王大道的收件人是哪个部门的？”

“不是送到扫罗王大道的。”

本·亚伯拉罕诧异地扬起了一边的眉毛：“你懂规矩的。一切都要经过总部。”

“这件是例外。”加百列说着，朝着塑料袋一点头，“把它直接送给老头儿。”

他们走到了通道的一端。加百列转身朝相反方向走去，本·亚伯拉罕在后面跟着。加百列能看得出他在想什么：他要不要冒着惹恼勒夫的危险，破坏一下琐碎的机构章程？要知道勒夫这个人最热衷的莫过于捍卫琐碎的机构章程了；或者，换句话说，要不要做件好事，卖个小小的人情给加百列·艾隆和阿里·沙姆龙？本·亚伯拉罕的权衡没有延续太久的时间。勒夫不是那种有本事激发属下为之效忠的人。勒夫不过是匆匆过客，然而沙姆龙却是希伯来天使，天使当然是永恒的。

加百列眼珠一斜，算是目送了本·亚伯拉罕。他又花了十分钟在奥伯恩巷里踱步，察看自己是否遭人监视。接着，他又回到了大街上。在一台公用电话上，他又试着拨打了麦克斯·克莱恩的号码。依然没有人接听。

他登上一辆电车，在第二区的城区内转了一圈，又花了一番工夫，这才找到了克莱恩的住处。在门厅里，他按响了门铃，但依然无人应答。看门人是一位穿印花罩袍的中年妇人，她从自家公寓里探出脑袋，满脸狐疑地看了看加百列。

“你找谁？”

加百列据实以告。

"上午他总是要去犹太教堂的。你去那里找过吗？"

犹太区就在多瑙运河的另一侧，距此最多十分钟步行的路程。同往常一样，犹太教堂有门卫把守。加百列虽然出示了以色列护照，却依然要经过一道电磁检测的闸口才可以进入。他从篮子里拿起犹太无檐帽，戴在头上，然后走进神殿。有几名上了年纪的男士正在讲经台附近做祈祷。麦克斯·克莱恩却不在其中。他又到门厅向保安询问，而保安却摇头说没见过，建议加百列到别的社区中心试试。

加百列步行来到教堂的隔壁，一位名叫娜塔莉的俄罗斯犹太人接待了他。她告诉他，不错，麦克斯·克莱恩经常来这个社区中心，不过她今天还没见过他。"有时候，老人们会去'硕滕宁'咖啡馆喝咖啡，"她说，"门牌号是十九号。你也许在那儿能找到他。"

的确有一班维也纳犹太老人正在硕滕宁咖啡馆喝咖啡，不过克莱恩不在其中。加百列问他们今天上午克莱恩有没有来过，六颗灰白头发的脑袋一齐向他摇头。

受挫败的他步行穿过多瑙运河，经过第二区回到了克莱恩的公寓楼。他再次按响了电铃，依然没有回应。接着他又敲响了看门人的公寓门。她一见来人又是加百列，脸色阴沉下来。

"等着，"她说，"我去拿钥匙。"

看门人打开门锁，喊了声克莱恩的名字，然后才迈步跨进了门槛。没有应答，于是他们继续往里走。窗帘紧闭，起居室是一片沉沉的阴影。

"克莱恩先生？"她又喊了一句，"你在吗，克莱恩先生？"

加百列打开了通往厨房的双开门，向内探看。克莱恩的晚餐还摆在小桌上，没有碰过。他走过门廊，又在洗手间门前停下来望了望。卧室的门锁着。加百列用拳头捶了门，喊着克莱恩的名字。没有回应。

看门人走到他身边。他们对视一眼，她点了点头。加百列双手攥住把手，用肩头向门上撞去。木框碎裂，他踉跄着闯进屋里。

屋里，同起居室一样，窗帘紧闭。加百列摸着墙，在昏暗中探索着，找到了电灯开关。一盏床头小灯亮起来，抛出一束光锥，照亮了躺在床上的人。

看门人惊得急喘了一口气。

加百列慢慢向前探身。只见麦克斯·克莱恩的头上蒙了一只透明的塑料袋，一条金色的缆线绕着他的头颈。他的双眼隔着雾蒙蒙的塑料袋正盯着加百列。

“我去报警。”看门人说道。

加百列坐在床缘一端，把头埋进了自己的手掌。

整整二十分钟，才等来了第一批赶到的警察。他们的态度冷漠，想必是已经认定这是一起自杀。对加百列来说，这倒不无幸运，因为如果他们怀疑是谋杀，那么同警方这番遭遇的性质就会大大改变了。他接受了两次讯问，第一次问话的是一位穿制服的警官，第二次是一位名叫格雷纳的联邦警探。加百列说自己名叫葛迪恩·阿戈夫，在“战争索赔及调查”的耶路撒冷办事处工作。又说他来维也纳是因为这里发生了爆炸案，他是来看望陪伴同事伊莱·拉冯的。他说麦克斯·克莱恩是自己父亲的老朋友，是父亲建议他去找找克莱恩，看看老头儿过得怎样。他没有提及两天前那个晚上同克莱恩的会晤，也没有向警方提起克莱恩对路德维格·沃格尔的怀疑。他的护照接受了检查，还有他的名片。他的电话号码被记在了一本小黑本子里。他受到了体面慰问。看门人还煮了茶。一切都十分礼貌周全。

正午过后不久，两名救护车工作人员赶来领取尸体了。警探递给加百列一张名片，告诉他可以走了。加百列来到街上，走过街角。在一条阴影遮蔽的巷子里，他靠在蒙着尘垢的墙砖上，闭上双眼。是自杀？不，这是位从恐怖的奥斯威辛劫后余生的老人，他不会自杀。他是遭人谋杀的。加百列忍不住想，自己恐怕也要担上部分罪责。居然没对克莱恩施加保护，真是个傻瓜。

他迈步走回自己的酒店。一幅幅画面在他的脑海里回放，犹如一幅幅未完成的画作：病床上的伊莱·拉冯，中央咖啡馆里的路德维格·沃格尔，萨尔茨卡默古特的那位警察，死去的麦克斯·克莱恩躺在床上，头上蒙着塑料袋。每一个事件都犹如一枚砝码，一一加载在一副天平的托盘上。平衡即将打破，加百列很怀疑自己将沦为下一个受害者。趁着还能自主的时候，他应该离开维也纳了。

他走进酒店，吩咐前台为他结算账单，然后上楼回房。他的门虚掩着，把手上却依然挂着“请勿打扰”，他还能听见里面传出不止一个人的说话声。他用指尖缓缓推开门。两名便衣男子正在掀开他的弹簧床垫。还有第三个人，显然是他们的上级。他正坐在写字台前看着手下干活儿，犹如一位厌倦的球迷正看着一场比赛。见加百列正站在门口，他也站起来，双手插在腰上。最后一枚砝码压在了天平的托盘上。

“下午好，艾隆。”曼弗雷德·克鲁兹说道。

11

维也纳

“如果你存了侥幸逃脱的心思，那么你会发现所有的出口都堵住了，楼梯下面还守着一位非常大块头的男人，他会玩儿似的把你制服。”克鲁兹的身体轻轻转动。他注视着加百列，双肩一前一后，好像个击剑手，又举起一只手掌，摆出一副安抚人的姿态：“别白费心思，免得没法收场。进来吧，把门关上。”

他的嗓音一如从前，中气不足，平静得有些不自然，就像一位殡仪馆里的职员在帮助悲伤的家属选取棺材。十三年过去，他见老了——狡黠的嘴边多了几道皱纹，细长的身板上添了几磅体重——另外，除了裁剪考究的衣装和傲慢的神态举止，他还获得了升迁。加百列始终紧盯着克鲁兹那双深色的眼睛。他感觉到身后又多了一个人，于是迈步踏进门槛，猛一甩手，把门摔了回去。只听身后沉沉一声闷响，紧接着传来嘟嘟囔囔的德语咒骂声。克鲁兹再次举起手掌，这一次是想命令加百列停手。

“你带武器了吗？”

加百列不耐烦地摇摇头。

“要是不介意的话，可否让我确认一下？”克鲁兹说道，“你毕竟是声名在外的人物。”

加百列将双手高举过肩头。此前在他身后的那位警官走进了房间，开始搜身。动作很专业，也很彻底，从头颈开始，一直搜到脚踝。克鲁兹似乎对搜查的结果感到失望。

“脱下外套，掏空口袋。”

加百列犹豫着，却被人在腰里狠戳了一下。他拉开外套拉链，把它递给了克鲁兹。克鲁兹摸索着每一个口袋，又摸索着衬里，找寻着夹层。

“把裤子口袋翻出来。”

加百列照做了。翻出来的是几枚硬币，一张电车票。克鲁兹看看那两名掀床垫的警官，命令他们把床重新铺好。“艾隆先生是很专业的，”他说，“我们可找不出什么。”

两名警官将床垫放回了底座。克鲁兹把手一挥，示意他们离开房间。他再次坐回到写字台前，伸手指了指床。

“随便坐吧。”

加百列站着没动。

“你来维也纳多久了？”

“你说呢？”

克鲁兹略一浅笑，算是对如此专业的应对表示答谢：“你从本·古里安机场搭乘航班，于前天晚上抵达。入住这家酒店之后，你去了维也纳总医院，陪着你的老朋友伊莱·拉冯度过了几个小时。”

克鲁兹陷入了沉默。加百列不知道克鲁兹对自己在维也纳的活动还了解多少。他知不知道自己同麦克斯·克莱恩和雷娜特·霍夫曼的会面，知不知道自己和路德维格·沃格尔在中央咖啡馆的遭遇，还有在萨尔茨卡默古特的历险？克鲁兹即使了解更多，也不大可能说出来。如果没有充分的理由，他是不会向对手摊牌的。在加百列的想象中，克鲁兹是个冷酷无情的赌徒。

“你干吗不早点逮捕我？”

“我现在也没有逮捕你。”克鲁兹点上一支烟，“虽然你破坏了我们原先的约定，我们本来还是打算视而不见的。因为我们当时认为你来维也纳是陪伴你伤重的朋友。不过很快就发现你显然是打算自行调查爆炸案。出于不言而喻的原因，我不能允许。”

“是啊，”加百列同意道，“原因是不言而喻的。”

克鲁兹望着从烟蒂的余烬中升起来烟雾。过了一阵子，他说：“我们有过约定，艾隆先生。无论何种情况，你都不要再回到这个国家了。你在这里不受欢迎，你不该来的。你是不是为你的朋友伊莱·拉冯焦心，我管不着。调查的事情，该由我们来做。我们不需要你或者你的机构为这事儿插手。”克鲁兹看了看表，“三小时后有一班以色列航空公司的班机。到时候你必须在机上。我陪你收拾行李。”

加百列看了看散落在地上的衣物。他掀开衣箱的盖子，衬里已经被割开。克鲁兹耸耸肩——难道不是意料之中的？加百列弯下身，捡拾着自己的东西。克鲁兹望着落地窗外，抽着烟。

过了一会儿，克鲁兹问：“她还活着吗？”

加百列缓缓转身，紧紧盯住了克鲁兹那双深色的小眼珠：“你是指我太太吗？”

“是。”

加百列慢慢摇着头：“不要提我的太太，克鲁兹。”

克鲁兹无情地一个浅笑：“你不会又要威胁我什么吧，艾隆？我完全可以把你拘押起来，彻底询问你在我国的所有活动。”

加百列什么也没说。

克鲁兹掐灭了香烟：“收拾行李吧，艾隆。别误了航班。”

第二部

人名堂

12

耶路撒冷

本·古里安机场的灯火刺破了海岸平原的黑暗。加百列的头抵在窗户上，望着机身下的跑道缓缓升起，向他贴近。停机坪上的碎石如同玻璃一般在夜雨中闪闪烁烁。飞机缓缓停稳，加百列一眼看到了来自扫罗王大道的男子。只见那人撑着伞，就站在扶梯下。加百列等确定所有乘客都走完了，这才最后一个离开飞机。

他们通过一条为政府高官准备的特别通道进入候机大厅。总部派来的这个男人是勒夫的门徒，同时迷信集体主义和高科技。他禁摔打，能忍耐。他相信进了这一行的男人都是皮糙肉厚供上级驱使的走卒。加百列领先一个身位走在他前头。

“头儿想见你。”

“我肯定他想见我，不过我两天没睡觉了。我累了。”

“老板才不管你累不累呢。你以为自己是谁啊，艾隆？”

即使身在重重庇护的本·古里安机场里，加百列仍是不喜欢别人叫他的真实姓名。他猛然回头转身。总部派来的男人举起了双掌，表示投降。加百列又转回身，继续往前走。总部的派员很识相，不再紧紧跟随。

户外，雨水敲打着人行道。不用问，这一出是勒夫安排的。加百列来到出租车站的凉棚下避雨，一边琢磨着该去哪里。他在以色列没有居所，情报机构就是他的家。他通常住在保密公寓，或是住在阿里·沙姆龙在太巴列的别墅里。

一辆黑色标致绕过了交通环岛。沉重的装甲压低了它的车身，犹如超载了一般。它停在加百列身前，防弹玻璃的后窗降下来。加百列嗅到了熟悉的土耳其烟草味。接着他看到了那只手，那只布满了老人斑和青筋的手，正在不耐烦地挥动着，示意他穿过雨地，赶快上车。

还不等加百列关好车门，标致车就向前冲出。沙姆龙是一刻也闲不住的人。他为了迁就加百列，掐灭了香烟，又把车窗摇低了几秒钟，把新鲜空气放进来。车窗再次合上后，加百列向他叙说了勒夫充满敌意的迎接。他先是对沙姆龙说英语，紧接着才意识到自己身在何处，于是改成了希伯来语。

“显然他是想和我谈谈。”

“是，我知道，”沙姆龙道，“他也想见见我呢。”

“他是怎么知道维也纳的事儿的？”

“你被驱逐出境之后，曼弗雷德·克鲁兹似乎给大使馆打过电话，好像还发了脾气。有人对我说情况不大妙。外交部震怒，扫罗王大道顶楼的所有人都想喝我的血——还有你的。”

“他们能把我怎么样呢？”

“什么也不能，就因为这个，你才是我最完美的搭档，当然，还因为你的天分和才华。”

汽车疾驰着离开了机场。加百列不知道他们为什么要驶向耶路撒冷，不过他太累了，没有气力去理会。又过了一阵子，他们驶入了犹太山脉的山路。很快，车厢内就充满了尤加利树和潮湿松木的气味。顺着雨水拍打下的车窗，加百列向外望去。他试图回忆起最近一次踏上这片国土是什么时候。那是在他刚刚猎杀了塔里克·阿尔·胡拉尼之后。当时他胸部中枪，就在老城城墙外的一所保密公寓里住了一个月，恢复疗养。那是三年多以前的事了。他意识到，有一条纽带，总把他同这个地方捆在一起，为此他感到恼火。他甚至不知道自己能不能像弗朗西斯科·提埃坡罗那样，死在威尼斯，然后寒酸地享受一场大陆式的葬礼。

“根据某些迹象，我认为勒夫和外交部如果了解了这其中的内情，他们对我的愤怒就会略微缓和一些了。”他举起一枚信封，“看来你在维也纳小住期间还是个大忙人啊。路德维格·沃格尔是什么人？”

加百列头抵着车窗，把一切向沙姆龙述说一遍，从邂逅麦克斯·克莱恩说起，一直讲到酒店房间里同曼弗雷德·克鲁兹的激烈对峙。很快，沙姆龙又开始抽烟了。加百列在昏暗的加长豪车里看不清他的面貌，他没有看见，老头儿此刻已露出了会心的微笑。翁贝托·孔蒂也许给了加百列利器，使他成了出色的修画师，不过他那滴水不漏的记忆力，却全赖沙姆龙的一手栽培。

“不消说，克鲁兹当然会急着把你赶出奥地利的，”沙姆龙说，“伊斯兰战斗小组？”他发出一声讥讽的笑声，“真会图省事儿。他们宣布对爆炸负责，政府就真的接受了，然后把真相藏起来，这案子就真的成了奥地利领土上的伊斯兰恐怖袭击了。奥地利撇清了嫌疑，也不用扯上沃格尔或是梅茨勒——尤其是现在，临近大选了嘛。”

“国家档案馆的文件又怎么解释？根据记录，路德维格·沃格尔是清白干净的。”

“他要是干净，为什么要在伊莱的办公室里埋炸弹，又为何要谋杀麦克斯·克莱恩？”

“这两桩案子我们都没法确认是他做的。”

“诚然，不过各种事实都指向这种可能。我们也许没办法在法庭上指证，不过这则故事足可以让报纸热销了。”

“你是建议要把消息放出去？”

“咱们为何不能在沃格尔屁股底下放把火，看他如何反应？”

“坏主意，”加百列说，“还记得瓦尔德海姆和他的纳粹老底儿被揭露的事情吧？出了这种事，大家会视之为外部势力的煽动，是干涉奥地利内政。一般的奥地利人一遇到这种事就会一致对外，奥地利当局也是如此。那次事件还让反犹太主义的气焰更嚣张了。阿里，泄露消息是个很糟的主意。”

“那你建议怎么做？”

“麦克斯·克莱恩认定路德维格·沃格尔是个党卫军，还曾是奥斯威辛集中营里的魔头。根据国家档案馆的资料，路德维格·沃格尔当时太年轻了，不可能是那个魔头——他当时是国防军，而不是党卫军。不过为了留下讨论的空间，不妨假设麦克斯·克莱恩的记忆也没有错。”

“那就意味着，路德维格·沃格尔其实另有其人。”

“正是。”加百列说，“所以咱们要查清楚他到底是谁。”

“你打算怎么做呢？”

“我还不确定，”加百列说，“不过有那个信封里的东西在，只要善加利用，有可能挖出些有价值的线索。”

沙姆龙深思地点点头：“大屠杀纪念馆有个人，你应该见见的。他可以帮到你。明天一早我就给你安排见面。”

“还有一件事情，阿里。咱们得把伊莱从维也纳弄出来。”

“完全跟我想到一块儿去了。”沙姆龙从座机上拿起话筒，按下了快拨键，“喂，我是沙姆龙。我要和总理说话。”

大屠杀纪念馆。它坐落在耶路撒冷西部的赫策尔山上，是以色列官方为纪念那场浩劫而建的纪念馆，祭奠着六百万罹难者的亡灵。它也是全世界首屈一指的大屠杀研究中心和档案库。它的图书馆藏书超过十万卷，是全球最大、最完整的大屠杀文献库。在档案馆里，收藏着五千八百万页原始文档。这其中包括数千人的个人见证录，有本人的亲笔，他人的笔录，录音或录像，来自以色列和全球各地的浩劫幸存者。

摩西·里弗林正在等他。他是位圆墩墩的胖学者，留着大胡子，说布鲁克林口音的希伯来语。他的专业研究领域不着眼于浩劫的幸存者，而是着眼于它的施暴者——那些为纳粹屠杀机器效力的德国人，和数以千计的非德国帮凶，这些人曾经自愿而热烈地投身于毁灭欧洲犹太人的运动。他还受雇于美国司法部的特别调查司，担任顾问的职务，负责编集整理证据，指证纳粹战犯，在以色列搜寻幸存的目击证人。里弗林如果不是在大屠杀纪念馆里查找档案，就是在亲身探访幸存者，寻求他们的记忆片段。

里弗林带着加百列进入档案馆，来到主阅览室。这个地方拥挤得令人惊讶，室内采光很好，一座座直达天花板的落地窗，俯瞰着西耶路撒冷的山丘。有一对学者正弓着身子坐在敞开的书本前。还有一人呆呆地盯着缩微胶片阅读器。加百列建议找个更私密的地方，于是里弗林带他来到旁边的一间小屋里，又关上了厚厚的玻璃门。加百列说的故事略去了保密的部分，却又足够详尽，没有遗漏任何重要的内容。他向里弗林展示了他在奥地利收集的所有材料：国家档案馆的文件、照片、手表，还有那枚戒指。加百列展示了戒指内圈的镌字，里弗林认真地读着文字，仔细查看。

“不得了啊。”他轻叹道。

“什么意思？”

“我必须到档案库里搜集些资料，”里弗林站了起来，“需要花些时间。”

“要多久？”

档案管理员耸耸肩：“一个小时吧，也许更快些。你以前来过纪念馆吗？”

“上一次来的时候我还是个学生。”

“去走走吧。”里弗林拍拍加百列的肩，“一个小时后回来。”

加百列沿着松荫夹道的甬路走着，一路顺阶而下，来到了昏暗中的儿童纪念碑。五支蜡烛被一面面镜子复制得无法计数，构成了一条群星烁烁的银河，扬声器播出的录音念唱着每一位死者的名字。

他从星光里走出来，重新走进璀璨的阳光，接着又走进了“纪念堂”。他一动不动地站在长明火面前。在闪烁的火光中，在黑色的玄武岩上，镌刻着历史上最丑恶的名字：特雷布林卡、索比堡、马伊达内克、贝尔森、切尔姆诺、奥斯威辛……

在人名堂里，没有火光，没有塑像，唯有浩瀚无尽的文件夹，其中是一页页见证实录，每一页都是一个牺牲者的故事：姓名、出生地、父母的姓名、居住地、职业、死难地。有位名叫硕莎娜的女士检索了数据库，找到了加百列的外祖父母：维克多·弗兰克尔和萨拉·弗兰克尔。她打印出来，面色伤感地交给加百列。在每一页的页底，都标有信息的提供者：艾琳·艾隆——加百列的母亲。

他付了一小笔钱作为打印费——每份两个谢克尔。接着他来到了大屠杀纪念馆的艺术博物馆。这里是全世界大屠杀主题作品收藏量最丰富的博物馆。漫步其中，他发现，在饥饿、奴役、极端血腥的条件下，人类的艺术创造力依然不死，而且深不可测。突然间，他自己从事的修画工作显得渺小而全无意义。“教堂美术馆里的圣人们到底与人间的事有何相干？”马里奥·德尔韦基奥，傲慢自恋的马里奥，显得毫无意义了。

最后一间房间是儿童艺术的特别展览。有一幅画吸引了他，它就像是一只手扼住了他的咽喉。这是一幅炭笔素描——一名性别难辨的儿童，在一个巨大的党卫军形象面前畏畏缩缩。

他瞥了一眼手表。一个小时过去了。他离开艺术馆，疾步赶回档案馆，去听取摩西·里弗林的检索结果。

他看见里弗林正在档案馆前庭的沙砾岩上焦急地踱步。里弗林一把抓住加百列的手臂，领他来到先前的那间小屋。等待他的是两叠厚厚的文件。里弗林打开第一份，递给加百列一张照片：路德维格·沃格尔，身穿党卫军二级突击队大队长的制服。

“他是拉德克，”里弗林耳语般地说道，难以控制他的兴奋，“我认为你找到的那人可能正是埃瑞克·拉德克！”

13

维也纳

位于苏黎世塔尔大街26号的贝克尔&普尔银行，其中有一位康拉德·贝克尔先生。他是在同一天早晨抵达维也纳的。他快速通过海关，毫无耽搁地来到候机大厅。在这里，他找到了身穿制服的司机。只见司机手持接机牌，牌上写着“鲍尔先生”。这位客户坚持要采取额外的保密措施。贝克尔不喜欢这位客户，对于这位老顾客的账户源头也毫不知情。不过，这也恰恰是瑞士私人银行业本质的体现，康拉德·贝克尔先生对这套原则也是坚信不疑的。如果资本主义是一种信仰，那么贝克尔就是最极端的信徒。在贝克尔的牢固信念里，人类对自己拥有的金钱享有神圣的权利，不应当受到政府调控的束缚，而且只要他愿意，就有权利以任何方式在任何地方藏匿他的金钱。避税不是一种选择，而是一种道德义务。在苏黎世银行的秘密世界里，他的极度谨慎是出了名的。也恰恰因为如此，这位顾客才会将这个账户委托给他。

二十分钟过后，汽车在第一区的一座玄武岩豪宅面前停下来。在贝克尔的指示下，司机连续按了两次喇叭，经过一阵短暂的等待，金属大门缓缓打开了。汽车开上了车道，此时一名男子从正门里出来，从一小段石头台阶上走下来。他年近五十岁，身材步态犹如一名速降滑雪运动员。他的名字叫作克劳斯·哈尔德。

哈尔德打开车门，随即引领着贝克尔进入正门来到前厅。同往常一样，他要求银行家打开公文箱接受检查。接着就是摆出令人难堪的达·芬奇姿势——展开双臂，叉开双腿，接受手提式电磁探棒的彻底检查。

最后，在保安陪同下，贝克尔被带到了客厅。这是一间正式的维也纳风格会客厅，长方形的房间，很宽敞，四壁刷成了深黄色，油画的外框漆成了奶油色。巴罗克式的家具一律罩着厚厚的锦缎。壁炉上方是一座镀金时钟，轻柔地发出嘀嗒声。每一件家具，每一盏灯，每一件装饰品，似乎都在同临近的物件相互呼应着，整个房间布置和谐，浑然一体。这房间的主人，显然是既有钱又有品位的。

客户，也就是沃格尔先生，正坐在一幅肖像画的下方。依着贝克尔先生的眼力，这幅画应该出自老卢卡斯·克拉纳赫的手笔。沃格尔缓缓抬起手，伸了出去。他们俩是不协调的一对：沃格尔是高大的日

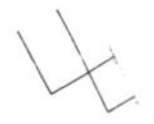

耳曼人，一对明亮的蓝眼珠，一头白发；贝克尔是个秃顶的小个子，由于长年应付五湖四海的各色客户，他练就了一副圆融可人的面貌。沃格尔松开了银行家的手，向一张空椅子指了指。贝克尔坐下来，从公文包里取出一本皮革封面的账簿。客户严肃地点点头。他一贯不是个会说废话的人。

“截至今天早晨，”贝克尔说道，“账户内的总资产价值为二十五亿美元。其中大约十亿美元为现金，以美元和欧元的形式分成两个等份。其余的钱用于投资各类证券、债券，还有相当一部分投资了房地产。为了做好清算和分散账户的准备，我们正在着手卖掉手上的房地产项目。根据目前国际经济的形势，花费的时间会比我们预计的更长些。”

“何时能结束？”

“我们争取的日期是本月底。即便我们不能达成预计目标，一旦收到总理办公室的来函，资金的分散就可以立即开始。我们必须遵守非常具体的规定。来函必须亲手递交到我在苏黎世的办公室，总理宣誓就职后一周内就得送达。来函必须使用总理的官方信笺，还要有总理的签字。”

“我可以向你保证，总理的公函一定会来的。”

“如果预料不错，那么梅茨勒先生将会获胜，所以我已经开始安排付款事宜，这可是一项艰难的任务。你知道的，这些人分布太广了，从欧洲到中东，从南美到美利坚合众国。我还联络了梵蒂冈银行的首脑。也许你也预见到了，由于当前罗马教廷的财务状况堪忧，所以他很愉快地接了我的电话。”

“这有何奇怪？两亿五千万美元可是一大笔钱哪。”

银行家警惕地浅浅一笑：“是的，不过即使教皇本人也不会知道这笔钱的真正来源。在梵蒂冈眼里，这笔钱只是来自一名豪富的匿名捐赠人。”

“接下来还有你的那一份。”沃格尔说道。

“是银行的那一份，那一份的数目是一亿美元，付款日期是在所有款项分散完毕之后。”

“一亿美元，加上这些你收到的所有交易手续费，再加上你从年度收益里提取的份额。这个账户会把你变成一个极为富有的人。”

“你的同志们对那些帮助他们完成使命的人十分慷慨。”银行家合上账簿，发出一声闷响。接着他把双手交叉在一起，深思般盯着手掌停顿了一阵子，然后说道：“不过我看，还是出了一些没有料想到的……乱子。”

“什么样的乱子？”

“大概是这样，有几位本该收到款子的人物，近期内神秘地死去了。最后一位是那个叙利亚人。他在伊斯坦布尔的一间绅士俱乐部里遭了谋杀，死在一个俄罗斯妓女怀里。那姑娘也被杀了。场面很恐怖。”

沃格尔伤感地摇摇头：“早该有人提醒叙利亚人别去那种地方。”

“当然，作为账户的主人，你拥有密码，所以你将保留一切无法发放的款子。这也是条款中规定的。”

“那我可太走运了。”

“希望教皇不要遭遇类似的事故，”银行家摘下眼镜，察看着镜片上有没有污渍，“我想我有义务提醒你，沃格尔先生，我本人是唯一有权力发放款项的人。如果我死了，这项授权将自动移交给我的伙伴普尔先生。如果他遭遇暴力而死或是死于别的什么神秘的状况，这个账户将予以冻结，直到我的死因大白于天下为止。如果死因无法确认，账户就会继续休眠。瑞士银行的休眠账户是什么结果，你不会不清楚吧？”

“最终，它们都会变成银行自己的资产。”

“没错。我猜想你也许会打官司解决，不过那样一来你就得面对许多令人尴尬的问题，比如这些钱的来源问题——这些问题，瑞士银行业、政府是不愿公布于众的。你也许可以想见，这样的质询一定会让所有参与其事的人很不舒服。”

“既然如此，为了我，你要好好保重啊，贝克尔先生。你的健康和安全对我是极端重要的事情啰。”

“听到这话我太高兴了。我期待着总理的来函。”

银行家将账簿放回他的公文箱，又合上了盖子。

“对不起，还有一项例行程序，我几乎忘了。谈到账号，您有必要向我复述一遍，以便记录在案，沃格尔先生，你现在能背得出来吗？”

“能，当然，”接着，他用德国式的精准口吻念道，“六、二、九、七、四、三、五。”

“密码呢？”

“一、零、零、五。”

“谢谢你，沃格尔先生。”

十分钟后，贝克尔的汽车停在了使节酒店的门外。“在这儿等着，”银行家对司机说道，“我用不了几分钟就回来。”

他穿过大堂，乘电梯来到四楼。有位高大的美国人，身穿一件皱褶的西装夹克，配着条纹领带，将他迎进了417号房间。他要给贝克尔倒饮料，银行家拒绝了，又给他递烟，他又拒绝了。贝克尔从来不碰烟草。不过也许以后会碰的。

美国人举手指向公文箱。他递了过去。美国人打开盖子，卸下伪装的皮革夹衬，露出了录音设备。接着他取出磁带，将它放进了一台小小的播放设备。他按下了“倒带”键，然后是“播放”键。声音质量好得出奇。

“还有一项例行程序，我几乎忘了。谈到账号，您有必要向我复述一遍，以便记录在案，沃格尔先生，你现在能背得出来吗？”

“能，当然。六、二、九、七、四、三、五。”

“密码呢？”

“一、零、零、五。”

“谢谢你，沃格尔先生。”

停。

美国人抬起头，露出了微笑。银行家的神色，犹如自己背叛了妻子，同她的好友出了轨，随后又被抓个正着。

“你干得很不错，贝克尔先生。我们非常感谢。”

“我触犯了那么多条瑞士银行保密规定，我自己都数不清有几条了。”

“的确。不过那都是些狗屎规定。再说，你还是能得到一亿美金，还有你的银行。”

“不过它再也不是我的银行了，不是吗？它现在是你的了。”

美国人向座位里一靠，交叠着双臂，对贝克尔的话不作否认。

14

耶路撒冷

加百列全然不知埃瑞克·拉德克是何许人也。里弗林于是向他解说了一番。

埃瑞克·威廉·拉德克于1917年出生在维也纳以北三十英里的小镇阿尔伯恩多夫，是位警官的儿子。拉德克参加过当地的体操队，在数学和物理方面也表现不俗。他获得了维也纳大学的奖学金，在那里攻读工程和建筑。根据大学的记录，拉德克是个天分很高的学生，成绩优异。他还是右翼天主教政治的积极分子。

1937年，他申请加入纳粹党。他被接纳了，党员编号为57984567。拉德克还参加了“奥地利军团”，这是个非法的纳粹准军事组织。1938年3月，在德奥合并的时候，他申请加入党卫军。由于他眼珠湛蓝，头发金黄，身材精瘦健硕，所以党卫军的种族委员会宣布他为“纯种北欧人”，经过严苛的血统检查，他被认定没有犹太或者其他非雅利安族的混血，于是被吸收为精英兄弟团的成员。

“这是一份拉德克党籍档案的复印件，还有一份他在申请入党时填写的问卷。这些文件来自柏林文档中心，那里是规模最大的纳粹和党卫军文献和记录中心。”里弗林拿起两张照片，一张是证件照，另一张是全身照，“这些是他在党卫军的官方照片。看起来就是咱们的这一位了，对不对？”

加百列点点头。里弗林将照片放回卷宗，继续讲他的历史课：

到了1938年11月，拉德克放弃了学业，开始在犹太移民署的中央办公室工作。这是一个纳粹的恐怖机构，它发动了一项运动，旨在将奥地利的犹太人驱赶出境，还美其名曰“自愿离开”。拉德克在中央办公室的首脑面前赢得了突出的好印象，这位首脑恰恰就是阿道夫·艾希曼。除他之外，艾希曼在维也纳还有一个得力助手。此人是一位年轻的奥地利纳粹党人，名叫阿洛伊斯·布鲁纳。后来经查证实，这个人参与了驱赶和谋杀十二万八千名犹太人的活动。这些犹太人分别来自希腊、法国、罗马尼亚、匈牙利。1939年5月，经艾希曼推荐，拉德克被转调至柏林的帝国安全局中央机关。在这里他被编入了保安处，也就是纳粹党的情报机关——SD。很快他就不知不觉地成了保安处首脑的直接下属。这位首脑正是臭名昭著的莱因哈特·海德里希。

1941年6月，希特勒发动巴巴洛萨计划，进攻苏联。埃瑞克·拉德克受保安处之命，来到了所谓的帝国乌克兰总督辖区，也就是包括沃利尼亚、日托米尔、基辅、尼古拉耶夫、陶里亚，以及第聂伯罗彼得罗夫斯克在内的一大片乌克兰领土。拉德克的职责包括战地保安和反游击战行动。他还创立了伪军性质的“乌克兰辅助警察”并控制了他们的行动。

在巴巴洛萨计划的筹备期间，希特勒曾密令海因里希·希姆莱，要他彻底灭绝苏联境内的犹太人。后来，国防军长驱直入，涌入苏境，同时有四支特别屠杀行动队紧随其后。犹太人被集中运送到各个僻静的地点——往往是在反坦克沟里、废弃的采石场里，或是在深深的峡谷里——他们在那里被机枪射杀，然后匆匆埋进万人坑。

“埃瑞克·拉德克十分清楚特别屠杀行动队在‘总督辖区’做了什么，”里弗林说道，“说到底，是他的地盘嘛。他可不是个坐在书桌后的官僚主义杀手。毫无疑问，拉德克很享受看着成千上万人被屠杀的场面。不过他对大浩劫的更大‘贡献’还在后面呢。”

“是什么呢？”

“这个问题的答案在你自己的口袋里。就刻在你从上奥地利带回来的那枚戒指的内圈里。”

加百列从口袋里掏出戒指，细读内圈的文字：1005，干得漂亮，海因里希。

“我猜想这个海因里希就是盖世太保的头子：海因里希·缪勒。不过站在我们的立场上，这行字里最重要的信息是这四个数字：1005。”

“你这是什么意思？”

里弗林打开了第二份文件。上面的标签是：行动–1005。

事情的开端，的确够古怪的。那缘自一次邻居的投诉。

1942年初，在春季融雪的冲刷下，波兰西部的瓦特高地区暴露出一串巨大的坟墓。数以千计的尸体浮出水面，骇人的恶臭气味弥漫在方圆数英里的地方。有位住在附近的德国人写了一封匿名信给柏林的国外事务办公室，陈述了这个情况。警钟就此响起。那些坟墓里埋着数千具犹太人的遗骸，他们都是遭了流动毒气车的毒手。这种毒气车是切尔姆诺的灭绝营最先开始使用的。“最终解决方案”，也就是纳粹最高的机密，面临被消融的冰雪泄露的危险。

大规模屠杀犹太人的第一批报告已经送到了外部世界，多亏了有一条苏联外交用电缆，才使盟军及时得到警报，了解到了德军在波兰和苏联土地上的恐怖行径。在国外事务办公室，有一个叫马丁·路德的人负责处理“犹太事务”。他知道，切尔姆诺的坟墓暴露意味着“最终解决方案”面临着机密外泄的威胁。他将匿名信转递给了盖世太保头子海因里希·缪勒，要求即刻作出应对。

里弗林存有一份缪勒给马丁·路德的回信。他将它摊在桌上，调整好了角度，让加百列看清楚，又伸手指出了最相关的段落：

> 送至外国事务办公室的匿名信，显然涉及犹太人解决方案的问题。该信已由你于1942年2月6日呈递我处。我已即刻转呈，期待获得妥善的处理。处理结果将很快产生。凡有伐木的地方，难免散落木屑，难以避免。

里弗林指着备忘录左上角的引言编号：IV B4 43/42 gRs [1005]

“几乎可以肯定，阿道夫·艾希曼收到了缪勒给马丁·路德回信的副本。你看，在地址栏里，有艾希曼在保安总局所属部门的名字。号码43/42，代表的是日期，1942年的第43天，也就是2月28日[①]。缩写‘gRs’代表帝国顶级机密。还有这儿，在方括号里，这四个数字就是绝密行动的代号：1005。”

里弗林将备忘录放回了卷宗。

“缪勒给马丁·路德回信后不久，埃瑞克·拉德克离开了他在乌克兰的岗位，转调回了柏林的帝国安全局中央机关。他被分配到艾希曼的部门，开始了一段紧张的研究和筹划工作。你想啊，要想把历史上最大规模的大屠杀藏匿起来，可不是件小事情。同年六月，他回到东线，在缪勒的直接指挥下，开始工作了。”

拉德克在波兰城市洛兹，位于切尔姆诺灭绝营东南约五十英里的地方，建立了自己的1005号特遣队总部。确切的地址属于“帝国保密文件”，只有党卫军高层的几个人知道。所有的通讯联络都要通过艾

① 原文可能计算有误。——译注

希曼在柏林的机构。

拉德克决定采用火化来处理尸体。火烧尸体的办法以前也尝试过，不过都是通过火焰喷射器来完成的，效果并不理想。拉德克将他的工程学素养派上了用场，他采取了一种空气动力柴堆法，一次可以火化两千具尸体。他把二十三至二十七英尺长的粗木料在汽油里浸泡过，然后再放在水泥座上，尸体摆在木柴之间——一层尸体，一层木柴，一层尸体，一层木柴……汽油浸泡过的引火物安置在最下层。点火焚烧后，碳化的骨头由重型机器压碎，然后抛弃。

这种肮脏的活计就由犹太奴隶劳工来完成。拉德克将犹太人组成三队，一队扒开万人坑，第二队将尸体抬上柴堆，第三队将骨灰过筛，留下骨头和有价值的东西。每次行动结束后，该地都会被铲平，重新绿化，毁去形迹。接下来，奴隶劳工也会遭到杀害，然后毁尸抛尸。1005号行动的秘密就这样被埋藏起来。

切尔姆诺的工作完成后，拉德克和他的1005号特遣队又赶往奥斯威辛，去清理那里的万人坑了。到1942年夏末，贝尔森、索比堡、特雷布林卡集中营出现了严重的污染和健康问题。营地附近的水井，是用来向守营兵士和附近的国防军提供饮用水的，现在被巨大的坟墓污染了。有些地方，单薄的表层土裂开，恶臭在空气中弥散。在特雷布林卡，党卫军和乌克兰的刽子手甚至连尸体都懒得全数掩埋。营地长官弗朗兹·斯坦格尔到任的那一天，他从二十英里以外就能闻见特雷布林卡的恶臭。从营区到路边，尸体随处抛弃。在火车站台上，也有成堆腐烂的尸身迎接他。斯坦格尔抱怨说他没法在特雷布林卡工作，除非有人把这烂摊子收拾干净。于是拉德克下令清理埋尸坑，然后焚烧。

1943年春，红军的推进迫使拉德克将注意力从波兰的灭绝营转移到了被苏联占领的东方屠杀场地。很快，他再次回到了乌克兰。拉德克知道尸体埋在哪里，而且很确切。因为两年前，他就协调组织过特别屠杀行动队。到了同年夏末，1005号特遣队从乌克兰调到了白俄罗斯，到了九月份，它活跃在波罗的海沿岸的立陶宛和拉脱维亚。在那里，整个犹太社会已经遭到了灭顶之灾。

里弗林合上了卷宗，厌恶地把它推开了。

“我们永远也没法知道拉德克和他的手下究竟处理过多少尸体。罪恶滔天，要想完全藏匿是万万不可能的。不过，1005特遣队居然成功地抹去了许多证据，而且使人没办法在战后估算出确切的死亡数字。拉德克的活儿做得太彻底了，有时候，波兰和苏联派出的大屠杀调查专员根本找不到万人坑的痕迹。在巴比亚峡谷，拉德克的清理做得太绝了，战后，苏联政府居然顺便把它建成了一座公园。如今很不幸，由于缺乏实体遗骸，一些疯狂的极端主义者甚至因此就大胆宣布，大屠杀根本没发生过。拉德克的行径至今是我们的梦魇。”

加百列想到了人名堂里的那一页页见证录。数百万冤魂，他们的墓碑仅仅是这些纸片。

“麦克斯·克莱恩发誓说，他在1942年初夏的奥斯威辛见过路德维格·沃格尔，”加百列道，“根据你所说的这些，这就完全有可能了。”

“的确啊，当然，这得先假定沃格尔和拉德克真的是同一个人。1942年的时候，拉德克的1005特遣队在奥斯威辛集中营肯定十分活跃。不过拉德克是否在某一天正好在营中，就很难证实了。”

“对拉德克战后的情况我们了解多少？”

“不多，很遗憾。他曾经假扮成国防军下士想逃出柏林。他被怀疑是党卫军的人，遭到了逮捕，在曼海姆的战俘营服刑。1946年初的某个时候，他成功地越狱了。接下来的事很神秘。他显然成功地逃出了欧洲。在一切可能出现的地方，都有传言说他出现过——叙利亚、埃及、阿根廷、巴拉圭——然而一切传说又都不靠谱。追杀纳粹的猎手们盯着大鱼呢，像什么艾希曼、伯曼、曼哲鲁、缪勒。拉德克低空飞行，成功地躲过了雷达。此外，1005行动的秘密保守得太好了，甚至在纽伦堡审判的时候都没有涉及这个题目。没有人了解太多的情况。”

“曼海姆战俘营是谁在管理？”

“那是个美国的战俘营。”

“他是怎么逃出欧洲的，我们知道吗？”

“不知道，不过我们料想他有外援。”

“敖德萨组织？”

“有可能是敖德萨，也有可能是别的纳粹秘密网络。”里弗林略一犹豫，又说，“还有可能是某个公开而古老的机构，总部在罗马，它运作了战后最成功的‘老鼠路线’计划[①]。”

“是梵蒂冈？”

里弗林点点头：“说到资助纳粹，组织逃离欧洲的路线，敖德萨没法同梵蒂冈相比。既然拉德克是奥地利人，那么几乎可以肯定，帮助他的人是胡德尔主教。”

“胡德尔是谁？”

“阿洛伊斯·胡德尔是个奥地利人，排斥亲犹太主义，是个狂热的纳粹。他利用自己在罗马的德国神学院院长身份，帮助了数以百计的党卫军军官，使他们逍遥法外。这其中包括弗兰茨·斯坦格尔，也就是特雷布林卡集中营的长官。”

“他为这些人提供了什么样的帮助呢？”

---

① “老鼠路线”（Ratline）：第二次世界大战结束前夕，德国情报机构驻意大利的头目瓦尔特·拉乌夫精心策划的纳粹战犯逃亡计划，将一些纳粹分子分别送到西班牙、埃及、黎巴嫩和阿根廷等国。超过3万名纳粹分子通过这条路线逃脱了法律对他们的制裁。

“对那些刚开始逃亡的家伙，先提供一本红十字护照，用的是新起的名字，再加一张某个遥远国家的签证。他还会给他们一些零花钱，还有预支的路费。”

“这些，他做不做记录？”

“显然做的。不过他的记录都牢牢地锁好了，钥匙藏在神学院里。”

“凡是你有的阿洛伊斯·胡德尔主教的资料，我都需要。”

“我会综合成一份卷宗给你。”

加百列拿起拉德克的照片，仔细端详。这张面孔看着有几分熟悉。在里弗林讲述的过程中，这张脸始终吸引着他的注意。接着他想到了当天上午在大屠杀纪念馆的艺术博物馆里看到的那张碳棒画的素描——畏缩的孩子，在党卫军魔头面前战栗。一瞬间，他想起来了：他的确见过拉德克的脸，而且他还记得是在什么地方。

他突然站起来，碰翻了椅子。

“有什么问题吗？”里弗林问。

“我认识这个男人。”加百列说着，眼睛盯着照片。

“怎么认识的？”

加百列忽略了提问。“我需要借用这个。”他说。接着，不等里弗林回话，他闪身出门，离去了。

15

耶路撒冷

以前，他会选择最快捷的路径，向北穿过拉姆拉、纳布卢斯、杰宁。现在，即使像加百列这样富有生存能力的人，也绝不会作出如此愚蠢的选择了，除非他有一辆装甲车和武装卫队给他护驾。所以，他选择了一条更长的路——从犹太山脉的西坡驶下，驶向特拉维夫，经过海岸平原到哈代拉，然后折向东北，穿过卡梅尔山山脊，到达美吉多——最终战场[1]。

山谷在他面前敞开胸怀，从南边的萨玛瑞安山一直延展到北边的加利利，这里是一大片棕绿色的农田、果园、林地，最初的犹太定居者种下了它们。他朝着拿撒勒行进，然后向东，来到贝尔福森林边缘的一座农耕小镇，名字叫作拉马特·大卫。

他花了几分钟查找地址。当初为艾隆家建造的平房已然被推倒，代之以加利福尼亚式的砂岩大房，屋顶装了卫星天线，车道上停着一辆美国产迷你面包车。加百列继续望过去，只见一名士兵从正门走出来，迅速穿过门前的草坪。加百列的记忆从眼前闪过。他看见了父

---

① 美吉多城（Megiddo），位于现今的以色列，连贯非洲与亚洲，是古代著名军事要冲。“米吉多”一词在《圣经》中象征“世界末日之时，善恶对决的最终战场”。

亲，在一个炎热的六月的晚上，正走过眼前的士兵所走的路径。当时他没有意识到，后来才知道那其实是他最后一次看见活着的父亲。

他看看隔壁的房子。那是原先吉奥娜家房子的旧址。塑料玩具落在门前草坪上，这说明一生未婚又没有孩子的吉奥娜不再住这里了。加百列仍然有信心从现在的主人那里打听到她的下落，因为说到底，以色列就像一个吵吵闹闹的大家庭，否则，以色列就不是以色列了。

他按响了门铃。一名丰满的少妇用带有俄罗斯口音的希伯来语接待了他。她没有让加百列失望，吉奥娜现在住在采法特，那俄罗斯妇女有她的地址。

从古老的时代起，犹太人就开始在采法特的中心地带定居了。自从1492年犹太人遭到西班牙驱赶之后，奥斯曼土耳其就允许更多的犹太人来此定居，这座城市因此繁荣起来，成了犹太神秘主义和犹太学术、艺术的中心。以色列独立战争期间，采法特眼看就要陷落在优势兵力的阿拉伯军队手里。当时有一个排的先锋部队团战士赶到，增援被围困的军民。他们趁着夜幕从迦南山要塞出发，冒险潜入城中。先锋团的队长同采法特有威望的拉比谈判成功，打破逾越节的宗教禁忌，加固了城市的防御工事。这位队长的大名是阿里·沙姆龙。

吉奥娜的公寓位于“艺术家社区”，门前是一段鹅卵石台阶。她是位人高马大的妇女，身披一件长袖腰带袍，一头松散的灰发。她戴的镯子太多了，伸臂搂住加百列脖子的时候，发出哗啦啦的响声。她拖着他进了屋，来到一间起居室兼作陶艺室的房间，请他坐在石头露台上，俯瞰着夕阳中的加利利。空气中弥散着灼热的薰衣草油味道。

一盘面包和鹰嘴豆沙端了上来，还有橄榄和一瓶戈兰葡萄酒。加百列立即放松下来。吉奥娜·莱文像他的亲姐妹一样。从前他的母亲上班或是身体不好需要卧床的时候，她都会照顾他。有时，他会在夜里从窗户爬出去，潜入邻居家，偷跑到吉奥娜床上。她会抱着他，安抚他。那种感觉是他从母亲身上得不到的。他的父亲死于六月战争[①]的时候，正是吉奥娜为他抹去了眼泪。

有韵律的晚祷告声，犹如催眠曲一般从附近的犹太教堂里飘荡出来。吉奥娜向油灯里又添了些薰衣草油。她谈起了时局，谈起了被占领土上的战斗，谈起了特拉维夫和耶路撒冷的恐怖主义，谈起了在战争中牺牲的朋友，谈起了那些放弃在以色列找工作、移居到美国的朋友。

加百列喝着葡萄酒，望着火烧般的夕阳坠入加利利的地下。他听着吉奥娜说话，然而心里却想到了他的母亲。她去世快二十年了，在此期间，他发觉自己想到她的时候越来越少了。她年轻时的那张面孔对他越来越遥远，模糊成了一片磨损的色块，犹如时光侵蚀过的油画。他能想到的唯有她死后的面貌：在癌症的摧残下，她的五官憔悴，变成了一副僵板静寂的表情，似乎是在摆好姿势请人画像。她似乎很欢迎死亡。她终于可以解脱了，记忆所带来的煎熬也可以就此从体内释放。

她是否爱他？爱的，他现在是这么认为。然而她从前一直被重重高墙包围着，他永远也没法揣度她的心思。她很容易伤感，暴躁的情绪反复发作。她半夜里总睡不踏实，节庆的场合总是开心不起来，油腻的饮食也吃不进去。她的左手总是缠着绷带，遮盖着已经褪了色的文身数字。她对他们解释说，这是她的犹太标记，犹太人耻辱的象征。

为了接近她，加百列开始学习绘画。她很快产生了反感，认为这是对她隐私的一种侵犯。后来，他的天才越发成熟，而且开始向她挑战。对于他难以掩盖的天才，她表现出嫉妒。加百列促使她达到了新的高度。她的痛苦在生活中无处藏匿，于是表现在了她的作品中。盟

① 即第三次中东战争。

梦般的画面不断从她的记忆中涌现出来，呈现在她的画布上。加百列为此十分迷惑，他开始探究根源。

在学校里，他了解到有个地方叫作比克瑙。他问她，左臂习惯缠着绷带是怎么回事；问她为何总穿着长袖的衬衫，即使在炎炎夏日；他问她战争期间发生了什么事，外公外婆又遭遇过些什么。她先是拒绝回答，然而最终，在他不厌其烦的追问下，她的口气松动了。她的叙述既简短又不情愿。加百列虽然年幼，却能够体味出其中的逃避闪烁和罪恶的痕迹。的确，她曾经身陷在比克瑙，她的父母刚到达的那一天就遭了毒手。她做苦工才活了下来。就讲了这些。加百列依然渴望了解更多具体的情形，于是自己在心里编造演绎出各种虎口脱险的故事。后来，连他也产生了耻辱和负罪的感觉。她的煎熬，犹如遗传疾病，已经感染到了下一代身上。

这个问题从那以后他们再也没有讨论过。就像一扇钢铁的大门怦然闭合，好像那场大屠杀从来不曾发生过。她开始了一段漫长的抑郁，而且许多天卧床不起。后来她终于起床了，却又缩在画室里，开始作画。她不知疲倦地工作，没日没夜。有一次加百列顺着虚掩的门偷窥，他发现她双腿叉开瘫坐在地上，双手沾满颜料，在画布前颤抖着。他之所以到采法特来见吉奥娜，就是因为那画布。

夕阳坠落，露台上冷起来。吉奥娜在自己肩头披上披肩，又问加百列是不是有意回来定居。加百列支吾着说自己要工作，就像她的朋友们得去美国一样。

“那你如今在哪儿工作呀？”

他没有回避。如实说道：“我修复古代名画。我需要在画作所在的地方工作。在威尼斯。”

“威尼斯，”她哂笑着说，“威尼斯是座博物馆。”她朝着加利利的方向举了举酒杯，“这里才是真实的生活，这才是真正的艺术呢。别修什么画了，你应该把全部的时间和精力集中起来，画你自己的作品。”

“我哪里有什么自己的作品可画，很久以前它就和我无缘了。我是世界上最好的修画师之一。这对我来说就够好的了。”

吉奥娜扬起了双手，手上的镯子像风铃般响起来：“撒谎，你这是在撒谎。你是个艺术家，加百列。到采法特来吧，找回你的艺术，找回你自己。”

她的刺激令他不舒服。他本想告诉她这其中还有另外一个女人，然而那样就会又牵涉出一个他力图回避的话题。于是，他只是默然不语，填补沉默的是一阵阵抚慰人心的晚祷告声。

“你来采法特做什么？”最后，她问道，“我知道你大老远赶来不是来听你吉奥娜大姐给你上一课的。”

他问吉奥娜是否还保留着他母亲的绘画和素描。

“当然，这么多年我一直留着，就等着你来要回去。”

“我没打算从你手上要走，我只是想看看它们。”

她举起一支蜡烛照着他的脸：“你有事儿瞒着我，加百列。这世界上只有我一个人能看得出来你藏着秘密。从来如此，尤其是你小的时候。”

加百列又给自己倒了杯葡萄酒，然后向吉奥娜讲述了维也纳发生的事情。

她拉开了储藏间的门，猛地拉下了灯绳。小隔间里从地板到天花板堆满了油画和素描。加百列开始翻找起来。在此之前，他几乎忘记了母亲的天分是多么的高。他能从作品中看到贝克曼、毕加索、埃贡·希勒等人的影响，当然还有她的父亲——维克多·弗兰克尔。其中还有许多主题，甚至是取自加百列当时的作品。他的母亲把它们拓展了，或者说，有些情况下是彻底颠覆了。她的天才令人窒息。

吉奥娜把他推到一边，自己又找出一堆画布和两个装满素描的大信封。加百列蹲在石头地板上，察看着一件件作品。吉奥娜在他的身后探望着。

有一些集中营的画面：儿童挤在上下铺的床上；妇女在工厂里充当苦役；尸体如积木般堆放着，等待着被丢进火里焚化；一个家庭，全家人挤在一起，毒气在他们周围蒸腾起来。

最后一张画布上呈现的是一个孤单单的人物：一名党卫军军官，从头到脚一身黑色衣冠。当年他在母亲画室里见过的，就是这张画。相比之下，其他作品又黑暗又抽象。然而这一张，她使用了现实主义的还原画法。她的技法无懈可击，加百列由衷地赞叹着。就是这张面孔，此刻它终于清晰地呈现在他的眼前了。画中人正是埃瑞克·拉德克。

吉奥娜为加百列在客厅的沙发上铺好了床铺，又给他讲了《圣经注释》里的故事。

“在创造世界之前，上帝自己是唯一的存在。上帝决定创造世界，于是退了一步为世界留下空间。在这个空间里形成了宇宙。但是现在，在这个空间里没有上帝了。上帝创造了神圣的火种，火光，在新创世界里填满光明。上帝造光的时候，他为了把光放进世界，就准备了一些特殊的容器盛光。然而出了事故，容器都打破了。上帝的圣火和容器的碎片充满了整个宇宙。”

“这故事挺可爱，”加百列说着，帮着吉奥娜把毯子边角塞进了沙发垫子的下面，“可是这和我母亲有何关系？”

“犹太《圣经》释文教导我们，上帝的圣火和火种必须全部集中起来，否则创造新世界的任务就没有完成。作为犹太人，这是我们神圣的职责。我们称它作Tikkun Olam，也就是修复世界。”

“我可以修复很多东西，吉奥娜，但世界可是一张太大太大的画布，它受的损害也太多了。”

“所以从小事做起。”

“怎么做？”

“把你母亲的那份‘火种’找回来，惩罚那个打破容器的人。”

第二天早晨，加百列没有叫醒吉奥娜，径直从她的公寓里溜了出去。他走下鹅卵石阶梯，走进了朝阳中的小巷，胳膊下面还夹着那张拉德克的肖像画。一名犹太东正教教徒正在去早礼拜的路上。他认为加百列是个疯子，于是愤怒地朝他挥拳头。加百列将画装进汽车后备厢，然后驶出了采法特。血红的太阳打破了山脉的脊梁，在它的下面，加利利海燃烧成了一片火。

他在阿弗拉停下吃早餐，又在摩西·里弗林的录音电话里留言，提醒他自己还要来大屠杀纪念馆。他抵达的时候已经快中午了。里弗林正在等着他。加百列给他看了那幅画。

“谁画的？”

“我母亲。”

“她叫什么名字？”

“艾琳·艾隆，不过她的德国姓氏是弗兰克尔。”

“她当时在哪里？”

“集中营的女子营，在比克瑙，从1943年1月到战争结束。”

“就是死亡之旅的那个地方？”

加百列点点头。里弗林抓住加百列的手臂，说道：“跟我来。”

里弗林将加百列带到档案馆主阅览室的一张桌前，自己也在一台电脑终端前坐下。他向数据库输入了词条“艾琳·艾隆”，一边等着搜索结果，一边用短粗的手指不耐烦地敲打着键盘。数秒钟后，他在一张草稿纸上匆忙写下五个数字，随后，一个字也没对加百列说，他就穿过一道通往档案库的走廊，消失了。二十分钟后，他回来了，将一份文件放在桌上。透过透明的塑料封皮，可以看到英文和希伯来文的“大屠杀纪念馆馆藏档案”的标记，以及档案的编号：03/812。加百列小心地打开塑料封面，翻到第一页。看了标题，他突然间感到一阵寒意：艾琳·艾隆见证录，记录于1957年3月19日。里弗林伸出手按了按他的肩头，然后悄然溜出了房间。加百列略一犹豫，随即低头开始阅读。

16

艾琳·艾隆见证录：1957 年 3 月 19 日

我无法讲出我所看到的全部。我不能。那是对死者的亏欠。在那些所谓优等种族手里，我们受了什么样残酷的虐待，为了多活一天，我们当中有些人又做出了什么样的事情，这些我也不会全都讲出来的。除了亲身经历过的人，没人能真的体会那是什么样的状况，我是不会再一次让那些死者蒙羞的。我只能告诉你们我所做的事情，还有那些发生在我身上的事情。我在奥斯威辛集中营的比克瑙分营度过了两年，整整两年，一天不差，可以说是一个小时也不差。我的名字叫艾琳·艾隆。曾经用过的名字是艾琳·弗兰克尔。以下是我1945年1月所看到的，关于比克瑙死亡之旅的情况。

要想明白死亡之旅的悲惨，你必须理解此前发生的一些事情。你也听到过别人讲的故事，我要讲的没太大不同。同其他人一样，我们坐的是火车。我们那趟车夜半时分从柏林出发。据他们说，我们是去东边，去做工。我们相信了他们。我的父亲维克多·弗兰克尔是位画家，他在行李中带了一本素描簿，一些铅笔。在此之前，他被解除了教师的职务，并被纳粹宣布为“堕落分子”。他的绝大多数作品都被没收焚毁了。他还盼着到了东边，纳粹能恢复他的教师工作。

当然，车厢里不会有座位，连水和食物也没有。我记不清旅程延续了多久。我也忘记了那期间太阳升起落下了几次，记不得多少次驶入又驶出黑暗。没有厕所，只有便桶——一个便桶，六十个人用。你可以想象，我们忍受的是什么样的环境。你也可以想象得出，那是一种怎样无法忍受的气味。想象一下，我们有些人经历了把人逼疯的待遇之后，会采取一些什么手段。在旅程第二天，一位站在我身边的老妇人死去了。我替她合上眼，为她祈祷。我守着我的母亲汉娜·弗兰克尔，以为她也会就这么死去。火车尖叫着停在一座车站的时候，我们已经死了近一半的人。有人在祈祷，还有些人感谢上帝，因为他们以为总算结束了。

此前，我们在希特勒的魔爪下已经生活了十年。我们经历了纽伦堡法案的迫害，经历了水晶之夜[1]的噩梦，我们眼

① 水晶之夜（Kristallnacht）：又译碎玻璃之夜，是指1938年11月9日至10日凌晨，希特勒青年团、盖世太保和党卫军袭击德国和奥地利的犹太人的事件。该事件标志着纳粹对犹太人有组织的屠杀的开始。

看着一座座犹太教堂被焚毁。尽管如此，门闩落下，车门拉开的时候，我还是没有做好迎接眼前那一幕的准备。我看到一根高高的、尖尖的砖红色烟囱，浓浓的黑烟从里面喷出来。烟囱下面有一座建筑，里面闪出愤怒的、跳动的火光。空气里弥散着一种可怕的气味，我们分辨不出那是什么，到今天它还在我鼻孔里回荡。在月台上有一块标牌——奥斯威辛。当时我就知道了，我来到了地狱。

“犹太人，出来，出来！”一个党卫军一鞭子抽在我大腿上，“从车里滚出来，犹太人。”我跳上了冰雪覆盖的月台。我站了多日，全无气力，双腿一弯就跌了下去。那个党卫军又挥起了鞭子，这一次抽在我的肩上。那种痛楚是我以前从没遭遇过的。不过，我还是忍住了没哭出来。我想帮着我母亲下车，那个党卫军把我推开了。我的父亲跳下月台，随即瘫倒。我母亲也是一样。和我一样，他们被鞭子抽打着站了起来。

一些穿条纹睡衣的人挤上了火车，开始动手抢我们的行李，将东西往车下扔。我当时想，这些疯子是些什么人，我们就带了这点可怜的东西，还要来抢？他们就像是疯人院里出来的，剃光了头，皮包骨的脸，满嘴的牙齿都烂了。我父亲转身对党卫军说：“看哪，这些人在拿我们的东西。制止他们！”那个党卫军漠然地回答说，这不是要偷我们的东西，只是为了送去整理。一旦我们的宿舍分配好了，行李会跟着送来。我父亲还向那党卫军道了谢。

他们用棍棒和鞭子把我们分隔开，男归男，女归女，又要求我们五人一队排列整齐。我当时还不知道，在今后的两年里，我都必须这样，走在五人一列的队伍里。我想法子让自己排在了母亲身边，我想要拉住她的手。一名党卫军挥棒打在我胳膊上，把我们隔开了。我听见了音乐，某个室内乐队正在演奏舒伯特。

队列的尽头是一张桌子和几名党卫军军官。其中一人尤为显眼。他有一头黑发，皮肤是雪花石膏的颜色。他的面孔生得英俊，还带着悦人的微笑。他的制服熨烫得很平整，马靴在月台的灯光下闪闪发光。他戴着手套，洁白无瑕。他用口哨吹着《蓝色多瑙河》的旋律。至今，我还不由自主地听见这声音。后来，我知道了他的名字。他叫门格勒，是奥斯威辛的首席医生。谁能够做工，谁应该立即进毒气室，都是由门格勒决定的。右边的生，左边的死。

我父亲走了过去。门格勒吹着口哨，瞥了他一眼，随即和气地说道："请到左边去。"

"他们保证我可以去全家人在一起的营区，"我父亲说，"我妻子可以和我在一起么？"

"这是你的愿望吗？"

"是啊，当然是。"

"哪一位是你妻子？"

我父亲指出了我母亲。门格勒说："你，出列，和你丈夫一道去左边。请快一些，今晚我们时间紧迫。"

我眼看着父母跟着其他人一道去了左边。去左边的，都是些老人和孩子。年轻的和健康的都被分到了右边。我往前走，面对面看着这位英俊的男人，和他纤尘不染的制服。他上下打量我，似乎很愉快的样子，一语不发指了指右边。

"可是我父母都去了左边。"

那个魔鬼露出微笑。他的两排牙齿之间露出一道缝隙：

"你不多久就会和他们在一起了，不过相信我，眼下，你去右边会比较好。"

他看起来非常善良，非常和蔼。我就去了右边。我回头望去，想找到我的父母，然而他们被肮脏、疲惫的人群所吞没，随着五人一列的队伍，安静地走向了毒气室。

接下两年发生的事情，我根本没法全盘说出来。有些事我已经忘了，还有些我是故意忘记的。比克瑙的生活遵循着无情的规律。纳粹的行动紧张而高效，单调而冷酷。死亡时刻都会降临，然而连死亡也变得麻木呆板了。

我们被剃了毛，不仅是头发，而是所有的地方，腋下、胳膊、腿、阴毛，都剃了。他们完全不介意剪子有没有割到我们的皮肉。我们疼得发出尖叫，他们似乎根本没听见。我们每个人都被编了号，左臂黥了字，就在手肘的下面。我再也不是艾琳·弗兰克尔了。如今我成了第三帝国的一件工具，编号为29395。他们在我们身上喷洒消毒液，他们给我们发了用粗毛线做的囚衣。我的那件闻起来有血和汗的气味，于是我竭力不做太深的呼吸。我们的"鞋"是木头块做的，配上根鞋带。我们穿着它根本没法走路——谁能呢？他们发给我们一只金属的碗，还要求我们时刻拿着它。他们说如果我们把碗放错了地方，就会立即枪毙我们。我们相信了这话。

我们被带到了一座连猪圈都不如的营房。在那里比我们先到的妇女早已没了人的样子。她们的目光空空洞洞，动作迟缓，没精打采。我不知需要多长时间自己也会变成她们的样子。这些"活死人"当中的一位向我指出了一张空床位。五个女孩子挤在这张上下铺的木架床上，褥子只不过是一点点爬满虫子的烂稻草。我们互相作了介绍。一对姐妹，罗莎和罗吉娜。其余的分别叫丽恩和蕾切尔。我们都从德国来，在生死筛选的坡道上，我们都失去了自己的父母。那天晚上，我们组成了一个新家庭。大家手拉手一起祈祷，没有人睡得着觉。

第二天凌晨四点我们就被叫起来了。今后的两年里，我每天都必须四点钟醒过来，除非有时候他们半夜命令我们出来突击点名，那样的话我们就会站在冰冷的空地上一直到天亮。我们被编成了一个个“突击队”，送到外面做工。大多数的日子里，我们会去周围的农村，铲沙子，筛沙子，为集中营的建筑工地准备材料。还有时候我们得修路、运石头。我每天都在挨打：棒打，鞭子抽，脚踢肋骨。挨打的由头可能是我掉了一块石头，或是扶着铲子柄休息太长时间了。这两个冬季寒冷彻骨，他们没有发给我们额外的冬衣，即使在户外工作也没有。夏天是酷暑，我们都得了疟疾。那些蚊子对日耳曼“主子”和犹太奴隶一视同仁。连门格勒也得了疟疾。

他们给的食物根本不够我们活着，这样一来我们长期处在饥饿状态，同时还能为第三帝国奉献仅有的体力。我绝经了，乳房也瘪了。来到比克瑙没多久，我看起来也和那些“活死人”没什么两样了。早餐，我们领到的是一种灰颜色的水，他们管它叫“茶”。午饭是腐臭的汤，我们得在工作的地方就地解决。有时候，也许会有一小块肉。有些女孩子不肯吃，因为那看起来不合犹太教的洁净教条。在奥斯威辛的比克瑙分营，我自己是不顾什么宗教教规了。死亡集中营里没有上帝，而且我也恼恨上帝抛弃了我们，让我们沉沦在命运里。如果我碗里有肉，我就吃了它。晚饭，他们给我们发面包。与其说是面包，不如说是木屑。我们学会了晚上吃一半，剩下的一半留到第二天早上。这样我们在跋涉着去工地之前胃里可以有点东西。如果你干活的时候瘫倒了，他们就会揍你。如果你爬不起来，他们会把你扔到板车上，送你去毒气室。

这就是我们在比克瑙女子营的生活。我们醒过来，将死去的人从床铺上搬开，幸运的人会在睡梦中死去。我们喝着灰色的“茶”。我们列队点名。我们排着整齐的五人一队去上工。我们吃中饭。我们挨揍。我们回营。我们点名。我们吃面包。我们睡觉，等着一切重演一遍。他们让我们在安息日那天做工。礼拜天是他们神圣的日子，于是不上工。每隔两周的星期天，他们剃光我们的毛发。一切都有日程。一切，除了选择杀人是随时随刻的。

我们学会了预料他们的举动。就像禽兽，我们的生存本能变得高度敏锐。营内的人丁数目就是最可靠的预警指标。营里人太满了，他们就该选人杀了，从来没有发出过什么警告。点名过后，他们命令我们在营区的大路上排好队，等待着门格勒和他的筛选小组，等待着一次或生或死的机会，去证明我们还有干活的能力，还有活下去的价值。

筛选过程延续了一整天。有些人根本没机会站在门格勒的桌前接受筛选，他们早就被党卫军的虐待狂“选中”了。有个名叫陶布的虐待狂，他就喜欢让我们“做锻炼”，据说是为了让我们在选官面前更强壮。他强迫我们做俯卧撑，接着他会命令我们把脸埋在淤泥里，挺着不许动。陶布有个特殊的手段，专门用来惩罚那些忍不住挪动的女孩子。他会用脚踩住她的头，将全身重量压上去，踩碎她的头骨。

最后，我们来到“法官大人”面前。他上下打量我们，记下我们的编号。张嘴，张大下巴。举起胳膊。在这个污水坑一样的地方，我们努力地保持健康，然而根本做不到。谁要是喉咙疼，就可能被送去毒气室。药膏是宝贵的，怎么能浪费在犹太人身上。所以，手指划伤了也可能被门格勒选送到毒气室。

如果我们通过了目测，我们的法官大人还要最后搞一道测试。他指着一道阴沟，说:“跳吧，犹太人。”我来到沟前，鼓起全身气力一跳。落在另一边，就能活，至少可以活到下一次的死亡筛选；如果掉进沟里，那我就得被抛上平板车，开往毒气室。我第一次经历这种疯狂的时候，心想：我是德国的犹太裔女孩，来自柏林的体面人家，父亲是著名画家，为什么要去跳这道沟？那次过后，每次我除了想跳到对岸去，双脚站稳，再没别的想法。

罗莎是我们这个新家庭里第一个被选去的。她不幸染上了疟疾，病得很重，偏巧赶上一次“大选”。门格勒眼光专业，逃不过去的。罗吉娜求那魔鬼把她也一起选去，这样她的姐姐就不用在毒气里孤单死去。门格勒微笑着，露出两排牙齿间的缝隙:“你很快也会去的，不过你还能再工作得稍久些。到右边去。”平生第一次，我庆幸自己没有姐妹。

罗吉娜不吃东西了。他们打她的时候，她也似乎浑然没有知觉。她已经迈过了那条线。她已经死了。下一次选人的时候，她耐心地等候在队伍里，熬过了陶布的“锻炼”，逃过了踩碎头颅的厄运。当她最终来到选官的桌前，她扑向门格勒，想用一把勺子的勺柄扎穿他的眼睛。一名党卫军开枪打中了她的腹部。

门格勒显然是怕了:“别为她浪费毒气！把她扔进火里！用她填烟囱！”

他们将罗吉娜抛上一辆推车。我们看着她走远，祈祷着她到达火葬场之前就早些死去……

1944 年秋，我们开始听得见俄军的枪炮声。九月，集中营第一次响起了空袭警报。三周过后，警报又响起来，营区的高射炮第一次开了火。同一天，位于第四火葬场的特遣队暴动了。他们用斧头和锤子攻击了党卫军警卫，在火葬场放起了火，后来就被机枪镇压下去了。一周后，炸弹落在营内。我们的“主子”们开始表现出焦灼。他们看起来不再是那么不可战胜，有时候甚至显得有些害怕。这给我们带来了一种快感和微小的希望。毒气屠杀停止了。他们依旧杀人，不过他们必须亲自动手了。被选出来的囚徒在毒气室里或在第五火葬场附近被枪杀。很快，他们就开始拆除火葬场。我们幸存的希望越来越大了。

从那年秋天到冬天，处境恶化了。食物不足，每天都有许多妇女晕倒、饿死、累死。伤寒带走了很多人。到了十二月，盟军的炸弹落在了法本公司的合成燃料和橡胶厂里。几天后，盟军又进攻了，不过这一次炸弹投在比克瑙城内的党卫军诊所的营房里，炸死了五名党卫军。集中营的卫兵越发躁怒，越发难以预料。我躲着他们。我尽量把自己藏起来。

新年到了，1944 变成了 1945。我们能感觉到奥斯威辛正在死去。我们祷告着诅咒它死得快些。我们讨论着该做什么。我们该不该等着俄国人来解放我们？我们该不该尝试逃跑？如果我们成功越过铁丝网，又该往哪里去？波兰的农民恨我们，和德国人没什么两样。我们等着吧。此外还能做什么呢？

到了一月中，我嗅到了烟味。我顺着营房的门向外望，营区里到处是熊熊燃烧的篝火。这气味很异样。这是第一次，他们烧的不是人。他们烧的是纸——他们在烧自己的罪证。纸灰在比克瑙飘飞着，如同雪花。两年来我第一次露出微笑。

1 月 17 日，门格勒走了。快终场了。午夜过后不久，做了一次点名。我们被告知，整个奥斯威辛集中营将会撤空。帝国依然需要我们的身体，健康的人步行撤离，生病的留在原地听天由命。我们排好了整齐的队伍，五人一列，撤了出去。

凌晨一点，我最后一次穿过那地狱之门，从抵达此地至今，整整两年，几乎一个小时都不差。我至今还没有自由。我还要经过最后一次考验。

雪又大又急地下着，冷酷无情。我们能听见远处的大炮正在交火角力，如雷鸣电闪。一群似乎望不到尽头的活死人，穿着破破烂烂的条纹囚衣和所谓的木鞋。枪杀和风雪一样，急迫而残酷。我们努力数着枪声。一百……两百……三百、四百、五百……再接下来，我们就不数了。一声枪响就又添加了一条殒灭的生命，就又添了一桩谋杀。从出来以来，我们数了几千记了。我当时恐怕还不等到达目的地，我们就全都死掉了。

丽恩走在我的左侧，蕾切尔在右侧。我们不敢趔趄跌跤。那些跌倒的人当场就被枪杀了，丢进阴沟里。我们也不敢脱离队伍或是落在后面，因为那样也会被射杀。尸体一路丢弃。我们从他们身上踩过去，一边祈祷着不要蹒跚打晃。我们渴了就吃雪，但是对于可怕的寒冷，我们就毫无办法了。有个妇女可怜我们，就把煮熟的土豆抛过来。谁要是傻乎乎地去捡，都会被射杀。

我们在谷仓里或是在废弃的军营里睡觉。谁要是醒来的时候起床不够迅速，也会被枪毙。我的饥火几乎要在胃里烧出一个洞来，这比在比克瑙时的饥饿还要厉害得多。不知怎地，我还是鼓足气力，始终走在一队人的前面。是啊，我想活下去，不过，想活下去也成了一种挑衅。他们盼着我跌倒，那样就可以顺手杀了我。我希望看见他们的“千年帝国”土崩瓦解。我要好好庆祝它的死亡，就像德国人以杀戮我们为乐一样。我想到了罗吉娜，想到她扑到门格勒面前，打算用勺子杀了他。罗吉娜的勇气给了我力量。每走一步，都是一次抗争。

到了第三天，傍晚时分，他找上了我。他骑在马上。我们坐在路边的雪地里，正在休息。丽恩靠在我身上，她的眼睛闭着，我担心她已经死了。蕾切尔把雪压在她嘴唇上，弄醒了她。蕾切尔是最强壮的一位，她几乎是一直扛着丽恩走了一整个下午。

他看着我。他是党卫军的二级突击队大队长。在纳粹统治下生活了十二年，我早已学会了识别他们的徽标。我努力想把自己藏起来，于是扭头面对着丽恩。他勒住缰绳，调整了身体的位置，为的是再仔细看看我。我不知道他在我身上看到了什么。是啊，我曾经是个漂亮姑娘，可是现在我很丑陋，而且肮脏、疲惫、恶心，简直是一具会走路的骷髅架子。我自己都无法忍受自己的臭味。我知道如果同他有所接触，结果肯定好不了。我把头埋在膝盖里，假装睡觉。他很聪明，一眼就看穿了。

“你，就是你！”他喝道。

我抬头看去，马背上的男人正径直指着我。

“对，就是你。站起来，跟我走。”

我站起来。我要死了，我知道。蕾切尔也明白。我能从她眼里看出来。她已经没有哭得出来的眼泪了。

“记着我。”我耳语了一句，随即跟着那个马背上的男人进了树林。

谢天谢地，他没让我走太远的路，仅仅离开路边几米远，来到一棵倒下的树旁。他下了马，把马拴住，坐在了倒下的树上，又命我坐在他旁边。党卫军的人从没有让我做过这样的事。他用手掌拍着树。我坐下了，不过比他指定的地方远了几寸。我害怕，不过我还是为自己身上的气味而感到羞愧。他挪近了些，他的酒气也是臭的。我死定了，只是时间问题了。

我直盯着眼前。他摘下手套，然后摸了我的脸。在比克瑙两年来，还没有党卫军的人摸过我。这个男人，这个党卫军的少校大队长，为什么要在这个时候摸我？我忍受过许多煎熬了，然而这一次绝对是最恶心的。我直愣愣盯着前方。我的身体在灼烧。

“多么可惜，”他说，“你曾经非常漂亮吧？”

我想不出来该说什么。经过在比克瑙的这两年，我懂得眼前这样的情景里，不管说什么都不对。如果我说是的，他会责骂我是犹太式的傲慢，然后杀了我；如果说不是的，他也会杀了我，因为我撒谎。

“我要和你分享一个秘密，”他说，“我对犹太女子一向都很迷恋。如果你问我个人的意见，我会建议把男人都杀了，女的归我们享用。你有孩子么？”

我想到了在比克瑙走进毒气室的那些儿童。他用五指掐住我的脸，逼我答话。我闭上眼睛，竭力不让自己喊出来。

他重复了刚才的问题。我摇着头，他这才松开了手。

“如果你熬过接下来的几个小时，也许将来你会生个孩子。你会不会告诉这孩子战争中发生的事情？或者，你会不会觉得太羞愧了，说不出口？”

生个孩子？我这种处境中的女子怎么会想到生孩子的事？以往的两年我所做的仅仅是奋力地活下去，生孩子的事完全超越了我的想象。

“回答我，犹太人！”

他的嗓音突然变得粗暴。我感到形势会一发不能收拾。他再次捏住我的脸，扭转过来面对着他。我想躲开他的目光，然而他摇晃着我，强迫我看着他的眼睛。我没有气力挣扎。他的面孔立即刻入了我的记忆，还有他的嗓音和奥地利德语的口音，至今还会在我耳边回响。

“你会如何向你的孩子讲述战争？”

他想要听什么？他想要我说什么？

他捏我的脸：“说话，犹太人！关于战争，你会对你的孩子说些什么？”

“真相，大队长先生。我会把真相告诉我的孩子。”

这话是怎么想起来的，我实在不知道。我只知道如果我要死了，至少我会死得有一点点尊严。我想到了罗吉娜，她扑向门格勒，她的武装仅仅是一把勺子。

他松开了手。第一道危机似乎过去了。他重重地吐着气，倒好像做了一整天苦工，筋疲力尽了一般。接着他从大衣口袋里取出一只细长的酒瓶，长长地灌了一口。谢天谢地他没要我喝。他把酒瓶放回口袋，又点起一支烟。他是想告诉我，我有酒精和烟草，你什么也没有。

“真相？什么是真相？犹太人，如你所见的就是真相？”

“比克瑙就是真相，少校大队长先生。”

“不，我亲爱的，比克瑙不是真相。比克瑙是个谣传。比克瑙是帝国和基督教的敌人编造出来的。它是斯大林主义，是无神论的宣传。”

“那毒气室是怎么回事？火葬场呢？”

“这些东西在比克瑙根本不存在。”

“这些东西我看见了，大队长先生，我们都看见了。”

“没人会相信这回事。没人相信会杀这么多人。好几千？当然，死几千人是可能的。毕竟是战争，还说得过去。数十万？也有可能吧。好几百万？谁信？”他抽出根香烟，“跟你说实话，我就算是亲眼见到了，还是不能够相信。”

一声枪响穿过树林，接着又是一声。又死了两个女孩子。大队长先生又掏出瓶子灌了一大口酒。他为什么喝酒？是想让身子暖和些？还是为了下定决心，然后再杀了我？

“我要告诉你该把战争说成什么样子。你必须说你被转移到了东线，你有份工作。你吃得饱饱的，医疗卫生条件也不错。说我们对你们不错，很人道。”

“如果这就是真相，大队长先生，那我怎么会变成活骷髅的？”

他没话可答，只是掏出手枪，指着我的太阳穴。

“把这段话背下来，犹太人。你们被转送到东线，你们吃得饱饱的，医疗卫生条件都好。毒气室和火葬场都是布尔什维克和犹太人编造出来的。把这些话背出来，说呀，犹太人。”

我知道在这样的情形下我是再没有活命的希望了。即使我说了这些话，还是得死。我不会说的。我才不会让他满足呢。我闭上眼睛，等着他的子弹穿过我的脑颅，消解我所有的苦难。

他放低了枪口，呼喝起来。另一名党卫军跑过来了。大队长命令他站在我身边看守着我。他自己起身离开，穿过树木，走回大路。等他回来的时候，他又带回了两名女子。一个是蕾切尔，另一个是丽恩。他下令让那个党卫军走开，然后用枪指住丽恩的前额。丽恩直直地盯着我的眼睛。她的性命在我的手上了。

“快说吧，犹太人！你被转移去了东线，你有足够的食物，吃得饱，医疗卫生都很好。毒气室和火葬场是布尔什维克和犹太人的宣传。”

我不能眼看着因为自己的沉默而害丽恩被杀。我开口要说话，不过还不等我复述那些话，蕾切尔就喊道：“别说，艾琳。他反正要杀了我们的。不要让他称心。”

大队长把枪口从丽恩头上移开，用它抵住了蕾切尔的头：“你来说，犹太婊子。”

蕾切尔直盯着他的眼睛，一语不发。

大队长先生扣动了扳机，蕾切尔倒毙在雪地里。他再次用枪顶住了丽恩的头，再次命令我说话。丽恩缓缓摇着头。我们用眼神相互道别。又一声枪响，丽恩倒在了蕾切尔身边。

该轮到我了。

大队长用枪指着我。大路上传来呼喝声。“起来！起来！”党卫军用刺刀赶着姑娘们站了起来。我知道我的跋涉到了尽头。我不会活着离开此地了。我将倒在这里，在一条波兰的大路旁，然后就地被埋起来，我的坟堆上也不会有墓志铭。

“关于战争，你会对你的孩子说些什么，犹太人？”

“真相，大队长先生。我会告诉我的孩子真相。”

“没人会相信你的。”他把手枪放回了枪套，“你的队伍出发了，你应该归队，掉队是什么结果你应该知道的。”

他上了马，猛地一拽缰绳。我瘫倒在雪地里，身边是我的两个朋友的尸体。我为她们祷告，求她们原谅。队伍的末尾走过来。我蹒跚着穿过树木，归队了。我们走了一整夜，排着齐整的五人一列。我一路抹着结成冰的眼泪。

走出比克瑙五天之后，我们来到沃济斯瓦夫的一座西里西亚人的村庄。我们来到火车站，像畜群般挤上了运煤车，夤夜赶路，在敞开式的车皮上，裸露在一月的苦寒中。德国人用不着为我们浪费宝贵的弹药了。我们一节车皮上就冻死了一半的女人。

我们来到一处新的营地——拉文思布吕克。然而那里的存粮不够，负担不了更多的囚犯。几天后，我们一部分人继续转移了，这一次是坐平板卡车。我的跋涉终结在诺伊施塔特－格莱沃的一座集中营里。那是在1945年5月2日，我们醒来时发现党卫军魔鬼们都逃离了集中营。当天晚些时候，美军和俄军士兵解放了我们。

至今十二年过去了。蕾切尔和丽恩的面孔没有一天不出现在我眼前——还有那个谋杀她们的人的脸。她们的死对我来说重于泰山。如果我复述了那个大队长的话，也许她们还能活，而我会躺在波兰公路旁的一处无名墓穴里，成为又一个不知名的受难者。每到她们遇害的纪念日，我都会为她们念祷告词。我这样做是一种本能的习惯，而不是出于宗教的信仰。在比克瑙的时候，我已经失去了对上帝的信仰。

我的名字叫艾琳·艾隆。我从前的名字是艾琳·弗兰克尔。在集中营里我的编号是 29395。以上是我在 1945 年 1 月之前所经历的比克瑙“死亡之旅”。

17

以色列
太巴列

这天是安息日。沙姆龙请加百列到太巴列来吃晚餐。加百列沿着车道的陡坡缓缓开上去。他抬头看了看沙姆龙的露台，只见煤气炉的火光在湖面微风的吹动下正跳着舞——接着他瞥望着沙姆龙，这位永不懈怠的哨兵，正在火光之间缓缓踱着步。吉优拉先在餐厅点起了一堆蜡烛，又背诵了祈祷词，然后才为他们分派饮食。加百列成长于没有宗教信仰的家庭，然而那一刻，沙姆龙的妻子闭着双眼，将蜡烛捧在眼前，虔诚地祈祷——他认为这一幕是平生见过的最美妙的场景。

吃饭的时候沙姆龙很沉默，很专注地饮食，没有闲聊的心情。即使到了今天，他还是不愿意当着吉优拉的面谈及自己的工作，不是因为他不信任她，而是因为怕她知道了他做过的事情，就不再爱他了。吉优拉谈起了她移居新西兰的女儿，打破了长长的一段静默。女儿的出走是为了躲开她的父亲，如今她和一个男人住在一座禽类农场里。

吉优拉知道加百列同情报部门有一点关联，却对他的工作性质不作任何揣测和猜疑。她只知道他做的是文员一类的工作，经常要去海外，又热爱艺术。

她为他们端来咖啡和一托盘的曲奇饼和果脯，然后收拾了餐桌，又去洗刷碗碟了。加百列在厨房传来的流水声和瓷器的碰撞声中，向沙姆龙作了汇报。他们低声交谈，安息日的烛火在他们中间闪闪烁烁。加百列出示了埃瑞克·拉德克和1005号行动的文件。沙姆龙在烛光前举起了照片，眯眼细看，接着又将老花镜推上谢顶的额头，重新沉重地凝视着加百列。

“我母亲在战争中的遭遇，你了解多少？”

沙姆龙的眼神里心机深重。隔着咖啡杯的边缘，他的神色明白地告诉加百列，他对加百列的生活无所不知，包括他母亲在战争中的遭遇。“她是柏林人，”沙姆龙说道，“她于1943年1月被驱赶到了奥斯威辛集中营，在比克瑙的女子集中营度过了两年。她离开比克瑙，走上了所谓的死亡之旅。同行的有数千人罹难，而她躲过一劫，在诺伊施塔特–格莱沃，俄军和美军解放了她。我没遗漏什么吧？”

“死亡之旅的途中，她还遭遇了一些事，她从来也没和我谈起过的事。”加百列举起了埃瑞克·拉德克的照片，“里弗林在大屠杀纪念馆给我看了这个，当时我就知道自己曾经见过这张脸。我花了一段时间才回忆起来，不过最终我还是想起来了。是在我小的时候见过，在我母亲画室里的一幅画上。”

“就因为这个你才去了采法特吗，去见了吉奥娜·莱文？”

“你怎么知道的？”

沙姆龙叹了口气，呷了口咖啡。加百列有些泄气，他又对沙姆龙讲述了自己今天上午第二次访问大屠杀纪念馆的经过。当他把母亲的见证录摆在桌上的时候，沙姆龙的眼睛仍然盯着加百列的脸。加百列随即意识到他早已经读过了。希伯来天使了解他的母亲。希伯来天使是无所不知的。

“当时机构把你的任务视为历史上最重要的使命之一，”沙姆龙说，他的语气里丝毫没有懊悔的意思，“我需要知道你的一切。你在陆军的心理档案将你描写为孤独的狼，很自我，情感冷峻，是天生的杀手。我第一次见到你就确信这是实情，虽说我也发现你有无法克服的粗鲁和羞涩。我想知道你的性格是如何形成的。当时我觉得你的母亲是个不错的切入点。”

“所以你就去大屠杀纪念馆调阅了她的见证录？”

他闭上眼睛，点了一下头。

“你为什么从来没对我提起？”

“这不是我该做的，”沙姆龙毫无感情地说，“这种事，只有你母亲有资格对你讲。显然，她直至临终都抱有一种可怕的负罪感。她不想让你知道。她不是独一无二的例子，还有许多幸存者同你母亲的情况一样，他们永远也无法再次面对那些记忆。战后的那些年，在你出生之前，在这个国家里似乎树起了一道墙，屏蔽了所有的声音。大屠杀？它是个讨论不尽的恒久话题。但是那些切身遭遇它的人们苦苦地竭力埋藏着记忆，继续生活。那是另外一种形式的逃生求存。不幸的是，他们的痛苦传递到了下一代，传给了大屠杀幸存者的儿女们，就像你加百列·艾隆这样的人。”

吉优拉打断了沙姆龙，只见她把头探进屋里，问他俩还要不要咖啡。沙姆龙举起了手。吉优拉明白他们在谈工作的事，于是回身溜进了厨房。沙姆龙倚着桌子交叠着双臂，向前倾着身子。

“当然，你一定怀疑你母亲曾经提供过见证录。那么当时，为什么你的好奇心没有自然地驱使你去纪念馆看个究竟呢？”加百列用沉默应答着沙姆龙的问题，于是沙姆龙自问自答道，“因为，同其他幸存者的儿女一样，你一直很小心，不愿触碰母亲脆弱的神经。你不晓得，如果催得太急，你会不会害得她陷入抑郁，再也难以恢复？”他顿了顿，“或者，是不是因为你也害怕那可能揭出来的真相？你是不是也害怕知道真相呢？”

加百列目光锐利地抬眼望他，却没有答话。沙姆龙注视着他的咖啡，隔了很久才开口：“实话对你说，加百列，我读到你母亲的见证录的时候，我就知道你是完美的人选。你替我工作，就是为了她。她没有能力给你全部彻底的爱。她怎么可能做到呢？她害怕失去你。她以前爱过的每一个人都被夺走了。她在筛选坡道上失去了父母，比克瑙的难友也被害了，就因为她不肯屈从那个党卫军大队长。”

“如果她试着对我讲讲这些事，我是能够理解的。”

沙姆龙缓缓摇头：“不，加百列，没有人能真的理解。负罪感，耻辱。你的母亲在战后的世界里找到了她的生存之道，但是从很大意义上说，她的生命在那条波兰的公路边就结束了。”他的手掌沉沉地拍在了桌面上，碗碟被震得嘎嘎作响，“那么我们该做些什么呢？哼哼唧唧顾影自怜吗？还是奋勇向前，查清楚这个家伙到底是不是埃瑞克·拉德克？”

“这个问题的答案我想你早就清楚了。”

“摩西·里弗林是否认为拉德克参与了奥斯威辛集中营的撤离行动？”

加百列点点头：“截至1945年1月，1005号行动基本结束了，因为东线的被占领土大部分都由苏联光复了。他在那时候回到奥斯威辛，去拆毁毒气室和火葬场，再组织剩下的囚徒撤离，是完全有可能的。说到底，那些人可都是纳粹罪行的见证人啊。”

“这个恶心的家伙是怎么逃出欧洲的，我们知不知道？”

加百列向他转述了里弗林的推理：由于拉德克是奥地利的天主教

徒，所以他借用了阿洛伊斯·胡德尔大主教的力量。

“既然如此，咱们为何不追踪这条线索呢？”沙姆龙说道，“看看顺着它能不能摸回到奥地利的案子。”

“我也正有此意。我想从罗马开始着手。我想看看胡德尔的资料。”

“还有许多人也想。”

“不过他们找不到这人的电话号码。此人住的地方可是教皇宫的顶层啊。”

沙姆龙耸耸肩：“不错。”

“我需要一本干净的护照。”

“不成问题。我有一本加拿大护照，给你用正合适。你的法语怎么样了？”

“Pas mal，mais je dois practiquer l’accent d’un Quebecois.（还不错，不过我说的是魁北克口音。）”

“有时候，连我都被你唬住了。”

“你这是在夸我吧？”

“你在这里住一晚，明天就出发去罗马。我会送你去卢德镇。路上我们会顺道去美国大使馆，同当地工作站的头儿沟通一下。”

“谈些什么呢？”

“根据奥地利国家档案馆的资料，在美军占领期间，沃格尔在奥地利为美国人工作过。我招呼过我们在中央情报局的朋友，请他们查查他们的档案，看看有没有沃格尔这么个人。这个弯绕得有点远，不过也许我们运气好能中个头彩。”

加百列低头看着母亲的见证录：*我无法讲出我所看到的全部。我不能。那是对死者的亏欠……*

“你的母亲是位非常勇敢的女性，加百列。我就是因为这个才选择了你。我知道你是个非常有种的人。”

“她比我勇敢得多。”

“是啊，”沙姆龙同意道，“她比我们所有的人都更勇敢。”

布鲁斯·克劳福德的真实职业是全以色列保守得最严密的机密之一。这位高大贵气的美国人乃是中央情报局特拉维夫站的站长。他的身份对以色列和巴勒斯坦双方的当局都是公开的。在交战双方之间，他常常充当沟通的渠道。每当睡眠正酣的时候，克劳福德的电话就几乎不曾间断过。他疲于应付，却也接受了现实。

他在哈雷孔大街的大使馆大门内向沙姆龙打了招呼，陪着他进了大楼。克劳福德的办公室很大，而且，在沙姆龙眼里还很花哨。这里似乎是一家大企业老总的办公室，而不是一位间谍的藏身巢穴，不过，这正是美国人的风格。沙姆龙一屁股坐上了一张皮椅，又从秘书手里接过了一杯冰柠檬水。他想要点上一支土耳其香烟，接着却看到了“请勿吸烟”的牌子，醒目地摆在克劳福德的书桌上。

克劳福德似乎并不急于直奔主题。沙姆龙预料到了。在间谍之间有一条不成文的规矩：如果有人向朋友求助，作为回报，他就必须演个精彩的“节目”。沙姆龙名义上已经退出谍战的江湖，所以不能贡献什么实质的东西，只能与这位屡犯错误的同行分享些智慧和经验。

最后，经过一个小时，克劳福德说道：“关于沃格尔的事情。”

美国人的嗓音慢慢哑下去了。沙姆龙从他的口气中听出一丝挫败的意思，于是一欠身，做出一个充满期待的姿态。克劳福德拖延了半晌，这才从磁性的纸夹容器里取出一枚回形针，然后努力地将它拉成一条直线。

“我们查看了我们自己的档案，”克劳福德说着，一边低头望着手上的物件，“我们甚至向马里兰派了一个小组，去查找附属档案。

不过我恐怕是出局了。”

“出局？”如此严肃的谍报事务，居然使用了这么一个美国体育术语，沙姆龙认为他太不妥当了。在沙姆龙的世界里，特工不会出局，也不会脱手，更不会耍帅炫技玩灌篮。他们要么成功要么失败，如果败了就得付出代价——在中东这样的地方，失败的代价通常就是流血。“这个词儿究竟什么意思？”

“它的意思是，”克劳福德小心谨慎地说道，“我们的查找一无所获。对不起，阿里。不过有时候，事情就是如此。”

他举起了被拉直的回形针，仔细地察看着，似乎很为自己的成果感到骄傲。

沙姆龙回来的时候，加百列正在他的别克车后座上等候着。

“结果如何？”

沙姆龙点起一支烟，回答了他的问话。

“你相信他吗？”

“你知道，如果他对我说，他们仅仅找到了一份寻常职员的人事档案，或是一份保安清查的报告，那我或许会相信他。可是什么也没有？他以为他在糊弄谁呢？这是在侮辱我，加百列，真是太瞧不起人了。”

“你认为美国人对沃格尔是知根知底的？”

“布鲁斯·克劳福德刚刚向我们确认了这一点，”沙姆龙瞥了一眼不锈钢手表，“妈的！他花了一个小时憋足了劲儿对我说瞎话，现在你是赶不上班机了。”

加百列低头望了望手机架子上的电话。“来吧，”他嘟囔着，“我量你还没这胆子。”

沙姆龙抓起电话，拨了号码。“我是沙姆龙，”他厉声说道，

"有一班以色列航空的飞机，三十分钟后从卢德起飞前往罗马。刚刚发现飞机出现机械故障，需要延迟一个小时。听懂了吗？！"

两个小时过后，布鲁斯·克劳福德的电话响了。他拿起听筒贴住了自己的耳朵。是个熟悉的声音，他辨得出。来电的人是他派去监视沙姆龙的"尾巴"。在人家的地盘上监视情报部门的前任首脑，这可是危险的游戏。不过克劳福德是受命行事。

"他离开大使馆后，去了卢德。"

"他在机场做了什么？"

"送走了一位旅客。"

"你认得他吗？"

跟踪者说他认识。没有提及那旅客的名字，他只说该名男子是情报机构内值得注意的特工，近来活跃于欧洲中部的某个城市。

"你肯定是他吗？"

"确定无疑。"

"他此行是去哪里？"

克劳福德听了回答，随后挂断了电话。过了片刻，他坐在了自己的电脑前，接通了联络总部的保密专线。他发出的文字信息直接而简短，恰是接收者所喜爱的风格。

"以利亚正前往罗马。乘以色列航空班机，从特拉维夫出发，今夜抵达。"

18

罗马

加百列不想在教皇宫的顶层同这位梵蒂冈男人见面，他想把会晤安排在别处。他们在罗马的熔岩餐厅找了座位，安顿下来。这是一家位于台伯河边一座小广场上的老餐厅，距离古老的犹太人区只有几条街的距离。这是一个典型的罗马才有的十二月下午，于是加百列提前来到餐厅，在明媚的阳光下，安排一处露天的座位。

几分钟后，一名教士走进广场，步伐坚定地直奔餐厅。他又高又瘦，英俊得如同意大利电影里的偶像明星。从他所穿戴的教士正装和神父领带来判断，虽然穿戴朴素，此人却并非没有个人和职业上的虚荣心。这位路易吉·多纳蒂大人，身为保罗七世教皇的贴身秘书，据说已是罗马天主教廷的第二号实权人物了。虽然这种说法不无争议，却也有根有据。

路易吉·多纳蒂身上有一种坚硬的冷漠，加百列很难想象他要如何为婴儿施洗礼，又如何在某个蒙着尘垢的翁布里亚山城为病患者涂抹圣油。他的深色眼睛里透露出一种凶猛而不容妥协的聪明，他的下颚透露着倔强，显而易见是个不好对付的危险人物。对此，加百列有切身经验。一年之前，一桩案子将他带到了梵蒂冈。多纳蒂表现了他强力的手段，他们协力合作，瓦解了一起严重威胁保罗七世教皇的阴谋。路易吉·多纳蒂因此欠了加百列一份人情债。如今加百列就是来请他还债的。

多纳蒂这个人最喜欢泡咖啡馆了。在一间阳光沐浴下的罗马咖啡馆里，他每每一坐就是几个小时。他是个严格苛刻的人，所以在教廷的元老院没什么朋友。同他的上司一样，一旦有机会他就会想法儿溜出来，摆脱梵蒂冈的约束。加百列请他吃午餐，简直如同向溺水之人抛出绳索。加百列明显地感觉到，路易吉·多纳蒂是极为孤单的。有时候加百列甚至会想，多纳蒂有没有为自己选择的人生道路而后悔呢?

神父用金色的豪华打火机点起一支烟："在忙些什么？"

"我在修复贝利尼的另一件作品，是克里斯托弗祭坛画。"

"哦，这我知道。"

在成为当今教皇保罗七世之前，红衣主教彼得罗·卢凯西曾多年担任威尼斯教区的主教。路易吉·多纳蒂也一直随侍他的左右。他同威尼斯的联络依然紧密。在他从前的教区发生了什么事，少有他不知道的。

"我相信弗朗西斯科·提埃坡罗一定待你不错。"

"当然。"

"基娅拉怎么样？"

"她很好，谢谢你。"

"你们两个是否考虑过……巩固一下你们的关系？"

"这个挺复杂的，路易吉。"

"是啊，不过什么事儿不复杂？"

"你知道，有时候，你听起来还真像个神父。"

多纳蒂向后一甩头，大笑起来。他开始放松下来："教皇阁下让我代为问候。他说很遗憾不能和我们聚了，熔岩是他最喜欢的餐厅之一。他建议我们先点一道鳕鱼排，他说那保证是全罗马最棒的。"

“教皇的全能已经拓展到美食推荐了？”

“教皇只有在扮演圣坛讲师、谈论道德和信仰的时候，才会表现他的全知全能。我想他的能力不会延伸到油炸鳕鱼排。不过在美食方面他倒的确有踏遍全球的经验。我要是你，我就会点这道鱼排。”

身穿白夹克的侍者出现了。多纳蒂负责点菜。白葡萄甜酒开始流淌起来，多纳蒂的情绪越发舒展，犹如眼前温软的午后时光一般。他花了几分钟同加百列分享了元老院里的闲言碎语和宫廷里的阴谋阳谋故事，听起来很耳熟。梵蒂冈同情报机构并无太多不同。最后，加百列将谈话引向了主题，也首次向多纳蒂抛出了一个质问：罗马天主教会在反犹太人大屠杀中扮演了什么样的角色？

“历史委员会的工作进展如何？”

“不比预期的差。我们从秘密档案中向他们提供了资料，他们作独立分析，尽可能不受我们的干预。六个月之后他们将把研究成果做成一份初步的报告。然后，他们会展开综合历史文献的调查。”

“关于初步报告的调查方向，有什么讯息吗？”

“我说过了，我们尽量让这些史学家不受教皇宫的干预。”

加百列隔着葡萄酒杯给了多纳蒂一个怀疑的眼神。要不是因为神父老爷的正装和神父领带，加百列会认为他是个职业间谍。历史委员会中至少有两人是这家伙的线人，现在居然如此撇清，未免太小瞧人了。加百列一边抿着甜酒，一边向多纳蒂神父表达了他的观点。神父当场坦白道：“好吧，这么说吧，我对委员会的事情并非全不知情。”

“还有呢？”

“这份报告将会遭受教廷巨大的压力，尽管如此，我恐怕他们也不会一味阿谀维护。对教廷的所作所为是如此，对中欧、东欧各国教会的行为也是如此。”

“你听起来有些过于紧张，路易吉。”

神父向前欠下身子，似乎在仔细斟酌下面的用词：“我们打开了潘多拉的盒子，朋友。像这样的工作一旦启动，就无法预知会在哪里终结，教会又会在哪些别的问题上牵扯进去。自由派掌握了教皇的举动，还要索取更多，要召开第三次梵蒂冈大公会议。反对派都在骂他们是异端。”

“有什么严重的问题吗？”

又一次，神父格外长久地沉默了一阵，这才回答：“我们从法国的朗格多克地区听到反对派的一些很严肃的呼声——那些反对派坚信第二次梵蒂冈大公会议[①]是魔鬼的产物，而且从约翰二十三世起，所有的教皇都是异端。”

“我看教会里一定充斥了这样的人。我也和一群高级教士和教徒的组织交过手。那个‘友好的’组织的名字叫‘十字维拉’。”

多纳蒂露出微笑：“我恐怕这些组织都同出一源，不过我说的那班人和‘十字维拉’不同，他们在元老院内部没有实权的基础。他们是圈外人，是拍打大门、无所顾忌的蛮夷。教皇对他们没有多少控制力，所以事态已经开始升级了。”

“如果有什么我能帮上忙的，请告诉我。”

“小心啊，我的朋友，我也许真的会把你带上贼船的。”

鳕鱼排端上来了。多纳蒂向盘里挤了柠檬汁，又将整整一块鱼排抛进了嘴里。他用一大口甜酒把鱼冲进胃里，然后向座位里一靠，英俊的五官流露出一派纯粹的满足。作为一名梵蒂冈的教士，现实世界里很少有什么事比沐浴在罗马阳光里用餐更诱人的了。他开始吃第二块鱼排，又问起加百列打算在城里做些什么。

---

① 第二次梵蒂冈大公会议于1962年10月11日召开，以“发扬圣道、整顿教化、革新纪律”为目标，是距今最近召开的一次大公会议。

“我想可以这么说，我在做的事情同历史委员会有关联。”

“何以如此？”

“我有理由怀疑，在战后不久，梵蒂冈有可能协助过被通缉的党卫军战犯埃瑞克·拉德克，帮助他逃离了欧洲。”

多纳蒂停止了咀嚼，他的脸色突然严肃起来：“小心你的用词，做假设也要谨慎，我的朋友。这位拉德克或许大有可能在罗马接受了什么人的帮助，不过绝不是梵蒂冈。”

“我们认为那人就是德国神学院的胡德尔主教。”

多纳蒂紧绷的脸松弛下来：“不幸的是，这位优秀的主教的确帮助过一些纳粹逃犯，无须否认。你根据什么认为他帮助过这位拉德克呢？”

“根据合理的猜想。拉德克是位奥地利天主教徒，胡德尔是德国在罗马的神学院院长，又是德国-奥地利社区的听告解神父。如果拉德克来到罗马寻求帮助，那么他首先会去找胡德尔主教，这应该是顺理成章的推想。”

多纳蒂点头赞同：“我没什么可辩驳的。胡德尔主教热衷于庇护他的同胞，他认为，盟军胜利者的复仇心理会对这些人构成迫害，他这么做仅仅是为了使他们免受迫害。但这也不意味着他知道埃瑞克·拉德克是一名战犯。他怎么可能知道呢？战后的意大利有数以百万计无处安身的人蜂拥进来，人人都在寻求救护。如果拉德克找到胡德尔，向他编一段悲惨的故事，很可能就会得到一处避难所和其他帮助。”

“像拉德克这种人，胡德尔不该问问他为什么要逃亡吗？”

“也许他应该，不过如果你认为拉德克会老实回答，那你也太幼稚了。他肯定说了谎，胡德尔主教也不会有任何依据分辨他的谎言。”

“一个人不可能无缘无故就成了逃犯，路易吉，而且大屠杀也不是什么秘密。胡德尔主教应该清楚他是在协助一名战犯逃脱法律的制裁。”

多纳蒂等着侍者上完了菜，这才回答道：“你必须明白的是，当时有许多组织和个人都帮助过难民，教会内的教会外的，胡德尔不是唯一的一个。”

“他的行动经费又是从何而来的？”

“他自称全部来自神学院的账户。”

“你就相信这话了？胡德尔每支持一个党卫军，都得为他支出零用钱、去码头的路费、签证，还要为他在新的国家的新生活做好铺垫，更不用说为他们在罗马提供避难所需要的费用。据信胡德尔曾以同样的方式帮助过数以百计的党卫军。那可是一大笔钱，路易吉——数十万计的美元啊。我很难相信神学院会储备这么大一笔压库钱。”

“于是你就认定他接受了某些人的资助？”多纳蒂一边说，一边娴熟地将意粉卷上他的餐叉，“这些人就有可能是——比如，教皇？”

“这钱一定是有来头的。”

多纳蒂放下餐叉，深思着交叉起双手：“有证据显示，胡德尔主教的确接受过梵蒂冈的资金，用于他救助难民的工作。”

“他们不是难民，路易吉，最起码不全是。他们当中有许多人犯下了令人发指的罪行。你不是在告诉我，教皇完全不知道胡德尔在帮助通缉犯逃脱法网吧？”

“咱们这样说吧，根据现存的书面记录和幸存者见证录，要证明这样的指控是非常难的。”

“我不知道你还研究过教会法规，路易吉，”加百列重复了他的问题，慢慢地，一字一顿地强调了重点词句，“教皇知不知道，胡德尔当时正在帮助战争罪犯逃脱法网？”

“教皇阁下反对纽伦堡审判，因为他认为他们的作用只能是更加削弱德国，并且助长共产主义。他还认为盟军是在寻求报复而不是伸张正义。教皇阁下完全有可能知道胡德尔主教在帮助纳粹，并且也同意他这么做。但要想证明这个论点，那就又是另一回事了。”

“我想我是没有胃口了。”

多纳蒂自己的叉子插进了加百列的意粉：“那么这位拉德克先生据说是干了些什么勾当呢？”

加百列简要地叙说了埃瑞克·拉德克少校在党卫军的所作所为。他从拉德克在阿道夫·艾希曼的犹太移民署供职说起，一直讲到他在1005行动中发布的命令。等加百列讲完了，多纳蒂也没了胃口。

“他们难道真的相信，这么滔天的罪行，这么多的证据，还能够藏得住？”

“我不能确定他们是否相信，但是他们很大程度上是做到了。因为有了埃瑞克·拉德克这样的人，我们永远不可能知道在大浩劫中究竟有多少人殒命。”

多纳蒂凝视着他的葡萄酒：“对于胡德尔主教支持拉德克的事情，你具体需要了解哪些方面？”

“咱们可以假定拉德克需要一本护照。为此，胡德尔想必要求助于国际红十字组织。我想知道那本护照上使用的名字。拉德克还需要一个目的地。所以他得有一张签证。”加百列顿了一顿，“我知道这是很久以前了，不过胡德尔主教会保留记录的，对不对？”

多纳蒂慢慢点点头：“胡德尔主教的私人文件存放在神学院的档案馆里。想必你也能预料得到，它们都是密封的。”

“如果全罗马有什么人为它们解封，那就是你了，路易吉。”

“我们不可能闯进神学院，索取主教的文件。目前的神学院院长是西奥多·德雷克斯勒主教，他可不是个笨蛋。我们需要一个借口——用你们的行话说，就是编一个圆满的封面故事。”

“故事我们有。”

“愿闻其详。”

“历史委员会。”

“你是建议我们对院长说，委员会要调阅胡德尔的文件？”

“一点不错。”

“他们要是拒绝呢？”

“那我们就用一个大来头来压他。”

“你要扮演什么人？”

加百列从口袋里取出一张塑封的身份卡，卡上还配了照片。

“塞缪尔·鲁宾斯坦，耶路撒冷希伯来大学，比较宗教学教授。”多纳蒂将卡片递还给加百列，摇头道，“西奥多·德雷克斯勒是位聪明过人的神学家。他会同你展开讨论的——也许会和你谈谈西方世界两大古老宗教的共同根源。我敢肯定你会露马脚的，到那时主教会一眼看穿你的把戏。”

“避免这个结局，恰是你要做的工作。”

“你高估了我的能力，加百列。”

“给他打电话，路易吉。我需要看到胡德尔主教的档案。”

“我会的。不过，首先，我有个问题：为什么？”

听罢了加百列的回答，多纳蒂用自己的手机拨通了一个预存号码，并请对方转接圣玛利亚灵魂之母堂的神学院。

19

罗马

圣玛利亚灵魂之母堂的正殿位于旧城区，就在纳沃纳广场的西边。几个世纪以来，这里一直是德国教会在罗马的驻地。教皇哈德良六世是一位德国造船师的儿子，也是约翰·保罗二世之前的最后一位非意大利教皇。他的陵寝十分壮观，就在主祭坛的右侧。与教堂相连的神学院在“和平之路”的一端。第二天早晨，在前庭的冷峻阴影下，他们与西奥多·德雷克斯勒主教会面了。

多纳蒂大人用漂亮的意大利口音的德语向他问候，又介绍说加百列是“博学的塞缪尔·鲁宾斯坦教授，来自希伯来大学”。德雷克斯勒向他伸出手去，那出手的角度很奇怪，一时间，加百列竟不知该与他握手还是去吻他的戒指。略一犹豫，加百列给了他坚实的一握。他的皮肤很凉，犹如教堂的大理石。

神学院院长引领他们上楼，进入一间低调的办公室，室内的图书填满了四壁。只听他长袍瑟瑟一响，已经坐进了最大的一张椅子里。朝阳斜照，穿过高大的窗户。一副金色大十字架佩在他胸前，在阳光下闪闪发光。他矮胖身材，年近七十，一头白发构成了一道光环，两颊是极为鲜明的粉红色。一张小嘴巴的两角永远翘着，构成了一张微笑的脸——即使是此刻，在他明显不开心的时候。他那一双淡蓝的眼珠闪闪烁烁，透露出庄严和智慧。这样一张脸，能让病人感到安慰，让罪人产生对上帝的畏惧。多纳蒂说得不错，加百列必须步步谨慎。

多纳蒂同主教花了好几分钟的时间互道客气话，赞颂着教皇陛下的圣明。主教告诉多纳蒂，他一直在为教皇永远的健康祈祷，多纳蒂则告诉他教皇对德雷克斯勒主教在神学院和圣玛利亚灵魂之母堂的工作格外满意。他反反复复不厌其烦地称呼德雷克斯勒主教为“大人”。客套到了最后，德雷克斯勒完全飘飘然了，加百列真担心他会从椅子上滑下来。

多纳蒂最终绕到了主题上，说出了此次来的目的。德雷克斯勒的情绪迅速晴转阴，就像一片乌云恰好遮住了太阳，虽说他的脸上依然顽强地保持着微笑。

“调查胡德尔主教在战后为德国难民所做的工作，本来就是有争议的，我看不出这么做对罗马天主教和犹太人之间的和解有什么好处。”他的嗓音干涩轻柔，口音是维也纳腔调的德语，“如果对胡德尔主教的所作所为做一个公平执中的考察，大家会看到他也曾帮助过许多的犹太人。”

加百列一欠身，该轮到他这位博学的希伯来大学教授出场了：“如果照您所说，大人，胡德尔主教在罗马大搜捕中也藏匿过犹太人？”

“大搜捕之前之后都有过。有许多犹太人就住在圣玛利亚灵魂之母堂的围墙之内。当然，都是些受过洗的犹太人。”

“那些没受过洗的呢？”

“他们是不可以藏在这里的，那样不合适。他们会被送往别处。”

“原谅我，大人，如何才能区分一个受过洗的犹太人和普通的犹太人呢？”

多纳蒂神父跷起了二郎腿，然后小心地抚平裤腿上的折痕，这是个信号，让他停止这方面的诘问。主教吸了口气，回答了这个问题。

“他们也许是接受了几道简单的问题测试，问的都是信仰和天主教教义的内容。又或许是有人请他们背诵天主教的主祷文或是《福哉玛利亚》。谁说的是实话，谁又是为获得神学院的庇护而撒谎，真相很快就浮出水面了。”

敲门声响起，路易吉中止这段交谈的期望自然地达成了。一个年轻的见习修士端着银质托盘进入室内。他为多纳蒂和加百列倒了茶。主教喝的是加了薄薄一片柠檬的热水。

男孩儿走后，德雷克斯勒说道：“不过我可以肯定你们对胡德尔主教救护犹太人的行为不感兴趣，难道不是吗，鲁宾斯坦教授？你感兴趣的是他如何救助战后的德国军官。”

“不是德国军官，而是被通缉的党卫军军官。”

“他不知道他们是战犯。”

“我看这样的遁词不足信吧，大人。胡德尔主教是位忠实的反犹主义者，也是希特勒政权的支持者。他这样的人在战后帮助那些奥地利人和德国人，而且不顾忌他们所犯的罪行，难道不顺理成章吗？”

“他反对犹太人，完全是神学意义上的反对，而不是社会性的。至于他对希特勒政权的支持，我没什么可辩驳的。胡德尔主教自己的言论和文字都对他不利。”

“还有他的车，”加百列补充着，正好用上了摩西·里弗林提供的资料，“胡德尔主教的官方用车上始终插着第三帝国的旗帜。他对自己的情感倾向毫不隐晦。”

德雷克斯勒呷了口柠檬水，将冰冷的目光转向了多纳蒂：“就像教会内的许多人一样，我本人也很关注教皇阁下的历史委员会，但是出于对教皇的尊敬，我仅仅把这份关心放在自己心里。现在，神学院似乎也成了显微镜下的焦点。现在我必须明确表示，我不会让这座伟大学府的名誉陷入历史的泥沼。”

多纳蒂神父凝神看了一阵自己的裤腿，然后抬起头。这位教皇的秘书能够看得出神学院院长平静外表之下的愤怒。主教出手了，多纳蒂也该出手还击了。不知怎地，他控制了自己的语气，喁喁细谈了起来。

“不论你对此事有何种考量，大人，请让这位鲁宾斯坦教授看看胡德尔主教的文件，这是教皇阁下本人的愿望。”

整个房间陷入了沉沉的静默。德雷克斯勒用手指抚弄着胸前的十字架，寻找着脱困的出路。找不出，缴械是唯一周全体面的举动。他让步了。

“我对教皇阁下在这个问题上的主张全无异议。除了合作我别无选择，多纳蒂大人。”

“教皇阁下会铭记你的合作的，德雷克斯勒主教大人。”

“我也一样，大人。”

多纳蒂脸上闪出一个讽刺的微笑：“据我所知，主教的私人文件依然存留在神学院内。”

“不错。它们保留在我们的档案库里。需要花几天时间才能全部找到，再进行整理，然后像鲁宾斯坦教授这样的学者才能够阅读理解。”

“您想得多周全啊，大人，”多纳蒂神父说道，“不过我们希望现在就能看到。”

他引领他们走下一道螺旋状的石阶。岁月的侵蚀将台阶消磨得光滑如冰面。走到阶梯底部，面前是一道橡木门，配着铸铁的门闩。它本是用来防御强敌破门而入的，此刻却挡不住来自威尼托区的机智神父和来自耶路撒冷的“教授”。

德雷克斯勒教授打开门锁，又用肩将门顶开。他在黑暗中摸索了一阵子，然后旋开了一处开关，引起一阵砰然的回声。头顶的一串灯泡蓦然亮起来，而且在突然流入的电流冲击下嗡嗡作响。灯光照出了一条长长的地下走廊，廊上覆盖着石拱天花板。主教一语不发地示意他们向前。

拱廊很矮，不适宜太高的人穿行。矮小的主教不需要屈身，加百列也只需稍稍低头，就能躲开头顶的电灯。然而身高远在六英尺以上的多纳蒂则必须弯下腰，好似一个罹患脊柱弯曲的病人。这里保存着圣玛利亚灵魂之母堂和神学院的官方记录、四百年的施洗礼记录、结婚证书、死亡证明、在这里供过职的神父的记录、神学院的学生档案。它们有些存在松木的文件箱里，有些在普通的板条箱或硬纸盒里，新近些的则放在现代式样的塑料文件箱里。腐臭的湿气弥漫在空气中，不知从什么地方有水流进墙内。加百列很清楚潮湿和寒冷会对纸张产生什么样的恶果，于是一阵灰心，对于完整地找到胡德尔主教的文件失去了希望。

接近走廊的尽头，有一处小小的、地下墓穴般的侧室。其中有几只大木箱，上了生了锈的大铁锁。德雷克斯勒主教拿着一圈钥匙。他将其中的一把插进了第一只锁头，旋不动。他努力了一阵子，终于放弃，将钥匙转递给了“鲁宾斯坦教授”。加百列没费什么力就撬开了尘封的旧锁。

德雷克斯勒主教在他们的背后徘徊片刻，随即主动提出要帮他们找文件。多纳蒂神父拍拍他的肩膀，说他们自己能行。矮胖的主教伸手画了一个十字，缓缓踱出了拱廊。

过了两个小时，加百列找到了它。埃瑞克·拉德克于1948年3月3日来到圣玛利亚灵魂之母堂，梵蒂冈的难民救助组织“教廷援助委员会”向拉德克颁发了一份梵蒂冈的身份认证，编号是9645/99，所使用的化名为“奥托·克里布斯”。就在同一天，在胡德尔主教的帮助下，这位奥托·克里布斯用他的梵蒂冈身份证获得了一本红十字会的护照。接下来不到一周的工夫，他就拿到了叙利亚阿拉伯共和国的入境签证。他用胡德尔主教给的钱买了一张二等舱的船票，于六月下旬从意大利的热那亚港启程。当时克里布斯口袋里还揣着五百美元。一张收据上留有拉德克的签名，胡德尔主教一直保留着它。拉德克卷宗里的最后一项是一封信，信封上是一张叙利亚邮票，盖着大马士革的邮戳。在信里他向胡德尔主教和教皇陛下的援助表示了感谢，还承诺有朝一日必定会报答这份恩情。落款是奥托·克里布斯。

20

罗马

德雷克斯勒主教又最后听了一遍录音带。然后他拨通了维也纳的电话。

“我恐怕咱们是出问题了。”

“什么样的问题？”

德雷克斯勒向维也纳一端的那个人讲述了神学院的访客：多纳蒂神父和来自耶路撒冷希伯来大学的那位教授。

“他自称是谁？”

“鲁宾斯坦。他自称是历史委员会的研究员。”

“他不是教授。”

“我也这么想。不过我当时没办法推却他的盛意。多纳蒂大人在梵蒂冈是非常有权势的人物。在他之上的只有一个人，那就是他所效命的那个异教徒。”

“他们为何而来？”

“来找胡德尔主教帮助战后奥地利难民的资料。”

经过一段长长的静默，那男子提出了下一个问题：“他们离开圣玛利亚灵魂之母堂的神学院了吗？”

“是，大约一个小时以前。”

“你为何等这么久才打电话？”

“我是想为您提供些更有用的信息。”

“你有吗？”

“是，我认为是的。”

“告诉我吧。”

“那个教授住在茱莉亚大道的红衣主教酒店。他入住用的名字是雷内·杜兰，用加拿大护照。”

“我需要你到罗马取回一台时钟。”

“什么时候？”

“立刻。”

“在哪里？”

“有个男的住在茱莉亚大道的红衣主教酒店。他登记的名字是雷内·杜兰，不过有时候他也用鲁宾斯坦这个名字。”

“他要在罗马住多久？”

“不清楚，所以你必须马上出发。两小时后有一班汉莎航空公司的航班去罗马。已经替你订了商务舱的座位。”

“如果我乘飞机去，就没办法带上工具了。我需要有人在罗马给我供应那些工具。”

“此人刚好适合，”他背出了一个电话号码，修表匠随即牢记下来，“他非常专业，最重要的是，他是个极其谨慎的人。否则我也不会让你去找他。”

“你有没有这位杜兰先生的照片？”

“等一会儿就会发送到你的传真机上。”

修表匠挂上电话，关上了店堂正面的灯。接着他回到自己的工作室，打开了一只储物箱。里面有一只小行李包，内装着一套换洗衣物和剃须工具。传真机响起来，修表匠套上外套，戴上帽子，与此同时一张将死之人的脸慢慢呈现在他面前。

21

罗马

第二天早上加百列在唐尼餐厅找了个座位喝咖啡。三十分钟后，来了一名男子，直奔吧台。他的头发硬如钢丝，宽阔的脸颊上长满痤疮。他穿的衣服很贵，但是已经很破旧。他连喝了两杯“迅火”特浓咖啡，从始至终还不停地抽着烟。加百列低头看了一眼他的《共和报》，脸上露出了微笑。西蒙·帕斯纳身为机构在罗马的派员已经五年了，然而时至今日他的外表依旧粗犷，尽显昔日内盖夫定居者的本色。

帕斯纳付了账，去了厕所。待他出来时，已经戴上了眼镜，这是一个暗号，表示会面已经开始了。他穿过旋转门，在维内托大道的人行道上顿了顿，随后迈步向右走去。加百列将钱留在桌上，跟着他走出去。

帕斯纳穿过意大利科尔索大街，进入鲍格才别墅园林。加百列沿着科尔索大街又走了一段路，然后从园林的另一个入口进入。他和帕斯纳在一条林荫步道碰头，介绍自己是来自蒙特利尔的雷内·杜兰。他们一道向广场走去。帕斯纳点起了一支烟。

“据传言你在阿尔卑斯山里侥幸逃过一劫。”

“消息传得真快。”

“情报机构就像一群犹太长舌妇的缝纫小组，你知道的。不过你还有个更大的问题。勒夫已经定下规矩：‘艾隆出局了。如果艾隆找上你们，你们都要拒之千里。’”帕斯纳朝地上啐了一口，“我来这里是出于对老头儿的忠诚，不是对你，‘杜兰’先生。这样处理是最好的。”

他们坐在了鲍格才别墅前庭的一处大理石凳上，分别朝向相反的方向，以便警戒跟踪监视者。加百列向帕斯纳讲述了党卫军埃瑞克·拉德克化名奥托·克里布斯逃到叙利亚的事情。“他去大马士革不是为了学习古代文明，”加百列说道，“叙利亚人让他入境是有原因的。如果他和当时的政权走得很近，那就应该出现在档案里。”

“所以你希望我作个调查，看看在大马士革能不能找到他的线索？”

“正是。”

“你怎么能指望我展开调查，又不被勒夫和安全部门发现？”

加百列看了看帕斯纳，似乎是在说，这问题太侮辱人了。帕斯纳当场缴械："好吧，实话说，我也许能找到一个调研处的女孩子，她可以替我仔细查看一下档案。"

"只有一个女孩子？"

帕斯纳耸耸肩，将烟头丢在石子路上："对我来说连这都还没十足把握呢。你住哪儿？"

加百列告诉了他。

"有家餐厅叫拉卡波那拉，就在鲜花广场的尽头，靠近喷泉。"

"我知道。"

"八点钟赶到那里。会有人用布鲁纳奇的名字在那里订好八点半的座位。如果是两个人的订位，说明调查失败。如果是四个人的订位，就赶到法尔内塞广场去。"

在台伯河对岸，距离圣安妮门只有几步之遥的一座小广场上，修表匠坐在一间露天咖啡馆的阴凉里，呷着卡布奇诺。邻桌一对身披法衣的教士正谈得火热。修表匠虽然不懂意大利语，但他料定他们是梵蒂冈教廷里的官僚。一只弓背的野猫徘徊在修表匠的两腿之间，乞讨着食物。他将那畜生夹在两脚踝之间，慢慢地加力挤压，最后那只猫奋力嚎叫着逃脱了。两个教士不以为然地抬眼看着他。修表匠把钱留在桌上，走开了。想象一下，咖啡馆里居然还有猫。他盼着快点结束罗马的工作，回到维也纳去。

他沿着贝尔尼尼柱廊走着，又停下片刻，朝台伯河方向望了望宽阔的协和大道。一名观光客递过来一只一次性相机，请他帮忙在罗马教廷的正面拍张照，说的是很难听懂的斯拉夫口音。奥地利人一语不发，指了指自己的手表，意思是正在赴约会，就要迟到了，随即转身走了。

他从柱廊入口以外的巨大广场上穿过，广场上嘈杂声如雷，入口处记录着一位教皇的名字。修表匠虽然对古董钟表以外的东西不太感兴趣，却也知道那位教皇是位有争议的人物。他感到教皇身上那些纠缠不清的故事颇为滑稽。好吧，他在战争中没有救助过犹太人。可是从什么时候起教皇有义务去帮犹太人呢？说到底，他们一贯是教廷的仇敌嘛。

他转进了一条窄街的入口，背向梵蒂冈，面朝雅尼库鲁姆山的山脚走去。街中暗影沉沉，两侧夹道的是灰尘覆盖的赭石色建筑。修表匠走在破碎的步道上，找寻着早晨电话里给他的地址。他找到了，进门之前却犹豫起来。在熏黑的玻璃上，刻着一行字：朱塞佩·蒙迪亚尼。修表匠核对着抄在纸片上的地址。伯格圣灵街，22号。他找对地方了。

他把脸紧贴在玻璃上。玻璃里面的房间里堆满了耶稣受难像、贞女像、一座座作古的圣人雕像、念珠和像章，所有的一切都号称是接受了教皇亲手赐福的，所有的一切似乎都蒙上了一层来自街上的细细尘土。尽管修表匠成长在严格的奥地利天主教家庭，却没办法理解一个人怎么能面对一尊偶像膜拜祈祷。他已经不信上帝和教会了，他也不相信命运，不信神灵对人间的干预，不信来世，也不信有什么幸运。他相信人要主宰自己的生命历程，就好比钟表里的齿轮组能控制指针的运动。

他拉开门，走进室内，铃声伴着他的脚步叮当响起。一个男人从一间隐秘的房间走出来。他穿着一件琥珀色的尖领套头衫，里面没有穿衬衣，下身是一条华达呢裤子，已经看不出裤线了。他的头发又细又柔，用发胶拢在头顶。尽管隔着好几步，修表匠还是能闻得见他剃须水的刺鼻气味。他真不晓得梵蒂冈教廷里的人知不知道，他们的那些神圣的宗教讲章就是通过这么个活宝分发的。

“有什么需要我效劳的吗？”

“我来找蒙迪亚尼先生。”

他点点头，似乎是说修表匠已经找到了他要找的人。一个惨淡的微笑暴露出他的嘴里缺了几颗牙。“你一定是来自维也纳的那位绅士，”蒙迪亚尼说道，“我听出了你的声音。”

修表匠伸出了手与他相握。那是一只潮湿而绵软的手，同修表匠担心的一样。蒙迪亚尼锁上了正门，又在窗户上挂起了英文和意大利文的打烊牌。接着他领着修表匠穿过一道走廊，走上一段摇摇晃晃的木质楼梯。楼梯的顶端引向一间小办公室。窗帘紧闭，空气里弥漫着浓浓的女士香水味。还有别的东西，酸味，有些像氨水。蒙迪亚尼示意到沙发上坐。修表匠低头看去，一幅画面闪入他的视野。他站着没动。蒙迪亚尼耸耸狭窄的肩膀——随你的便吧。

意大利人在书桌前坐下，将一些文件摊平，又捋了捋自己的头发。头发染成了不自然的橙色和黑色搭配。而修表匠的秃顶和黑白胡椒混合般的发绺使他显得越发拘谨了。

“你的维也纳来的同事说你需要一件武器。”蒙迪亚尼拉开一只抽屉，取出一件深色的金属物件，然后恭敬地将它摆在沾满咖啡垢的写字台上，似乎在完成一项神圣的仪式，“我相信你会对它满意的。”

修表匠伸出手。蒙迪亚尼将武器放在他的掌上。

“你也看得出来，这是一把九毫米格洛克。我相信你很熟悉格洛克。说到底，这是奥地利出品的武器嘛。”

修表匠将眼光从武器上移开：“这东西有没有经过教皇亲手赐福啊，就像你屋里其他货色一样？”

蒙迪亚尼从他的阴沉语气里没有听出多少幽默感。他再次把手伸进拉开的抽屉里，取出一盒弹药。

“你需要第二只弹夹吗？”

修表匠并不打算介入枪战，不过，口袋里有一只填满弹药的备用弹夹总会令人感觉好些。他点点头。于是备用弹夹出现在台面上。

修表匠拆开弹药盒，开始往弹夹里填装。蒙迪亚尼问他要不要消音器。修表匠头也不抬，点头肯定。

“与武器本身不同，它不是奥地利出产，它的生产地就在这里，”蒙迪亚尼的语气带着满溢的骄傲，“就在意大利。效果非常好，枪声比说悄悄话响不了多少。”

修表匠将消音器拿到右眼前，顺着管子瞄了瞄。他对工艺感到满意，于是把它放在台面上，同其他物件摆在一起。

“你还需要别的吗？”

修表匠提醒他，说自己还要一辆摩托车。

“啊，对，摩托车，”蒙迪亚尼说着，举起了一套钥匙，“就停在店门外。有两副头盔，完全按照你的要求准备的，不同的颜色。我选了黑色和红色。希望您满意。”

修表匠瞥了一眼手表。蒙迪亚尼随即会意。他拿起一本蜡纸簿，一支咬烂了的铅笔，开始写票据。

“武器的底子干净，没有历史记录，”他说着，用铅笔在纸上画过一道，“活儿干完了以后，我建议你把它扔进台伯河。意大利国家警察永远也不会找到。”

“那摩托车呢？”

蒙迪亚尼告诉他那是偷来的。“把它停在公共场所，钥匙留在钥匙孔里——比如，找个人多的广场。我敢肯定几分钟之内他就会有新主人了。”

蒙迪亚尼在最后算好的数字上画了个圈，转过本子，让修表匠看见。用欧元结算的，感谢上帝。修表匠自己也是个生意人，可他一贯讨厌用里拉做交易。

"够黑的，是不是，蒙迪亚尼先生？"

蒙迪亚尼耸耸肩，再次给了修表匠一个丑陋的微笑。修表匠拿起消音器，小心地将它旋上了枪管。"这笔钱，"修表匠说着，用另一只手的食指敲了敲蜡纸簿上的一个数字，"这是做什么的？"

"我的中介佣金。"蒙迪亚尼说着，一边努力地板着脸。

"你开的价钱在奥地利能买三支格洛克。蒙迪亚尼先生，这，就是你的佣金？"

蒙迪亚尼抗拒地交叠起双臂："意大利就是这个规矩。这东西你要还是不要？"

"要，"修表匠说，"但价格要合理。"

"我以为罗马时下就是这个行情。"

"对意大利人和外国人，都是这个价？"

"也许你到别处去做生意会比较好，"蒙迪亚尼伸出了手，他的手在颤抖，"请你，把枪给我，自己出去吧。"

修表匠叹了口气。还是这样比较妥帖吧。蒙迪亚尼先生虽说得到了维也纳方面的担保，却实在不是那种可以信赖的人。修表匠用迅疾的手法将一只弹夹推进了格洛克的枪膛，蒙迪亚尼先生的双手扬起，做出防御的姿势。子弹穿过他的双掌，然后射穿了他的脸。修表匠溜出店门的时候才知道蒙迪亚尼至少说了一句实话。这枪发射的时候，的确比说悄悄话响不了多少。

他出了店门，回手反锁了门。此刻天几乎黑了，圣彼得教堂的穹顶已经融化在沉沉的暮色里。他将钥匙插进摩托车的点火器，发动了引擎。片刻后，他已经来到了协和大道上，朝着圣天使城堡的泥灰色城墙飞驰而去。他疾驰着穿过台伯河，又穿过历史中心区的一条条窄巷，一直来到茱莉亚大道。

他把车停在红衣主教大酒店门外，摘下头盔，接着向右转进入一间酒吧。这个地方的形制犹如地下墓穴，外墙是古罗马风格的花岗岩。他向吧台侍者点了一杯可乐——虽然他的奥地利德语口音很重，点杯饮料还是信心十足的。他端着饮料来到大堂和吧台之间，选了一张邻近走道的小桌。为了打发时间，他抓了一把开心果，一边浏览着一堆意大利文报纸。

七点半，一名男子走出电梯间：深色短发，额角发梢已经灰白，眼睛是很深的绿色。他把房间钥匙留在了前台，然后走上了大街。

修表匠喝完了可乐，也走了出去。他飞身跨上蒙迪亚尼先生的摩托车，打着了引擎，黑色的头盔挂在把手上。修表匠从后备箱里取出红色头盔戴上，然后将黑色的放进后备箱，盖上盖子。

他抬眼望去，只见碧眼男子脚步沉稳地走进了茱莉亚大道的黑幕之中。接着，他伸手扭转油门，缓缓跟在他身后。

22

罗马

拉卡波那拉的订位是四个人的。加百列步行来到法尔内塞广场，发现帕斯纳正在法国大使馆附近等着他。他们一道走到阿尔蓬皮埃尔餐厅，选了一张安静的桌子。帕斯纳点了红酒和玉米糕，又递给加百列一枚空白信封。

“这东西花了些时间，”帕斯纳说道，“最终在另外一份报告里找到了克里布斯的线索，那份报告的内容是关于一个纳粹党人的。他的名字叫阿洛伊斯·布鲁诺。你对布鲁诺了解吗？”

加百列回答说，这人是艾希曼的高级副官，专干集中驱赶的勾当，对于将犹太人大规模集中在犹太区、然后送进毒气室的活计十分在行。他同艾希曼联手，集中驱赶了奥地利的犹太人。在战争的后期，他处理了希腊萨洛尼卡和法国的驱赶工作。

帕斯纳显然是受了触动，举手将一块玉米糕刺穿了：“战后他逃到了叙利亚，在那里他化名为乔治·费舍尔，做了政府的顾问。无论从哪个意义上说，叙利亚的现代情报和安全系统都是由阿洛伊斯·布鲁诺一手建设的。”

“克里布斯也为他工作吗？”

“看起来应该是。打开信封。再有，顺便说一句，读这份报告的时候请你怀着应有的尊重，编制它的人是付出了高昂的代价的。好好看看特工的代号吧。”

“梅纳什”是以色列传奇特工伊莱·科恩的化名。科恩1924年生于埃及，1957年移民以色列，随即志愿报名，为以色列情报部门工作。他的心理测试结果很复杂。结果显示他智商极高，而且天赋异禀，记忆力超群，同时又显示他“过分自负”，并且认为科恩在谍战第一线必定会承担不必要的风险。

科恩的档案就此尘封，一直到了1960年。当时叙利亚边境局势紧张，以色列情报部门认为，在大马士革安排一名间谍已刻不容缓，漫长的遴选却并无理想结果。接着海选范围扩大，曾经被拒绝的候选人也成了选择对象。科恩的档案再次开封，不久，他就受命执行任务了，而且这项使命一直伴着他走到生命的终点。

经过六个月的强化训练，科恩化名为凯末尔·阿明·塔比特，被派往阿根廷，为的是编排一出用于掩护的假想故事：一位成功的叙利亚商人一生旅居海外，有意落叶归根。他在布宜诺斯艾利斯的叙利亚侨民社区里广泛取悦逢迎，建立了许多重要的人情关系，其中包括同阿明·哈菲兹的友谊——此人日后成为了叙利亚的总统。

1963年1月，科恩转入大马士革，开办了一间进出口公司。由于获得了布宜诺斯艾利斯叙利亚社区的推荐，他很快成了大马士革社会和政坛的热点人物，同军界和叙利亚复兴党的高层人物发展着关系。军官们带科恩到各军事部门参观，甚至带他去了戈兰高地上的战略要塞。哈菲兹少校就任总统后，有人便预测“凯末尔·阿明·塔比特”将要进入内阁，甚至会入主国防部。

叙利亚情报部门全然不知这位殷勤和蔼的塔比特实则是以色列间谍，正在源源不断地将情报送过边境线。紧急情报是由加密的莫尔斯代码通过无线电传送的。更翔实和具体的情报则用显隐墨水书写，然后藏在金属嵌花家具的箱子里，运往欧洲某处的以色列情报站。科恩提供的情报，为以色列军事规划者打开了一扇意义重大的窗户，帮助他们更清晰地审查大马士革的军政局势。

最后，科恩热衷冒险的预言得到了验证。他使用电台的时候越来越轻率，他会在每天早晨同一时间发报，或是一天之内多次发报。他发报问候自己的家人，还为以色列国家足球队在国际比赛上的实力发出惋惜。叙利亚的国家安全机构配有最先进的苏制无线电侦测设备，他们开始搜索藏身于大马士革的以色列间谍了。他们在1965年1月18日找到了他，闯进了他的公寓，发现他正在向以色列的上线们发报。科恩的绞刑于1965年5月执行，叙利亚电视台进行了现场直播。

加百列借着摇曳的烛光读了第一份报告。它是通过欧洲的渠道于1963年5月发布的。这是一份关于复兴党内部复杂形势的详尽报告。

其中有一段全部是关于阿洛伊斯·布鲁诺的：

> 我在一次鸡尾酒会上见到了“费舍尔先生”。主办酒会的是复兴党高层的重要人物。费舍尔先生面色不太好，因为他最近在开罗遭遇信件炸弹袭击，失去了一只手的几根手指。据他说想要他命的人是来自特拉维夫的犹太人渣。他声称他在埃及的工作不仅仅是同以色列特工作个了断。当晚陪同费舍尔先生的是一位名叫奥托·克里布斯的男子。此前我从未见过克里布斯。他身材高大，蓝眼睛，非常显著的日耳曼人相貌，同布鲁诺不一样。他喝威士忌喝得很凶，似乎是个性比较弱的类型，是有可能用勒索或其他手段制服的人。

“就这些了？”加百列问道，“就只有鸡尾酒会见了一面？”

“显然如此，不过别灰心。科恩还给了你另一条线索。看看下一份报告。”

加百列低下头读起来：

> 我上周在国防部的接待室见过“费舍尔先生”。我向他问及了他的朋友克里布斯先生。我告诉他，我和克里布斯讨论过一项商业企划，一直没有听到他的回音，所以我很失望。费舍尔说这没什么可惊异的，因为克里布斯最近移居阿根廷了。

帕斯纳为加百列斟了一杯葡萄酒：“我听说布宜诺斯艾利斯这个季节非常宜人。”

加百列和帕斯纳在法尔内塞广场分手，随后加百列独自沿着茱莉亚大道走回酒店。夜里的天越来越冷，街上非常暗。沉沉静寂配上他脚下粗糙的石子路，让他不由得想起一个半世纪以前的罗马，当时的最高统治者依然是梵蒂冈教廷。他想象着埃瑞克·拉德克就走在同样的路上，等待着他的护照和通往自由的船票。

不过来到罗马的真的是拉德克吗？

根据胡德尔主教的档案，拉德克于1948年来到神学院，很快又以奥托·克里布斯的身份离开。伊莱·科恩在大马士革发现“克里布斯”的时候已经是1963年了。接着，根据报告，克里布斯又移居阿根廷。这些事实暴露了一个刺眼的、而且可能无法圆说的矛盾：在路德维格·沃格尔的公案里，根据国家档案馆的资料显示，自1946年起，沃格尔都生活在维也纳，为美国占领军当局工作。如果这一条属实，那么沃格尔和拉德克就不可能是同一个人。如果那样，又如何解释麦克斯·克莱恩确信他曾在奥斯威辛见过沃格尔的说法呢？还有加百列在上奥地利的度假屋里取得的那枚戒指又作何解释呢？还有“1005，干得漂亮，海因里希”，还有那块手表呢？还有“赠与埃瑞克，敬慕你的莫妮卡”呢？会不会是另一个人于1948年来到了罗马假扮成埃瑞克·拉德克？如果是这样，又是为什么呢？

加百列思忖着这许许多多的问题，有一条可以追踪的线索：费舍尔说这没什么可惊异的，因为克里布斯最近移居阿根廷了。帕斯纳说得对。加百列别无选择，唯有到阿根廷去继续搜索。

一阵虫鸣般的摩托车嗡嗡声敲碎了沉沉的静寂。加百列回头一瞥，正好瞥见车子开过转角，转进了茱莉亚大道。接着，它突然加速，向着他疾驶而来。加百列停下了脚步，双手从外套口袋里伸了出来。他需要作个决断。是像一个普通罗马人那样站在原地，还是转身疾跑？几秒钟后，逼人的形势替他作了决断——因为头盔遮面的骑车人已经从夹克口袋里掏出了一把配有消音器的手枪。

加百列一头扎进了一条窄巷子，与此同时，手枪已连续吐出了三条火舌。三发子弹射在了一座建筑物的石基上。加百列矮身低头，快步奔跑。

那摩托车速度太快，掉头不及，于是滑过了小巷的入口，僵硬地转了一个圈。加百列赢得了关键的几秒钟时间，在自己和袭击者之间拉开了一段距离。他向右转，来到一条同茱莉亚大道平行的街上，随后突然向左。他的计划是直奔维克托·伊曼纽尔二世大街，那里是罗马最宏大的街道。街上一定车流不息，人行道上会有熙攘的人群。在二世大道，他就能找到藏身之所。

摩托车的轰鸣越来越响。加百列窥了一眼身后。它依然在追他，且迅速接近，快得骇人。他奋力冲刺，双手划动着空气，急促而粗重地喘着气。车灯的光罩住了他。他看见自己的影子投射在路面的石头上——那是一个双手狂舞的疯子。

又一辆摩托车开了进来，一个急停恰好挡在他的面前。头盔遮面的骑车人抽出了武器。是啊，顺理成章的结果——一个圈套，两个杀手，逃命无望了。他感到自己像是靶场里的一块靶子，正等着被一枪撂倒。

他继续往前跑，跑进了灯光。他的双手举起，自己也能看得见。那是一双变了形的紧绷的手，好像一幅印象派画作里某个人物的手。他发觉自己在号叫。声音从周围建筑的砖墙石灰上反射回来，在他自己的耳朵里震荡着，如此一来他连摩托车的轰鸣也听不到了。在他眼前闪过一幅图像：他的母亲站在一条波兰公路旁，埃瑞克·拉德克的手枪指着她的头。直到这一刻他才意识到自己使用德语在尖叫。这是他做梦用的语言，是他噩梦中的语言。

第二位杀手端起了武器，又掀开了头盔的眼罩。

加百列听见了自己的名字。

“趴下！趴下！加百列！”

他一瞬间听出这是基娅拉的声音。

他一跃趴在了街上。

基娅拉射出的子弹从他的头顶飞过，击中了迎面而来的摩托车。车子失控，砸在了一侧的建筑物上。杀手飞过车把手，翻滚着跌在人行道的石头路面上。他的枪摔落在距离加百列几英尺远的地方，加百列伸手去抓。

“不要，别管它！快！”

他抬头看见基娅拉向他伸出了手。他翻身跃上摩托车的后座，像个孩子一样贴住了她。摩托车呼号着驶上二世大道，向台伯河驰去。

沙姆龙给保密公寓定了一条规矩：男女特工在这里不能有肌肤之亲。那天晚上，在罗马城北的机构公寓里，在台伯河一道慵懒的河湾上，由于紧张和对死亡的恐惧，加百列和基娅拉违反了这条规矩。直到完事之后，加百列才问起基娅拉是如何找到他的。

“沙姆龙告诉我你要来罗马。他要我替你留心背后。我当然同意了。我对你能不能好好活下去是有个人动机的。”

基娅拉搞不清楚他为何没有发觉，有位五英尺十英寸高的意大利女郎一直在做他的“尾巴”。不过再接下来，基娅拉·佐利很出色地完成了她的任务。

“我原本打算等你们在熔岩餐厅吃饭的时候出现的，”她调皮地说，“不过转念一想又觉得这个主意不大好。”

“你对这个案子了解多少？”

“我只知道我对维也纳的巨大恐惧真的成了现实。你为什么不给我讲讲？”

于是他从维也纳的航班说起，一直说到当晚早些时候西蒙·帕斯纳对他透露的消息。

“那又是谁派人来罗马刺杀你的？”

“我想应该可以肯定，同炮制麦克斯·克莱恩谋杀案的主谋是同一个人。”

“他们怎么能在这里找到你？”

加百列也在心里这样问过自己。他的怀疑落在了玫瑰色脸颊的神学院院长头上——奥地利人西奥多·德雷克斯勒主教。

“那我们接下来去哪里？”基娅拉问道。

“我们？”

“沙姆龙让我替你警戒后方。希伯来大天使亲口发布的命令，难道你要我违背吗？”

“他要你在罗马替我警卫？”

“这是个开放式任务。”她答道，语气中充满了反抗。

加百列躺了一会儿，抚摸着她的头发。事实上，他可以找搭档和掩护人员配合他行动。但由于此行需要承担的风险，他不愿意让一个他爱的女了作伙伴。不过现在，她证明了自己是个有价值的拍档。

在床头柜上有一架保密专线电话。他拨通了耶路撒冷，吵醒了沉睡中的摩西·里弗林。里弗林给了他一个身在布宜诺斯艾利斯的男子的姓名、电话号码和圣太摩的一个地址。接着加百列拨打了阿根廷航空公司的电话，订了两张第二天晚上的商务舱机票。他挂了电话。基娅拉将脸颊枕在他的胸前。

“你在巷子里的时候一边朝我跑，一边大喊，”她说，“你还记得你说了些什么吗？”

他记不得，就像被一场扰人的梦惊醒后却再也记不起梦境一样。

“你在对着她大喊。”基娅拉说道。

“对谁？”

“你母亲。”

他想起了疯狂逃避摩托车的时候，想起了当时心神扭曲的感觉，想起了眼前出现的那幅图画。他猜想自己呼喊母亲的确是大有可能的。自从读了她的见证录，他心里所想就很少有其他的事情了。

“你能肯定是埃瑞克·拉德克在波兰谋杀了那些可怜的姑娘吗？”

“事情过去六十年了，我怎么肯定？”

“如果路德维格·沃格尔就是埃瑞克·拉德克，那又怎样？”

加百列伸手把灯关了。

23

罗马

德拉佩斯大道荒僻无人。修表匠在圣玛利亚灵魂之母堂的大门前停下，熄灭了摩托车的引擎。他伸出手，颤巍巍地按下了对讲机的按钮。没有人应答。他又按了一遍铃。这一次一个少年的声音用意大利语迎接了他。修表匠用德语回话，说他要见神学院院长。

“我恐怕这不可能。请明天早上打电话预约吧，德雷克斯勒主教会很乐意见您的。晚安，先生。”

修表匠使劲凑近了对讲按钮：“是主教的一位维也纳朋友让我来

的，是紧急情况。”

“那位男士叫什么名字？”

修表匠如实回答了问题。

一阵静默，接着：“我很快就下来，先生。”

修表匠敞开夹克，查看着右侧锁骨下的枪伤。弹头的温度烧破了周围的皮肤和血管。流血不多，只不过由于震荡和发热引起了剧烈的心悸。是一支小口径武器，他猜想多半是一支点二二口径，不是那种能够造成严重内伤的武器。尽管如此，他还是需要一位大夫，为他及时取出弹头，彻底清洗创面，否则就难免要受伤口化脓之苦。

他抬头看去。一个身着法衣的人影出现在前庭，又小心翼翼地走近大门——是个见习修士，大约十五岁的男童，生了一张天使般的脸。“院长说今晚您进入神学院不大方便，”少年说道，“院长建议您今晚另找一个去处。”

修表匠掏出格洛克，指着那张天使般的面孔。

“开门，”他哑着嗓子说，“马上。”

“是的，可是你为什么非要把他送到这里来？”主教的嗓门突然提高了，似乎是在向一群听讲道的信徒发出警告，要他们警惕原罪的险恶，“他应该立即离开罗马，这样对所有参与的人都更好些。”

“他没办法行动了，西奥多。他需要一位医生，一个休息的地方。”

“这个我看得出来，”他的目光短暂地在书桌对面的人身上停留了一阵——那是个灰白头发、肩宽背厚的壮实男子。他又道：“但你必须明白，你这样会把神学院置于一个极不体面的处境。”

“如果咱们这位朋友鲁宾斯坦教授得逞了，神学院的处境会更加有失体面。”

主教沉沉地叹了口气："他可以在这里逗留二十四小时，一分钟也不能多。"

"你会给他找个医生吧？谨慎可靠的那种？"

"我正好认识这么一位。他几年前帮过我的忙，当时学院有个男孩子被一个罗马暴徒弄伤了。我相信把这件事交给此人一定会很牢靠的，虽说在神学院这样的地方枪伤太过惹眼了。"

"我相信你一定能找个借口自圆其说的。你的头脑很敏捷，西奥多。我能和他说一小会儿话吗？"

主教将话筒递了过去。修表匠用沾了血污的手抓住了话筒。接着他看着对面的高级教士，偏了偏头示意他回避。主教大人就这样被赶出了自己的办公室。杀手将电话贴住自己的耳朵。来自维也纳的男人向他询问哪里出了差错。

"你没告诉我目标还有人掩护。这就是出差错的地方。"

接着，修表匠描述了突然出现的第二个摩托车手。电话另一头静默了一阵子，接着，来自维也纳的男人用认错的语气说话了。

"我匆匆忙忙把你派去罗马，忽略了一条重要的讯息，没有传递给你。回过头来想想，这一步是我自己漏算了。"

"一条重要的讯息？那又是什么？"

维也纳的男子说，那刺杀目标曾经与以色列情报部门有关联。"从今晚罗马的事情来判断，"他说，"如今这种关联比以往更加紧密了。"

大爱无涯的上帝啊，修表匠心想，以色列特工？这可真是要命。他真想回到维也纳，告诉老头儿自己去收拾烂摊子吧。然而为了赚到佣金，他还是决定自己把事情搞定。不过这样做还有其他原因。以前，他从来不曾失手完不成合同规定的任务。这不仅仅是职业尊严和声誉的问题，他还不想让一个潜在的仇敌就这样逍遥自在而去，尤其是此人的背后是冷酷无情的以色列情报部门。他的肩膀开始震颤。他盼望着尽快给那个肮脏的犹太人来一颗子弹，再给他的保镖朋友也来一颗。

“这项任务的收费要涨价了，”修表匠说，“大幅。”

“这个我预料到了，”维也纳的男子说道，“我会把费用加倍的。”

“三倍。”修表匠顶了回去。犹豫一阵子后，维也纳的男人答允了。

“但是你能再次找到他吗？”

“我们有个大优势。”

“什么？”

“我们知道他要追踪的对象，我们知道他下一站要去哪里。德雷克斯勒主教会为你安排必要的治疗。好好休息一下，我保证你会很快再次听到我的声音。”

24

布宜诺斯艾利斯

阿尔方索·拉米雷兹原本早就该死了。他毫无疑问是全阿根廷乃至全拉丁美洲最有勇气的人。作为一名激进的记者和作家，他毕生的事业就是打破壁垒，将阿根廷杀人害命的历史公布于天下。由于考虑到如果受雇于阿根廷出版界会太危险、太有争议，他的大部分著述都是在美国和欧洲出版的。除了政界和金融界的精英，绝少有阿根廷人读过拉米雷兹著作的只言片语。

他亲身经历过阿根廷的血腥岁月。在“肮脏战争”[①]期间，他由于反对军事执政团而进了监狱，在狱中九个月，几乎被虐待至死。他的妻子是左翼政治活动家，她被一支军人敢死队绑架，又活生生从飞机上扔下来，摔进了冰冷的南大西洋。如果不是由于国际特赦组织的干预，拉米雷兹一定也会遭遇同样的厄运。所幸，他获释了，饱受摧残后变得面目全非。出狱后，他重新向军政府发起圣战。1983年，他们下台了，一个民选产生的平民政府取而代之。拉米雷兹帮助新政府在审判中指证了数十名军官，揭露了他们在“肮脏战争”中的罪行。这其中就有一位上校，正是他将阿尔方索·拉米雷兹的妻子投入了大海。

---

① 发生于1976～1983年间，阿根廷右翼军政府国家恐怖主义时期，针对异议人士与游击队所发动的镇压行动。

近年来，拉米雷兹将他的卓越能力献给了另一项工作——揭露阿根廷历史上又一个不愉快的章节，这是一段政府、媒体、大多数民众都选择性忽略的历史。希特勒的第三帝国瓦解之后，数以千计的战争罪犯，有德国人、法国人、比利时人、克罗地亚人，纷纷涌入阿根廷，而且前有庇隆政府的热情接受，后有梵蒂冈教廷乐此不疲的支持。拉米雷兹在阿根廷人中是遭到蔑视的，因为纳粹主义的影响依然根深蒂固，他的工作被认为是有害的，就像他此前调查那些将军们一样。他的办公室曾两次被投掷燃烧弹，他的邮件里也多次藏了炸弹，以至于邮政部门拒绝处理他的邮件。如果不是摩西·里弗林的介绍，加百列估计拉米雷兹多半不会同意和他会面。

结果，拉米雷兹欣然接受了午餐的邀请，还推荐了一家圣太摩的社区咖啡馆。咖啡馆里铺着黑白相间的象棋格子地板，店里无规则地摆放着木质方桌。四壁刷了白浆，贴墙摆着架子，架上配着一只只空酒瓶。巨大的店门面向喧闹的街道，人行道的帆布雨篷下也摆着几张桌子。三台吊顶风扇搅动着沉沉的空气。一只德国牧羊犬趴在吧台脚下，正喘着气。加百列于两点三十分到达。阿根廷人迟到了。

一月的阿根廷正值盛夏，酷暑令人难以忍受。加百列在耶斯列谷地长大，又经历过威尼斯的夏季，所以早已习惯了炎热的天气。然而他几天前才去过奥地利的阿尔卑斯山区，气候的强烈反差让他的身体经受了不小的考验。热浪从车来人往的街上蒸起，从咖啡馆敞开的大门涌进来。每经过一辆大卡车，温度似乎都会升高一两度。加百列没有摘下太阳镜。他的衬衫紧紧地贴在脊背上。

他喝着冰水，嚼着一片柠檬皮，望着马路。他的目光在基娅拉身上短暂地停了一会儿。她正在呷着一份堪贝利开胃酒兑苏打水，无精打采地吃着一盘肉馅卷饼。她穿着短裤，一双长腿露在阳光下，大腿处有些晒伤了。她的头发散乱地蜷曲成一团团小卷。一滴汗水缓缓地沿着她的颈背部流下来，溜进了她的无袖衫里。她的左手戴着手表，这是个预先定好的暗号。左手戴表示意没有发现跟踪监视，不过加百列清楚，即使像基娅拉这样的特工，要想在圣太摩的人群中发现一位专业高手也是件棘手的事。

拉米雷兹直到三点才姗姗来迟，也没有道歉。他是个高大魁梧的男人，额头宽厚，胡须浓重。加百列找寻着酷刑留下的伤疤，但没找到。拉米雷兹开口点了两份肉排和一瓶红酒，嗓音和蔼，音量很高，似乎连架子上的酒瓶都为之震动。热浪严酷，加百列觉得红酒和牛排未必是明智的选择。拉米雷兹却认为这样的问题似乎构成了侮辱。“牛肉是这个国家里最真实的东西之一了，”他说，“而且还是国家经济运转的一种方式……”他余下的话淹没在一辆路过的水泥车的噪声之中。

侍者将葡萄酒摆在桌上。酒瓶是绿色的，没有贴标签。拉米雷兹倒了两杯，又问加百列他要找的人的名字。一听到加百列的回答，阿根廷人的一双浓眉紧紧地团在一起。

“奥托·克里布斯，呃？这是他的真名还是化名？”

“化名。”

“你怎么能确定？”

加百列将他从罗马圣玛利亚灵魂之母堂取来的文件递了过去。拉米雷兹从衬衫口袋里取出一副油腻腻的老花眼镜，一抬手戴在鼻梁上。文件暴露在光天化日之下，加百列很为此紧张。他朝基娅拉瞥了一眼。手表依旧在左手。当拉米雷兹从文件上抬起头来的时候，他显然是一脸颇为触动的样子。

“你是如何拿到胡德尔主教的档案的？”

“我在梵蒂冈有个朋友。”

“不，你在梵蒂冈有个非常有权势的朋友。唯一能让德雷克斯勒心甘情愿打开胡德尔文档的，只有教皇阁下本人！”拉米雷兹朝加百列的方向举了举酒杯，“也就是说，1948年，一位名叫埃瑞克·拉德克的党卫军来到罗马，跌跌撞撞投入了胡德尔主教的怀抱。数月后，他化名奥托·克里布斯前往叙利亚。你还知道些什么？”

加百列放在木质桌面上的第二份文件同样引来了阿根廷记者的惊异表情。

“如你所看到的，目前以色列情报部门判定这位名为奥托·克里布斯的男子最迟到1963年还在叙利亚。信息源很可靠，正是出自阿洛伊斯·布鲁诺本人。根据布鲁诺的情报，克里布斯于1963年离开叙利亚，移居此地。”

“你有理由认为他至今还在这里？”

“这正是我想要弄清楚的。”

拉米雷兹交叠起结实的双臂，隔着桌子看着加百列。一阵静默横在他俩之间，背景是街上嗡嗡的车流声。阿根廷人嗅出了这故事的价值。如此反应，加百列预计到了。

“那么，这位名叫雷内·杜兰的蒙特利尔人，他是如何染指梵蒂冈的秘密文件，又是如何搭上了以色列情报部门的线？”

“显然，我有很好的资源。”

“我是个大忙人，杜兰先生。”

“如果你要的是钱……”

阿根廷人抬起一只手掌，做出一个劝诫的手势。

“我不要您的钱，杜兰先生。我自己会赚钱。我要的是故事。”

“很明显，要是媒体报道了我的调查过程，恐怕会造成麻烦的。”

拉米雷兹看起来是受了轻慢的样子：“杜兰先生，我自信追踪像埃瑞克·拉德克这样的人，我比你有经验得多。我知道什么时候应该安静地作调查，什么时候应该奋笔疾书。”

加百列犹豫了一阵。他不愿意同阿根廷人来一场以物易物的交易，但他也知道，阿尔方索·拉米雷兹也许能成为一个有价值的朋友。

“我们从哪里开始？”加百列问道。

“这个嘛，我想我们应该先弄清楚当初阿洛伊斯·布鲁诺到底愿不愿意透露他的朋友奥托·克里布斯的实情。”

“也就是说，他有没有真的来阿根廷？”

“正是。”

“那我们怎么做呢？”

这时，侍者来了。他摆在加百列面前的牛排大得足够一家四口人吃。拉米雷兹微笑着，动手切起肉来。

“祝你好胃口，杜兰先生，开吃吧！我能感觉得到，你需要添一把力气了。”

阿尔方索·拉米雷兹开着一辆西半球硕果仅存的大众西罗科。曾几何时它或许应该是深蓝色的，如今，外层的漆皮已经褪成了浮石的颜色。挡风玻璃的中央有一道裂缝，看来犹如一道闪电。加百列那一侧的门被撞得凹陷下去，他必须用足力气才能将它扳开。空调早就坏了，引擎的呼号犹如一架直升机。

他们摇低了车窗，疾驶着开过宽阔的七月九日大道。用废的笔记残纸在他们身边打着旋。有几页纸飞到了街上，拉米雷兹似乎根本没注意到，又或是根本不介意。接近傍晚时分，天气更热了。劣质红酒令加百列的头痛起来，他把头转向敞开的车窗。这是一条丑陋的大街。优雅旧建筑的正面被一面面德国豪华车和美国软饮料的广告牌弄得伤痕累累，而它们的消费者兜里的钱已经在一夜之间贬值了。行道树的断枝醉酒般悬在半空，在污染和热浪中苦苦挣扎。

他们转头向河边驶去。拉米雷兹看看倒视镜。他的一生都在军事流氓和纳粹同情者的追捕之中，早已磨砺成了一只老练而警惕的都市昆虫。

“有个骑小摩托车的女孩子正在跟踪我们。”

“是，我知道。”

“知道你怎么不说？”

“因为她是我们一伙的。”

拉米雷兹久久地看了一眼倒视镜。

“这种事瞒不了我。这女孩刚才就在咖啡馆里，对吧？”

加百列缓缓点点头。他的脑袋一阵轰鸣。

“你是个很有意思的人，杜兰先生，也是个很幸运的人。她是个美人呢。”

“认真开车吧，阿尔方索。她会在背后照应你的。”

五分钟后，拉米雷兹把车停在一条沿着海湾的街边。基娅拉疾驶而过，随即又掉头急停，把车停在一棵树的树荫下。拉米雷兹熄灭引擎。阳光无情地烧灼着车顶棚。加百列想下车，但阿根廷人想先对他介绍一番情况。

“在阿根廷的纳粹余孽，他们的档案大多封存了，而钥匙都藏在情报资讯局。尽管长达三十年的黑幕时代早已结束，他们依然限制着记者、学者的调查。即使我们能进入情报局的库房，也找不出太多东西。大家都说，庇隆1955年遭遇政变之前，就把最紧要的档案都毁掉了。”

在街对面，一辆汽车放缓了速度，方向盘后面的男子久久地看了一眼摩托女郎。拉米雷兹也看见了这辆车，他从倒视镜里看了它一会儿，然后继续说道：“1997年，政府成立了一个委员会，为的是澄清阿根廷纳粹活动的历史问题。从最一开始，它就面临一个严重问题。

你想，1996年，政府烧毁了一切掌握之中的、有损名誉的档案。”

“既然如此何必要成立委员会？”

“他们当然是想在审判时赢得几分筹码。然而在阿根廷，对真相的追寻也只能到此为止了。如果当真调查，那么庇隆参与战后纳粹逃出欧洲的真相就会被深度揭露。人们还会就此发现，许多纳粹至今还生活在这里。谁知道，其中也许还有你要找的人。”

加百列指着一幢楼：“这里是干什么的？”

“移民旅店，十九世纪到二十世纪，数以百万计阿根廷移民的入境第一站。政府把他们安置在这里，直到他们找到工作和安身之所为止。如今移民部把它当作库房了。”

“存什么呢？”

拉米雷兹打开手套盒子，取出医用塑胶手套和纸质消毒面具：“那儿可不是世界上最清洁的地方。我希望你不要怕老鼠。”

加百列提起门把手，用肩膀向车门撞去。在街对面，基娅拉也熄灭了摩托车引擎，安顿好自己，等着他们。

一个无所事事的警察在门口站岗。一名穿制服的女孩坐在登记处的桌前，面对着一台摇头电扇，一边读着一本时尚杂志。她将登记簿贴着沾满尘土的台面滑了过去。拉米雷兹签了字，又写上了时间。两块塑封名牌夹子递了过来。加百列是165号，他将名牌夹在衬衫口袋上，跟着拉米雷兹朝电梯走去。“距离关门还有两个小时。”女孩喊了一句，随后又继续翻起了杂志。

他们乘上一部运货电梯。拉米雷兹合上梯门，按下了去顶层的按钮。电梯一路摇摇晃晃地缓缓上行。片刻后，电梯一震，他们停下来。空气又热又浑浊，含混着尘土，令人难以呼吸。拉米雷兹戴上了手套和面罩。加百列也照样做了。

他们进入的空间足有两个街区的长度，其中摆满了望不到头的钢质架子，架上承载着一只只沉重的木箱。鸥鸟在打破的窗户间飞进飞出，加百列能听见小脚爪的抓挠声和猫儿厮打时发出的喵喵叫声。尘土和腐烂纸张的气味渗入了面罩。相比之下，罗马的圣玛利亚灵魂之母堂地窖档案馆就成了天堂了。

“这是些什么东西？”

“庇隆和他在梅内姆政权里的精神继承者们没曾想要销毁的东西。这房间里存着移民登记卡，从二十世纪二十年代到七十年代，每位从布宜诺斯艾利斯港下船的乘客都要填写。楼下一层存着每条船的乘客花名册。门格勒、艾希曼，这些魔头都留下了他们的指纹。也许其中就有奥托·克里布斯。”

“为什么这么乱？”

“不管你信不信，这里曾经比现在还糟。几年前，有位勇敢的人物名叫齐勒，他给每一年的卡片都编排了字母索引。如今他们管这间屋叫齐勒厅。1963年的移民登记卡在那边。跟我来。”拉米雷兹停下来，指着地板，“小心猫屎。”

他们走过了半个街区的距离。1963年的卡片占满了几十个钢架。拉米雷兹找到了装有K字开头的卡片箱，然后将它们一个个从架上搬下来，小心地放在地板上。他找到了四个姓氏为克里布斯的移民。没有一个人的名字是奥托。

“会不会归档出了错？”

“当然有可能。”

“有没有可能有人拿走了它？”

“这是在阿根廷，朋友，什么事都有可能。”

加百列斜靠在钢架上，有些灰心丧气。拉米雷兹将卡片放回卡片箱，又将箱子放回钢架，接着看了看表。

“关门之前，我们还有一个小时四十五分钟呢。你从1963年往后找，我往1963年之前找。谁输了谁请客喝酒。”

暴风雨从河的上游袭来。透过一扇破窗户，加百列瞥见了一道道闪电，在河水上空的起重机之间划过。浓云遮蔽了午后的太阳，齐勒厅里昏暗得几乎看不见东西。雨下起来，犹如爆炸一般。雨水从开了口的窗户打进来，浸湿了珍贵的档案。加百列，身为一名修画师，立即想象出墨水的浸染和永远不能恢复的图像。

他又找到了三张姓氏为克里布斯的移民卡，一张在1965年，另两张在1969年。他们的名字都不叫奥托。昏暗的光线阻碍了他的搜索，他慢得像龟爬。为了阅读移民卡，他必须将箱子拖到窗前，总算可以借到些光亮。于是他就蹲下来，后背抵挡雨水，手指头忙着干活儿。

登记处的女孩子逛到了楼上，警告他们还有十分钟关门。加百列只查到1972年。他不想明天再来一次，于是加快了速度。

暴风雨很快停了，正如它突然降临。空气经过洗刷后清新凉爽。周围很静，只剩下雨水在排水槽流动的声音。加百列继续找：1973……1974……1975……1976……再也没有姓克里布斯的乘客了。没了。

女孩又来了，这一回是来赶他们走的。加百列将最后一个箱子放回架子，却看见拉米雷兹正在架旁和那女孩用西班牙语聊着。

“找到什么了？”

拉米雷兹摇摇头。

“你找到哪一年？”

“全部。你呢？”

加百列说：“你觉得明天还值得再来一趟吗？”

“多半不值了。”他伸手搭着加百列的肩膀，“来吧，我给你买杯啤酒。”

女孩将他们的名牌收回，陪他们来到运货电梯。大众西罗科的车窗一直没关，加百列坐在浸湿的座椅上，眼前的挫败让他郁闷。引擎的轰鸣敲碎了整条街的安静。他们一驶出，基娅拉就紧随其后。她的衣服已经湿透了。

离开档案馆两个街区后，拉米雷兹从衬衣口袋里取出一张卡片，“开心点吧，杜兰先生。”说着，他将卡片递给了加百列，“在阿根廷，有时候县官不如现管，那幢楼里只有一台复印机，那姑娘负责操作。她给我一张拷贝，还会再给她的上级拷贝一张。”

“那么这个奥托·克里布斯，如果他还活着，还在阿根廷，那么很有可能已经接到通知，所以他知道我们也在找他。”

“没错！”

加百列举起卡片：“在哪一年？”

“1949。我想是齐勒放错了地方。”

加百列低下头，读了起来。奥托·克里布斯于1963年12月抵达布宜诺斯艾利斯，搭乘一艘来自雅典的轮船。拉米雷兹指着底部一行手写的数字：245276/62.

“这是他的登岸许可号。很可能是阿根廷驻大马士革领事馆颁发的。‘62’代表他获准入境的年份。”

“现在怎么办？”

“我们知道他来到了阿根廷，”拉米雷兹耸耸宽厚的肩膀，“看看能不能找到他。”

他们驱车穿过雨水中的街道，回到圣太摩，在一幢意大利式公寓楼前停下。同布宜诺斯艾利斯许多建筑一样，它也是昔日的美人。如今正面的颜色同拉米雷兹的汽车一样，早已被污染所侵蚀。

他们爬上一段灯光昏暗的楼梯。公寓单元里的空气闷热污浊。

拉米雷兹回手锁上门，打开窗户，引入夜晚的凉风。加百列向街上看去，只见基娅拉把车停在了街对面。

拉米雷兹钻进厨房，出来时拿着两瓶阿根廷啤酒。他递给加百列一瓶，瓶身凝结着露水。加百列一口喝下半瓶。酒精和缓了他的头痛。

拉米雷兹把他带进办公室。这里同加百列预计的一样——又大又简陋，如同拉米雷兹本人。椅子上堆着书，一张大书桌埋没在纸堆里，似乎随时等待着一把火的销毁。厚窗帘隔蔽了街上的噪音和灯光。趁着加百列坐着喝啤酒的工夫，拉米雷兹去打电话了。

拉米雷兹花了一个小时才拿出了第一条线索：1964年，奥托·克里布斯曾在巴塔哥尼亚北部的巴里洛切向国家警察署办过注册。四十五分钟后，又一块拼图找到了：1972年，在一份办理阿根廷护照的申请中，克里布斯填写的住址是波尔图-布列斯特，那是个距离巴里洛切不远的城镇。只花了十五分钟，又一条线索找到了：1983年，那本护照注销了。

“为什么？”

“因为持照人死了。”

阿根廷人在桌上摊开一张古旧的公路图，隔着雾蒙蒙的老花镜眯着眼察看着，搜索着阿根廷的西部地区。

“就是这儿了，”他说着，戳了一下地图，“圣卡洛斯-德巴里洛切，简称巴里洛切，是巴塔哥尼亚的北湖区的一处旅游胜地，是十九世纪由瑞士和德国的定居者建立的。那儿又号称为阿根廷的瑞士，如今是滑雪者的欢聚之地，不过对于纳粹余孽来说，它是个瓦尔哈拉①一般的地方。门格勒就很崇拜巴里洛切。”

① 瓦尔哈拉（Valhalla）：北欧神话中的天堂。

“我怎么去那儿？”

“最快是坐飞机。那儿有座机场，每小时有一班来自布宜诺斯艾利斯的航班。”他顿了顿，又道，“为了看一座坟墓，走这么一趟，那可够远的。”

“我得亲眼看到才行。”

拉米雷兹点点头：“那就住雪绒花酒店吧。”

“雪绒花？”

“那是个德国人的小天地，”拉米雷兹道，“你不会相信那是在阿根廷的。”

“你为何不一道走一遭？”

“我恐怕自己会成为累赘。我在巴里洛切的某些社区里是个不受欢迎的人物啊。我在那个地方逛游的时间太长了些，你懂我的意思吧。我这张面孔太熟悉了。”阿根廷人的态度突然严肃起来，“你也得小心，杜兰先生。巴里洛切不是一个可以随口打听事情的地方。他们不喜欢外来人对某些人提问题。你还得知道，你是在一个敏感的时刻来到阿根廷的。”

拉米雷兹在一堆纸张中一阵翻找，然后取出了他要的东西——份两个月前的国际版《新闻周刊》杂志。他把它递给加百列，说道：“我的故事在第三十六页。”接着他走进厨房，又取来两瓶啤酒。

第一个死去的是一名叫作茵里克·卡尔德隆的男子。他是在布宜诺斯艾利斯的巴勒莫奇科区被发现的，就死在自家房子的卧室里。头部中四枪，很专业。像加百列这样的人，每听到一起谋杀，都会在心里勾画出一幅作案场景。他凝视拉米雷兹良久，随后把头转开，问道：“第二个呢？”

“古斯塔夫·埃斯特拉达。两周后在出差途中于墨西哥城被杀。

他有一天早餐会时没有出席，随后别人就在酒店房间里发现了尸体。又是头部中四枪。”拉米雷兹顿了顿，“这故事不赖吧，啊？两位杰出的商人，如此惊人相似地连续被杀，前后不过两周。这种扯淡的故事阿根廷人可喜欢呢。有好一阵子，许多人心思都被转移了，连自己身家利益都不关心了。”

“案子之间有什么关联吗？”

“也许我们永远也无法确切知晓了，不过我觉得他们有。茵里克·卡尔德隆和古斯塔夫·埃斯特拉达彼此并不熟悉，可他们二位的父亲很相熟。亚历山德罗·卡尔德隆是胡安·庇隆的贴身副官，马丁·埃斯特拉达是二战后那些年的阿根廷国家警察总长。”

“他们的儿子为何被杀？”

“实话实说，我全无线索。事实上，我压根儿想不出一个说得通的理论。我所知道的仅仅是：责难之词在德国人社区里满天飞，人们精神高度紧张。”拉米雷兹喝了一大口啤酒，“我再说一遍，在巴里洛切要自己小心，杜兰先生。”

他们又谈了一会儿，夜幕降下来，车辆涉水往来的声音从街上飘进来。加百列对于工作中的许多人都不太喜欢，不过阿尔方索·拉米雷兹是个例外。加百列却不得不欺骗了他，对此，加百列心里唯有歉然。

他们谈到了巴里洛切，阿根廷，还有过去的事。拉米雷兹问及埃瑞克·拉德克的罪行，加百列将他所知的一切都告诉了他。这番述说引来了阿根廷人长久的静默，他似乎是感到了切身的痛苦，因为像埃瑞克这样的人有可能曾经在他所爱的国土上找到了庇护所。

他们约好了等加百列从巴里洛切回来后再好好聊聊，接着就在昏暗的楼道里分别了。圣太摩区夜晚的寒气升腾起来，加百列在拥挤的人行道上走了一阵子。随后是一位骑着红色摩托车的女郎在他身边停下，伸手拍着屁股后面的后座，示意他上车。

25

布宜诺斯艾利斯－罗马－维也纳

这台精密的电子设备是德国造的。藏在监控目标公寓里的电话和发射机是最高质量的——在冷战高峰时，由西德情报部门设计制造，用于监控东边的敌对一方。设备的操作者是一位出生于阿根廷的本地人，不过他的祖先可以追溯到奥地利的因河畔布劳瑙。由于这个地方也是阿道夫·希特勒的出生地，于是他在同僚们中间也有了某种地位。当那位犹太人在公寓楼前停下脚步的时候，监控员用摄远镜头迅速拍下了照片。片刻后，摩托女孩从马路边开出的时候，他也摄下了她的影像。不过她的脸藏在黑色头盔后面，所以照片的价值也就所剩无几了。他花了点时间，回放了追踪目标公寓内的谈话录音，接着，他满意地拿起了电话，拨通了一个维也纳的号码。他听到一个说德语的声音，带着维也纳口音。在他听来，这声音犹如音乐。

在罗马的圣玛利亚灵魂之母堂，一位神学院见习修士匆匆走过宿舍楼的二楼楼道，在维也纳来客的房间门口停下来。他略一犹豫，然后敲响了门，获得允许之后，这才进了房间。一束楔形的灯光罩在一张狭窄的小床上，床上四肢摊开躺着一具健硕的身体。他的双眼在昏暗中闪着光，犹如两孔黑色的油井。

"有电话找你，"男孩说话时躲开了他的目光，神学院里每一个人都听说了前一天晚上大门口发生的事，"你可以去院长办公室接听。"

那男子双脚一荡干脆利索地踩上了地面，双肩结实的肌肉在光亮的皮肤下面起伏。他略微抚摸了一下肩上的绷带，然后穿上了圆领套头衫。

神学院见习修士引着来客走下一道石楼梯，随后穿过一座小庭院。院长办公室里没有人，书桌上亮着一盏小灯，电话听筒搭在一本记事簿上。不速之客拿起听筒，男孩悄悄退出去。

"我们找到他了。"

"在哪里？"

维也纳一端的男人告诉了他："一大早他就要动身去巴里洛切。你得在他抵达前就等着他。"

修表匠瞥了一眼手表，计算着时间："那怎么可能？明天下午之前都不会有从罗马出发的航班了。"

"事实上，几分钟之内就有一班飞机要起飞了。"

"你在说什么？"

"你赶到菲乌米奇诺机场要多久？"

三辆车组成的车队抵达的时候，示威人群就等在帝国酒店门外。车队是为了给自己的党派争取支持而来的。彼得·梅茨勒坐在奔驰豪华车的后座，望着窗外。他接到过警告，不过他以为来的又是那群愁眉苦脸的家伙，而不是手持标语和扩音喇叭的突击部队。这是注定会出现的结果：临近大选，候选人志在必胜。于是奥地利的左翼势力彻底慌了，他们在纽约和耶路撒冷的支持者也慌了。

德艾特·格拉夫坐在梅茨勒对面的弹簧座椅上，看起来很忧虑。

怎么能不愁呢？二十年来，他一直辛苦经营，想努力改造奥地利人民阵线，把它从一个垂死挣扎的后法西斯主义和前党卫军军官联盟，转变为一个现代化的保守主义政治力量。几乎是他一手重塑了这个党派的意识形态，刷新了它的公众形象。人民党和社会民主党之间的权力共享，使选民的权利为之剥夺。而他精心营造了一番说辞，正好牢牢地吸引了这部分选民。如今，有梅茨勒做他的候选人，他只差一步就要摘取奥地利的终极桂冠——也就是总理的大位了。格拉夫此时最想避免的事情，就是在大选前的三周里，同那些左派蠢货和犹太人来一场面对面的混战。

“我知道你在想什么，德艾特，”梅茨勒说道，“你在想我们应该稳健些，从后门进去，避开那些乌合之众。”

“我确实有这个念头。我们有三个百分点的优势，牢牢握在手里。我可不想因为帝国酒店门前一场难堪的遭遇就损失两点，如果能轻松回避，何乐而不为。”

“那就走后门？”

格拉夫点点头。梅茨勒指指电视摄像师和那些等候的摄影记者。

“你知道明天《记者报》的头条会怎么说吗？梅茨勒在维也纳受挫于示威者！他们会说我是懦夫，可我不是懦夫。”

“没人说过你是懦夫，彼得。只不过是审时度势而已。”

“我们从后门走得太久了。”梅茨勒松了松领带和衬衫领口，“而且，总理是不该走后门的。我们从大门进去，抬头挺胸迎接战斗，否则就干脆别进去。”

“你越来越会说话了，彼得。”

“我有个好老师。”梅茨勒微笑着，伸手搭住了格拉夫的肩膀，“不过我觉得漫长的选战让这位老师消磨了血性。”

“为什么这么说？”

“瞧瞧这帮流氓，他们很多人连奥地利人都不是。一半的标语是英语，而不是德语。显然，这些示威者都被那些境外的挑唆犯给蒙蔽了。我要是有幸和这些人面对面交锋一下，我们的优势明天就扩大为五个百分点了。”

“我可并不这么认为。”

“告诉保安放轻松。要让那些示威者扮演纳粹党徒，而不是我们，这很重要。”

彼得·梅茨勒开门下车。人群里响起了一阵怒吼，一张张标语牌摇晃起来。

纳粹猪！

第三帝国的梅茨勒！

国家总理候选人大步向前，似乎对周围的骚动全无知觉。一个年轻的姑娘手举着浸透了红油漆的破布团，挣脱了阻拦。她将破布掷向了梅茨勒。而他敏捷地避开，脚下却依然大步流星，似乎浑然不觉。破布打中了一名联邦警察，示威人群倒也觉得解恨。女孩被一对警官抓住拖走了。

梅茨勒波澜不惊，走进酒店大堂，直奔舞会大厅，数千名支持者已经在此等候他三个小时了。他在门前略一停顿，振作了一下精神，随即大步走进厅堂，走进了喧嚣的欢呼声中。格拉夫超然事外，望着候选人走进了崇拜者的人群。男人们挤上来，同他握手，或拍拍他的肩背。女性则亲吻他的脸颊。梅茨勒显然把保守派再次变成了奔放派。

整整五分钟，他才走到了大厅的一端。梅茨勒登上讲坛，一位美丽的女孩子身穿邓德尔裙，递给他一只巨大的啤酒杯。他将它举过头顶，随即引来一阵狂热的欢呼。他吞了一大口啤酒——不是摆摆样子的喝一口，而是奥地利式的牛饮，接着上前一步凑近了麦克风。

“我要感谢你们每一位的光临。同时，我还要感谢我们的好朋友和支持者，感谢他们在酒店外如此热情的欢迎。”一阵哄笑扫过大厅，“这些人似乎不太懂，奥地利是属于奥地利人的，我们，要用奥地利的道德标准和规范来选择自己的未来。那些外国人、海外的批评家是没有资格对这片神圣的土地说三道四的。我们的未来我们自己打造，奥地利的未来，从三个星期后开始！”

喧声大作。

26

阿根廷，巴里洛切

加百列进门之后加大了步伐，巴里洛切日报社的前台接待员颇有兴致地打量着他。她留一头深色短发，一双明亮的蓝眼睛，脸上的皮肤晒成了诱人的古铜色。“需要帮忙吗？”她用德语问道。这不奇怪，日报的名字就是德语的，报纸当然也是德语报纸。

加百列以同样的语言应答，不过他巧妙地掩藏了一个真相：他的德语其实说得跟这位女郎一样流利。他说自己来到巴里洛切是为了做一项基因学研究。他自称来找一名男子，他认为是他的舅舅，名字叫奥托·克里布斯，他有证据相信克里布斯先生于1982年10月死于巴里洛切。他问能否允许他查阅一下当时的旧报纸，看看有没有相应的讣告或是死亡通告呢？

接待员向他微笑着，露出两行莹亮齐整的牙齿，随即拿起电话拨出一个三位数的分机号。她用语速很快的德语将加百列的请求转述给了一名上级。接着那女郎沉默了几秒钟，挂上电话，站了起来。

“跟我来。”

她引着他穿过一间小小的阅览室，她的鞋跟将破旧的地毯敲打得嗒嗒作响。有五六名雇员以各种不同的姿态享受着悠闲，有的抽烟，有的喝咖啡，似乎没有人注意到有客人来访。档案室的门虚掩着。接待员伸手扭亮了灯。

“如今我们都无纸化了。所有的文章都自动存入数据库，可以全文检索。不过我恐怕最早只能查到1998年。你刚才说他是哪一年去世的？”

“我想是1982年。”

“你还算运气好。所有的讣告都编了索引——当然是手工的，传统的老办法。”

她走到一张桌前，掀开一本厚重的皮革记事簿的封面。印有格界的簿子上手工写满了字体微小的记录。

“你说他叫什么名字来着？”

“奥托·克里布斯。”

“克里布斯，奥托，”她说着，翻到了K字的页面，“克里布斯，奥托……啊，在这儿。根据这上面的记录，时间是1983年11月。还有兴趣读一读讣告么？”

加百列点点头。那女郎写下了一个检索号码，朝对面的一堆卡片盒走去。她伸出食指，划过一张张标签，最终在她要找的卡片盒上停下来，又要求加百列帮她将堆在上面的其他卡片盒移开。她掀开盒盖，灰尘和腐纸的气味从里面散发出来。剪报都夹在发黄变脆的纸夹里。奥托·克里布斯的讣告已经撕破了。她用一张透明胶带将页面修复，然后拿给加百列看。

“这是你要找的那个人吗？”

“我不知道。”他如实回答。

她将剪报从加百列手上拿过来，迅速读了一遍。“这里说他是个独生子。”她看着加百列，“这不能说明什么。他们许多人都不得不掩藏过去的历史，为的是保护他们还在欧洲的家人。我的祖父是幸运的，他至少还保留了自己的姓名。”

她看着加百列，观察着他的目光。“他是克罗地亚人，”她说道，语气里略带一种与同谋者交流的意味，“战后，共产党人想审判他，然后处以绞刑。所幸，这里的庇隆政府愿意接受他。”

她拿着剪报走到复印机前，复印了三份。接着她将原件归回原处，将复印件交给了加百列。他一边读，一边同她一道往外走。

“根据讣告，他葬在波尔图–布列斯特的一座天主教墓地。”接待员点点头，“就在湖对岸，距离智利边境只有几英里。当初他在那里经营一座大农庄。这个在讣告里也写了。”

“我怎么去那里？”

“出了巴里洛切沿高速公路向西，用不了多久就要离开高速路。我认为你得开一辆好车才行。沿着环湖公路开，然后折向北，就进入波尔图–布列斯特了。如果你现在出发，天黑前就能到。”

他们在大堂握手道别。她祝他好运。

“我希望这就是你要找的人，”她说，“不过也许我不该这样希望。我猜像这种事情，谁也说不清楚。”

访客走后，接待员拿起电话拨通了号码。

“他刚走。”

“你怎么处理的？”

“我按你的吩咐做的。我非常友善。他想要的我都给他看了。”

“他要的是什么？”

她如实说了。

“他如何反应？”

“他打听波尔图-布列斯特的路怎么走。”

电话断了。接待员缓缓放下电话。她突然间感到胃里发空。她完全清楚，在波尔图-布列斯特有什么东西在等待着他。降临到他头上的命运，同其他造访这个北巴塔哥尼亚一角的客人是一样的。这些人都是来找人的，他们找的都是些不想被找到的人……她并不为他感到难过，说真的，她觉得他是个傻瓜。说什么基因学研究，这么笨拙的故事，他以为能骗得了谁？他以为他是谁啊？这是他自己的错。不过话说回来，犹太人一向如此，总是喜欢自找麻烦。

此时大门开了，一名身穿背心裙的女子走进大堂。接待员微笑着抬头看去。

“需要帮忙吗？”

他们顶着刀割般的烈日走回酒店。加百列向基娅拉翻译了讣告的内容。

“这里说他于1913年生于上奥地利，曾经是位警官，于1938年入伍，加入国防军，参与了同波兰和苏联的战役。这里还说他曾因作战勇敢而两次得到勋章，其中一次是由希特勒亲自颁发的。我想在巴里洛切这一条是值得夸耀的。”

“那战后呢？”

“1963年他来到阿根廷之前的事一个字也没有提到。1963年后他先在巴里洛切的一家酒店工作两年，后来又在波尔图-布列斯特的大农庄找到份工作。1972年他从主人手里买下农庄，自己经营，一直到他死。”

“这一带还有他的亲人吗？”

“根据这篇讣告，他从未结婚，也没有在世的亲属。”

他们回到了雪绒花酒店。这是一座瑞士风格的度假屋，斜坡房顶，同湖边相隔两条街距离，面临着圣马丁大街。加百列当天早晨在机场租了一辆车，是一辆四轮驱动的丰田。他请停车场的管理员帮他把车开出车库，随后走进大堂去寻找乡村交通地图。波尔图-布列斯特的位置同日报社女子所指示的一样，就在湖对岸，接近智利边境。

他们沿着湖岸公路出发了。离开巴里洛切后，道路的状况愈来愈差。许多时候，湖水都被茂密的森林遮挡着。有时候，加百列转过一道弯，或者当林木突然变得稀疏一些，湖景就会短暂地在他们下方出现，那是一片蓝光，一闪而过，迅速消失在树木构成的围墙之后。

加百列绕过湖泊的最南端，暂时放慢了速度，仰望一群巨大的秃鹰，盘旋在塞罗-洛佩兹峰的上空。接着他驶上一条单车道的土路，穿过一片灰绿荆棘和灌木覆盖的光秃高原。在高原草甸上，零星矗立着桃金娘树，顽强的巴塔哥尼亚绵羊成群结队地享用着肥美的夏季水草。从这个距离向智利边境望去，只见一道道闪电在安第斯山诸峰上划过。

他们到达波尔图-布列斯特的时候，太阳已落下，宁静的村庄被阴影笼罩着。加百列走进一间咖啡馆问路。吧台侍者是位小个子男人，生了一张红润的脸蛋。他走到街上，用一连串指点和手势向加百列指明了道路。

就在咖啡馆店堂内，一张靠近门的桌前，修表匠正喝着一瓶啤酒，望着街上的这段问答。眼前这个黑色短发、灰白鬓角的矮个男子他是认识的。坐在四轮驱动副驾驶位子上的是个黑色长发女郎，她会不会就是在罗马将一颗子弹射入自己肩膀的那一位？这也无关紧要了。即使不是，她也活不了多久了。

以色列人重新回到丰田车的驾驶座上，疾驶而去。吧台侍者回到店内。

修表匠用德语问他："这两位要去哪里？"

侍者用同样的语言回答了他。

修表匠喝完了最后一口啤酒，将钱留在了桌上。即使是最小的动作，比如从口袋里拿出几张纸币，也会使他的肩膀烧灼般的痛。他走到街上，在凉爽的晚风中站了一会儿，然后转身，缓缓向教堂走去。

圣母山教堂坐落在村庄西边一侧的边缘，是一座刷着白浆的殖民地式教堂，天井左侧有一座钟楼。教堂正面是一座石铺的庭园，两棵法国梧桐投下巨大的树荫，周围是铁质的围栏。加百列走到教堂的背面。墓地依着平缓的山坡铺展开去，尽头是松树修剪成的一排矮墙。上千块墓碑和纪念碑在丛生的杂草中摇摇欲坠，犹如撤退中的残兵败将。加百列立定片刻，双手叉腰，一想到要摸黑在墓地游走一番，寻找奥托·克里布斯的墓碣，心头难免感到沮丧。

他走回到教堂正面。基娅拉正在庭园的阴影中等着他。他拉了拉教堂的沉重橡木门，发现没有上锁。基娅拉跟着他走进去。阴凉的空气拂上他的脸颊，同时，他嗅到了自离开威尼斯后就不曾嗅到过的香气：那是蜡烛、焚香、木器、霉菌混合在一起的气味，这是不折不扣的天主教堂的气息。这里同威尼斯卡纳雷吉欧区的圣乔凡尼礼拜堂多么不同啊。没有镀金的圣坛，没有大理石柱，也没有高耸的拱顶和宏伟的圣坛画。一座凄惨的耶稣受难十字架悬在朴素寡淡的圣坛画上方，一列祭奠的蜡烛在圣母像前柔弱地闪烁着。中殿一侧是蒙着污垢的玻璃窗，它们在昏昏的暮光中已经失去了光彩和颜色。

加百列犹豫着走过殿中央的走廊。就在这一刻，一个黑影从教堂的副室里钻出来，大步走上圣坛。他在耶稣受难像前顿了顿，又屈膝一拜，然后转身面对着加百列。他是个瘦小男子，穿一条黑裤子，一件黑色短袖衬衫，佩着神父领带。他的头发剪得整整齐齐，鬓角已经变得灰白。他的面庞英俊，肤色很深，两颊泛出些许红润。两个不速之客出现在教堂，他似乎并不惊异。加百列缓缓走近他。那神父伸手与他相握，又自我介绍说他是鲁宾·莫拉莱斯神父。

“我的名字叫雷内·杜兰，”加百列说道，“我来自蒙特利尔。”

神父对此点点头，似乎对海外来客早已习以为常。

“我能为您做什么，杜兰先生？”

加百列将当天早上在巴里洛切日报社所采用的说辞又说了一遍——他来到巴塔哥尼亚，寻找一个男人，据信此人是他母亲的兄弟，他的名字叫奥托·克里布斯。加百列说话的时候，神父交叉着双手，用一双温暖和蔼的眼睛望着他。这位神父同多纳蒂大人、教会里的官僚专家、神学院院长德雷克斯勒主教这类人一比较，实在太不一样了。加百列对他感到很抱歉，因为自己对他不够诚实。

“我非常了解奥托·克里布斯这个人，”莫拉莱斯神父说道，“我得遗憾地说，他绝不可能是你要找的那个男人。你看，他没有兄弟姊妹，也没有任何家人亲属。还没等他创造好条件娶妻生子，他就……”神父的声音哑了下去，“我该怎么说这话才妥帖呢？他就不再适宜涉足婚姻了。岁月消磨了他。”

“他有没有对你谈及过他的家人呢？”加百列顿了顿，又道，“或者，谈及战争？”

神父扬起了眉毛：“我是听他忏悔的牧师，杜兰先生。在他生前我们讨论过许多事情。克里布斯先生，同他那个时代的许多男人一样，见证了太多的死亡和破坏。他也做过一些举动，让他深深地为之羞耻，他也在寻求赦免。”

“你向他提供赦罪了吗？”

“我向他提供了宁静的心灵，杜兰先生。我倾听他的忏悔，我令他自惩以得救赎。在天主教信仰许可的范围内，我帮助他做好准备，让他的灵魂面对基督。不过，我作为一名乡村教区的普通牧师，有没有能力救赎那些罪呢？连我自己也不敢确定。”

“我能问问你们都讨论过哪些事情吗？”加百列试探着问道。他知道他踏入了敏感的神学领地，而对方的回答又是他所期待的。

“我和克里布斯先生讨论的许多事情都是保密的忏悔。其余的又属于朋友之间的私密分享。我现在向你透露这些谈话内容是不合适的。”

“可是他已经过世二十年了。”

“即使是死人也有隐私权。”

加百列的耳边响起了母亲的声音，那是她的见证录的开篇：*我无法讲出我所看到的全部。我不能。那是对死者的亏欠。*

“也许这些内容能帮我判定这个人是不是我的舅舅。”

莫拉莱斯神父露出一个友善的微笑：“我是个单纯的乡村牧师，杜兰先生，可我也不是个彻底的傻瓜，我对教区里的居民也很了解。你真的相信你自己是第一个来到这里假装寻亲的人吗？我非常确定奥托·克里布斯不是你的舅舅。我也不太确定你是不是来自蒙特利尔的雷内·杜兰。现在，我要失陪了。”

他转身要走。加百列扶住了他的胳膊。

“至少，能否在你走之前带我去他的墓碑？”

神父叹了口气，然后抬头看着蒙垢的玻璃窗。窗户已经变成了黑色。

“天黑了，”他说，“等我一会儿。”

他走下圣坛，消失在副室之中。片刻后，他再次出现，身穿一件褐色防风衣，手持一只大号的电筒。他领着他们走出一道侧门，接着走过一条教堂和宿舍之间的石子路。道路的尽头便是墓地的门。莫拉莱斯神父提起了门闩，接着扭亮了手电筒，将他们带入了墓地。加百列走在神父的身边。狭窄的甬道上杂草丛生，基娅拉紧跟在后面。

“你主持了他的葬礼弥撒吗，莫拉莱斯神父？”

“当然。事实上，我必须亲自安排一切。没有别人能做这事。”

一只猫从一块墓碑后溜出来，在他们面前的甬道上停下来，在神父手电光照下，它的眼睛反射出黄色的光。莫拉莱斯神父嘘了一声，那猫便消失在高高的草丛中。

他们走近了墓地一端的树木。神父向左转，带着他们穿过齐膝高的野草。这里的道路太窄了，没法并肩行走，于是他们走成了一条直线，加百列让基娅拉抓着他的手，扶着她。

快走到一列墓碑尽头的时候，莫拉莱斯神父停下脚步，将手电向下摆成了一个45度角。光束落在一块简朴的石碑上，碑上有奥托·克里布斯的名字。上面写着他生于1913年，死于1983年。在名字的上方，一块磨损的椭圆形玻璃下面，贴着一张照片。

加百列蹲下身，抹掉一层粉末状的灰尘，审视着那张脸。显然这是他去世前很多年拍摄的，因为照片上是一位中年人，大约五十岁的年纪。加百列只能确定一件事情：这不是埃瑞克·拉德克的脸。

“我料想这不是你的舅舅吧，杜兰先生？”

“你能确定这照片是他本人吗？”

“能，当然能。我自己找出来的，在一个存有他私人物品的保险箱里。”

“不知道能不能让我看看那些东西？”

“它们早不在我手上了。即使在，我也……”

剩下的念头没有完全说出口，莫拉莱斯神父就将手电递给了加百列：“我要失陪了。你自便。我没有手电也能找到路。麻烦你出去的时候把它留在墓地大门边。很高兴见到你，杜兰先生。”

说罢，他转过身，消失在墓碑之间。

加百列抬头看基娅拉：“这里本该是拉德克的照片。拉德克去了罗马，以奥托·克里布斯的名字取得了红十字会的护照。克里布斯于1948年去了大马士革，接着于1963年移民阿根廷。克里布斯在这个地区向阿根廷警署登记注册。这个应该是克里布斯。”

“也就是说……”

“有别的人去了罗马，假扮拉德克。”加百列指着墓碑上的照片，“是这个人。是这个奥地利人去了神学院，向胡德尔主教寻求帮助。拉德克还在别的地方，很可能此刻仍然躲在欧洲。否则的话，他为何不遗余力地躲藏？他想让人相信他早就死了。如果有人还想找到他，他们就会依着线索从罗马到大马士革，再到阿根廷，然后发现没有找对人——奥托·克里布斯，只不过是一个酒店打工的，攒了一辈子钱，才在智利边境买下几英亩农庄。”

“还有一个重大的问题，”基娅拉说，“你无法证明路德维格·沃格尔就是埃瑞克·拉德克。”

“我们一步一步来，”加百列说，“让一个人消失哪有那么容易。拉德克必定有援手，一定还有其他人知道内情。”

“是啊，不过他还活着吗？”

加百列立定不动，望着教堂的方向。钟楼已经变成了一幅剪影。接着他发现有个人影穿过碑林正朝他们走来。起先他以为是莫拉莱斯神父，接着，人影走近了些，他认出那是另一个人。神父又瘦又小，此人身形健壮，脚步急促，轻捷地走下墓碑之间的坡道。

加百列举起手电筒，向对方照去。他朝那人脸上短暂地瞥了一眼，紧接着，那个男人就伸出一只大手挡在面前。他秃了顶，戴着眼镜，双眉是灰黑色的。

加百列听见身后有响动。他转身将电筒照向墓地边缘的树木。两名黑衣男子从树丛中奔跑着蹿出，手里都擎着便携式冲锋枪。

加百列再次将光束对准了穿过碑林的男人，只见他正从夹克里抽出武器。紧接着，很突然，枪手停步不前了。他的目光没有停在加百列和基娅拉身上，而是盯上了两名来自树丛的男子。他静止不动站定了不到两秒钟——接着，他放低了枪口，转身朝另一个方向跑去。

加百列再次转过身的时候，两位手执冲锋枪的男人只有数英尺远了，正奋力奔跑着冲上来。第一人同加百列撞在一起，将他撞倒在墓地的硬土地上。基娅拉伸手护住了脸，却也被第二名枪手撞倒在地。加百列感到一只戴着手套的手正卡住他的嘴。接着，袭击者吐出的热气又喷进了他的耳朵。

“放松，艾隆，你和朋友们在一起了，”他说着美国口音的英语，“别给大家找麻烦。”

加百列将那只手从自己嘴上掰开，望着那袭击者的眼睛：“你是谁？”

“当我们是守护天使吧。那个向你冲过来的男人是个职业杀手，他正打算把你们两个都杀了。”

“那你们要把我们怎么样？”

两个枪手拽着加百列和基娅拉站起来，带着他们出了墓地，走进树丛。

第三部

灰烬之河

27

阿根廷，波尔图－布列斯特

树林从墓地边缘向外铺展，沿着陡然下降的坡地，坠入空空洞洞的黑沉谷底。他们艰难地顺着陡坡向下爬，在树丛间择路而行。今晚没有月光，一团漆黑。他们走成了一条直线，一个美国人在最前面，加百列同基娅拉跟在后面，最后是另一个美国人。两个美国人都带着夜视眼镜。他们的身手，在加百列看来，是士兵里的翘楚。

他们来到一处隐藏得十分妥帖的小小营地：黑色的帐篷，黑色的睡袋，没有篝火，也没有野炊的锅灶。加百列不知道他们来到这里监视墓地有多久了。不久，从他们脸颊上的胡须就能判断。四十八小时，也许更短。

美国人开始收拾东西。加百列再一次提问，想确定他们是谁，为谁效力。迎接他的是疲倦的微笑和冷冷的静默。

他们花了几分钟时间就拆除了营地，并且将一切痕迹都打扫干净。加百列主动要求替他们扛一包行囊。但美国人拒绝了。

他们又开始走路。十分钟后，他们站在了谷底河床的岩石上。一辆藏匿在迷彩帆布和松枝里的汽车正在那里等着他们。那是一辆老旧的路虎，前盖上载着备用轮胎，后面载着备用燃料罐。

美国人指定了座位的分配，基娅拉坐前面，加百列在后面，一支枪指着他的腹部，以防止他突然对营救者失去信任，做出什么事情。他们在河床上行驶数英里，涉过浅水，然后开上土路。又继续前行几英里后，他们来到一条通往波尔图–布列斯特的公路。美国人向右转，朝安第斯山脉方向驶去。

“你在朝智利的方向去。”加百列说道。

美国人都失声笑了。

几分钟后，他们来到了边境：一名卫士在砖砌的岗哨里打着寒战。路虎穿过关卡并不减速，驶入安第斯山，朝太平洋方向而去。

在安库德湾的北端坐落着蒙特港，这是个旅游胜地，是游轮航线的停靠港。在城镇外有一座机场，跑道的长度足以起降一架湾流G500型行政专机。路虎车到达的时候，恰好有这样一架飞机正等候在停机坪上，引擎轰鸣着。一位灰色头发的美国人站在机舱走廊里。他欢迎加百列和基娅拉登上飞机，又隐晦地自我介绍，说他叫“亚历山大先生”。在坐上舒适的皮座椅之前，加百列问他们要飞去哪里。“我们回家，艾隆先生。我建议你和你的朋友好好休息一下。旅程会很漫长的。”

在巴里洛切的酒店房间里，修表匠拨通了维也纳的号码。

“他们死了吗？”

“恐怕没有。”

“发生了什么事？”

“实话实说，”修表匠说道，“我他妈的一点也不知道。”

28

弗吉尼亚，普莱恩斯

谍报安全密室位于弗吉尼亚一座马球场的一角。在这里，与财富、特权形成反差的，是南方农村的严峻现实。通往密室的路上下起伏，曲折迂回，两侧是破败的谷仓，院里停着破旧汽车的隔板平房。建筑物前有一道大门，它警告着人们这里是私人产业，却掩藏了一个事实：严格地说，这里其实是政府设施。车道是一条石子路，右侧是一片茂密的树林，左侧是一片牧草地，周围围着篱笆木栏。这道围栏在当地工人中还曾引起了一些流言蜚语，因为他们把工程包给了一家外地公司。牧草地上养着两匹枣红马。根据情报局的风趣说法，它们也要接受一年一度的测谎仪甄别，以便确定它们有没有倒戈，无论倒向哪一边。

这幢殖民地风格的建筑位于整个马球场的顶端，高耸的大树环绕在它周围。它有一个紫铜色的屋顶和双门廊。里面的家具既简朴又舒服，容易激发合作精神和战友之情。友邦的情报界同行们来此逗留，那些背叛自己国家的人也会来到此地。最近来的一位是个伊拉克人，曾试图替萨达姆造一颗核弹。他的妻子原本指望住在著名的水门大厦，她在此期间始终苦苦地抱怨，他的儿子们还在谷仓放了把火。这里的管理员很高兴地看到他们终于走了。

当天下午，新雪覆盖了牧草地。在有色玻璃的过滤下，原本就丑陋的乡村风景更是完全失去了颜色，在加百列眼中，它就是一幅炭笔素描。亚历山大原本闭着眼睛斜倚在座位上，现在突然醒过来。他深深地打了个哈欠，瞥了一眼手表，然后皱起了眉头，因为他发现表上的时间设置有误。

是基娅拉首先发现了那个秃顶的、哨兵一般的身影。只见他正站在楼上门廊的栏杆前。后座上的加百列倾倒了身子，向上探望着他。沙姆龙举起了手，在空中停了片刻，然后转身消失在房子里。

他在正门的门厅迎接了他们。站在他身边的是一名单薄的男子，身穿羊毛开衫和灯芯绒裤，卷曲的灰发，灰色的胡须。他的一双棕色的眼睛很沉静，他的握手冷淡而简短。他看起来像位大学教授，又或许是位临床心理医生。然而他两者都不是。其实，他是中央情报局行动处的副主任，名字叫作阿德里安·卡特尔。他看起来不大高兴，不过，在目前的国际局势下，他绝少有高兴的时候。

他们小心翼翼地互相问候，谨守着谍报界的惯常分寸。他们报的都是真名，因为他们彼此都有所了解，如果使用化名就会给这个场合带来一种滑稽的气氛。卡特尔沉静的目光在基娅拉身上短暂地凝聚了片刻，好像她是个未受邀请的客人，应该额外安排个位置一般。他毫不掩饰地皱了皱眉。

“我一直希望这样的会晤能仅限于高层的范围，”卡特尔说道。他的嗓音中气不足，要想听清楚他的话，必须保持安静，而且要专心听，“我接下来要和你们分享的材料，我也希望在限定的范围内传播。”

“她是我的拍档，”加百列说道，“她什么都知道，她也不会离开这间屋。”

卡特尔的眼光缓缓地离开基娅拉转向加百列：“我们盯了你一段

时间了——精确地说，是从你到达维也纳开始。我们尤其欣赏你对中央咖啡馆的探访。同沃格尔面对面的交锋，简直像一场精致的戏剧。”

“实际上，是沃格尔主动找我挑衅的。”

“这是沃格尔的风格。”

“他是什么人？”

“是你一直在刨根问底。为何不由你来告诉我们呢？”

“我相信他是一名党卫军的谋杀犯，真名叫埃瑞克·拉德克，由于某种原因，你们一直在保护他。要是由我来猜想这其中的原因，我猜他是你们的一位特工。”

卡特尔伸出一只手搭在加百列肩上。“来吧，”他说，“显然，到了我们该谈谈的时候了。”

客厅里亮着灯，灯光朦胧昏暗。壁炉里的火烧得正旺，餐具柜上摆着金属咖啡壶。卡特尔给自己弄了些咖啡，然后像个学究般端着架子坐在了高背椅上。加百列和基娅拉一并坐在沙发上，沙姆龙在边缘踱着步，依然像一个哨兵，在漫漫长夜中坚守着岗位。

“我要给你讲个故事，加百列。”卡特尔开口了，“这是一个国家的故事，这个国家被卷进了一场它并不愿意参与的战争。这一场大战下来，这个国家击败了世界历史上最伟大的军队。可是还没过几个月，它就和自己从前的盟友苏联陷入了军事对峙的僵局。说实话吧，我们害怕极了。你看嘛，战前，我们没有情报部门——或者说，没有像样的。天哪，你们的部门是和我们差不多同时起步的。战前，我们在苏联境内的谍报力量只有几个哈佛毕业生和一部电台。等我们突然和那些俄罗斯妖怪针尖对麦芒的时候，我们对他们全然不了解。他们的强项弱项，动机意图，我们都不知道。而且，我们也不知道去哪里找情报。一场战争即将来临，这是预料中的事。可我们了解多少情况？扯淡。没有谍报网，没有特工，什么也没有。我们晕头转向，在沙漠里找不着北了。我们需要帮助。此时，救难的摩西出现在地平线上，这个男人带领我们穿过西奈，进入迦南福地。”

沙姆龙立定了片刻，为的是及时说出那位“摩西”的名字——莱因哈特·格伦将军，德国东部外国军情处的首脑，希特勒在俄国前线的头号侦探。

“可多亏了他，”卡特尔向沙姆龙一点头，“有胆子告诉希特勒俄罗斯战役真相的人为数极少，格伦就是其中之一。希特勒曾经很烦他，曾威胁要把他送进疯人院。帝国末日临近的时候，格伦决定自己解救自己。他命令他的下属用缩微胶片拍摄了苏联参谋总部的情报档案，密封在桶里。这些密封桶埋藏在巴伐利亚和奥地利的群山里。然后格伦和他的属官就向盟军的反间谍军团投降了。”

“于是你们热情地欢迎了他们。”沙姆龙说道。

“你们也会做出一样的举动的，阿里。”卡特尔交叉着双手，盯着炉火望了片刻。加百列几乎能听见他从一数到十，为的是克制他的怒气。“我们正做着祈祷，格伦就送来了福音。此人毕生都在从事对苏联的谍报工作，如今他要来给我们指明道路了。我们把他带回美国，把他安置在距离这个地方几英里远的福特亨特。整个美国情报安全部门都被他牵着鼻子走。不要怕——这是格伦告诉我们的，他说，我有谍报网，我有内线，我有敌后小组，斯大林和他党羽的底细我全都知道。咱们联手打垮他。”

卡特尔站起来，走到餐具柜前热咖啡。

“格伦在福特亨特呼风唤雨了十个月。他狮子大开口，开出了条件。我的那些前任们中了魔法似的，同意了他的一切条件。一个属于格伦的组织机构诞生了。他搬进了德国普拉赫附近一座围墙环绕的封闭大院。我们给他经费，给他指挥权。他主持机构运转，雇佣特工。终于，这个机构成了情报局无形的延伸。”

卡特尔拿着咖啡回到座位。

“显然，由于格伦机构的首要针对目标是苏联，一般来讲他所雇佣的人员多少有些对苏工作的经验。其中有一位很聪明很有能力的男青年，名叫埃瑞克·拉德克，曾经是所谓帝国乌克兰总督辖区的特遣队长。当时，拉德克被我们关押在曼海姆的一座看守营里。他获释了，效力于格伦，很快在普拉赫的格伦机构里成了核心人物，着手重新启动他从前在乌克兰境内的情报网。”

“拉德克是保安处的人，”加百列说，“党卫军、保安处、盖世太保在战后都被宣布为犯罪组织，其所有成员都应立即逮捕，可你们还是允许他为格伦工作了。”

卡特尔缓缓点头，神色间的意思，就像是他的小学生答对了问题，却丢失了更关键的重点：“在福特亨特，格伦保证说，他不会雇佣前任党卫军、保安处、盖世太保的人，但是，那只是纸面上的保证，而且我们也从来没指望他遵守。”

“你们知不知道拉德克曾参与过乌克兰的流动屠杀行动？”加百列问道，“你们知不知道这位很聪明很有能力的青年一直力图把历史上最大的罪恶掩藏起来？”

卡特尔摇摇头：“当时我们还不知道德国的罪恶达到何种规模。比如1005行动，还没有人听说过这个词，而拉德克的党卫军档案也没有显示他是从乌克兰调回保安处的。1005行动是帝国绝密，而帝国绝密事务是不会见诸明文的。”

“但是可以肯定，卡特尔先生，”基娅拉说道，“格伦将军一定早已知道拉德克的所作所为了吧？”

卡特尔扬起双眉，似乎是因为基娅拉居然还会说话而感到惊异：

“他也许知道，不过，我认为知不知道对格伦来说没什么太大分别。拉德克不是唯一一个给格伦机构工作的党卫军。至少还有五十位，他们都和拉德克一样，参与了所谓的最后解决方案。”

“我看这对于格伦的顶头上司也没什么太大分别，”沙姆龙说道，“随便什么杂种，只要他反对共产主义就行。这难道不是情报局招募冷战特工的一条铁规矩吗？”

“理查德·赫姆斯有一句名声很臭的话，他说：‘我们不是童子军。如果我们想参加童子军，早就参加了。’”

加百列说：“你听起来不是非常苦恼嘛，阿德里安。”

“我可不是什么历史学家，加百列。我是专业人士，同你和你的这位传奇的头儿一样。我面对的是现实世界，而不是理想国度。我才不会替我的前任们道歉呢，就像你和沙姆龙也不会一样。有些时候，情报部门必须利用恶人去获取善果：为了更加太平的世界，为了祖国更加安全，为了保护亲爱的朋友。决定雇佣莱因哈特·格伦和埃瑞克·拉德克的人，他们玩的是一场极其古老的游戏，也就是所谓的权力政治的游戏，他们玩得不错。我不会否认他们的所作所为，同样我也肯定不会让你们这些人去对他们妄作裁判。”

加百列向前一欠身，双手交叉，两肘支撑在膝盖上。他感到炉火的温度喷在自己的脸颊上。他的愤怒也因此添上了温度。

“把邪恶的个体当作资源来利用，同雇佣他们做情报官员是有差别的。更何况埃瑞克·拉德克根本不是什么寻常的杀手，他是大规模屠杀的凶犯。”

“拉德克没有直接参与对犹太人的灭绝。他的介入是在屠杀之后……”

还不等卡特尔把话说完，基娅拉就开始摇起了头。他皱起眉。显然，他开始后悔让她也参与进来。

“你对我的话有不同意见吧，佐利小姐？”

“不错。”她说，“你显然是对1005行动不太了解。你知道拉德克利用谁挖掘了那些万人坑，利用谁销毁了尸体？你认为‘工程’做完以后他又把那些人怎么样了？”应答她的是一片静默。她下了宣判词：“埃瑞克·拉德克是个大规模屠杀的凶手，可你们却雇他做了间谍。”

卡特尔缓缓点点头，似乎是表示认输了。沙姆龙从椅子背后面伸手按住基娅拉的肩膀，要她克制。接着他看着卡特尔，请他解释拉德克是如何制造假象，让人以为他已经逃出欧洲的。卡特尔似乎获得了解脱一般。“啊，对啊，”他说，“从欧洲发出的航班，从这儿开始，事情变得更有趣儿了。”

埃瑞克·拉德克很快成了格伦将军最重要的副官。格伦十分热切地想保护好他的这位明星般的门徒，让他免遭逮捕，于是他同美国的合作者们共同为他编造了一个新的身份：路德维格·沃格尔，曾在国防军服役，在战争尾声阶段失踪了。整整两年，拉德克以沃格尔的身份在普拉赫生活，他的新身份似乎伪装得滴水不漏。1947年秋天，这个状态发生了变化，当时，作为纽伦堡审判的后续案件，第九号案件开始审理了。这个案子就是关于流动屠杀队问题的。在审理过程中，拉德克的名字反复出现，同样反复出现的还有他在销毁罪证的秘密行动中使用的代号：1005行动。

“格伦开始警觉，”卡特尔说道，“拉德克正式被列入失踪者和审判缺席者的名单，格伦渴望他永远失踪下去。”

“所以你们就送了一个人去罗马，假装拉德克，”加百列说，“而且还特意留下许多踪迹，确保以后找寻他的人会跟着错误的线索一错到底。”

"正是如此。"

沙姆龙一边继续踱着步，一边说："你们为什么要使用梵蒂冈的路线，而不是你们自己的'老鼠路线'？"

"你指的是'CIC老鼠路线'①？它主要是用于俄国叛逃者的。如我们安排拉德克从这条路线逃出，那他为我们做过事的真相就会暴露。我们使用梵蒂冈路线，就更让人相信，他只是个纳粹战犯，是为了逃脱盟军审判而逃亡的。"

"你们可真聪明，阿德里安。原谅我打断你了。请继续。"

"拉德克消失了。"卡特尔说，"偶尔，机构会给各类追捕纳粹的人放出些假消息，说什么有人目击拉德克正在南美的某些都市藏身云云。当然，他就住在普拉赫，一直用路德维格·沃格尔的名字在格伦手下工作。"

"可悲啊。"基娅拉嘟囔着。

"当时是1948年，"卡特尔说道，"情势有了变化。纽伦堡审判已经进行得差不多了，各方对进一步的诉讼都失去了兴趣。纳粹党员医生们都重新行医了；纳粹学者们都回到了大学课堂；纳粹党员法官都坐回了法官席。"

"于是一位名叫埃瑞克·拉德克的纳粹屠杀犯摇身一变，成了美国的高级特工，需要重点保护。"加百列说道，"他什么时候回到维也纳的？"

"1956年，康拉德·阿登纳将格伦机构正式组建成了西德的情报部门：联邦情报局，也就是大家所熟悉的BND。埃瑞克·拉德克，也就是如今的路德维格·沃格尔，再一次为德国政府效力了。1965年，他回到维也纳，建起了一张谍报网，并且努力争取中立立场的奥

① 指美国反间谍兵团(Counterintelligence Coprs)单独制定的逃亡路线。上文中提到的"梵蒂冈路线"指德国情报机构制定的"老鼠路线"逃亡计划。

地利新政府，确保他们向北约和西方倾斜。沃格尔是中情局和西德BND联手打造的。我们协同合作，完成对他的掩护。我们到国家档案馆洗白了他的档案。我们为他办了一家公司，名叫多瑙河谷贸易和投资集团，给他运营。我们又漏斗一般喂给他客户，确保他的经营成功。沃格尔是个精明的生意人，不多久，多瑙河谷的盈利开始用于资助我们全奥地利的谍报网。简言之，沃格尔是我们在奥地利最重要的一笔财富，也是我们在全欧洲最重要的人物之一。他是位大师级的间谍。柏林墙倒下了，他的工作也结束了。而此时他也老了。我们切断了同他的关系，感谢他的出色工作，从此各走各路。”卡特尔举起了双手，“至此，我认为，算是故事的结尾了。”

“不见得吧，阿德里安。”加百列说道，“否则，我们也不会在这里。”

“你指的是麦克斯·克莱恩带来的针对沃格尔的传言？”

“你们也知道？”

“沃格尔向我们发出警告，说我们在维也纳可能出现异常状况。他要求我们干预，消除所有的传闻。我们告诉他，我们不能那么做。”

“所以他自己出手解决问题了？”

“你的意思是说，沃格尔制造了战争索赔处的爆炸案？”

“不仅如此，我还认为他谋杀了麦克斯·克莱恩，为了让他永远闭嘴。”

过了片刻，卡特尔才开口答话：“如果沃格尔真是案犯，那么他一定通过了许许多多重掩护，你绝不可能逮他个正着。另外，爆炸案和麦克斯的死是奥地利国内的事情，不是以色列的事，又不会有任何一个奥地利检察官对路德维格·沃格尔展开谋杀罪调查。这是条死胡同。”

“他的名字叫拉德克，阿德里安，不叫沃格尔，问题的关键在于‘为什么’。为什么拉德克对伊莱·拉冯那么关心，以至于要下手谋杀？而且即使伊莱和麦克斯·克莱恩确实能够证明沃格尔真的就是拉德克，奥地利国家检控官也不可能再审判他了。他太老了，太多的时光流逝了。没有目击证人，除了克莱恩之外再没别人了，在奥地利，就凭一个老犹太人的话，拉德克是绝不会获罪的。既然如此，何必诉诸暴力？”

“这么说来，似乎你已经找到合理的解释了。”

加百列望着他身后的沙姆龙，用希伯来语嘟囔了几句。沙姆龙将一个文件夹递给加百列。那里面装满了调查过程中他收集的所有材料。加百列打开它，取出一件东西：那是他在萨尔茨卡默古特的拉德克家里拿到的，照片上是拉德克同一个妇人和一个十几岁的男孩。他将照片铺在桌上，转了个角度，让卡特尔看清楚。卡特尔看看照片，又把眼光移向加百列。

“她是谁？”加百列问道。

“他的妻子，莫妮卡。”

“他何时娶的她？”

“战争期间，”卡特尔说道，“在柏林。”

“他的档案里从未有过党卫军批准的婚姻记录。”

“还有许多事情没有记录在拉德克在党卫军的档案里。”

“那战后呢？”

“她在普拉赫定居了，使用她的真名。他们的孩子生于1949年。沃格尔搬回维也纳的时候，格伦将军认为莫妮卡母子如果公开与他同行，会很不安全——中情局的看法也是如此。于是他们就从沃格尔情报网里找了一个男人，为她包办了一场婚姻。她住在维也纳，寓所就在沃格尔家房子的后面。他每天晚上与他们相会。后来，我们在两幢房子之间修了通道，于是莫妮卡和儿子可以来去自由，而不用担心被人发现了。到底是谁监视在侧，我们永远也不知道。俄国人一定会热切地争取他，时刻巴不得他倒戈。”

“男孩儿叫什么名字？”

“彼得。”

“还有和莫妮卡·拉德克结婚的特工呢？请告诉我们他的名字，阿德里安。”

“我认为你已经知道他的名字了，加百列。”卡特尔犹豫了片刻，随即说道，“他的名字叫梅茨勒。”

“彼得·梅茨勒，即将成为奥地利总理的男人，而他还是纳粹战犯埃瑞克·拉德克的儿子。伊莱·拉冯要披露的，也正是这条真相。”

“看起来的确如此。”

“这听起来就足以构成谋杀动机了，阿德里安。”

“说得好，加百列，”卡特尔说道，“可你又能做些什么呢？说服奥地利政府，让他们起诉拉德克？那祝你好运吧。披露彼得·梅茨勒的身份？你要是这么干，就等于暴露了拉德克的美国特工身份。中情局就会在公众面前出丑。尤其是在眼下这个当口，我们正在向全球恐怖势力宣战。这些势力不但想毁掉美国，也想毁掉以色列。你要是这么做，也会影响我们两国谍报部门的关系，使它陷入僵局，可是眼下贵方又极为迫切地需要我们的支持。”

“这听起来是在威胁我了，阿德里安。”

“不，仅仅是个忠告，”卡特尔说道，“这是场现实主义的政治游戏。放弃吧，看开些。等着他老死，永远忘了这事儿。”

“不行。”沙姆龙说。

卡特尔的凝视从加百列转到了沙姆龙身上：“为什么我早料到你

会这样回答？”

“因为我是沙姆龙，而且我从来不忘事。”

“既然如此，那我想咱们得想个办法才行，免得我们的部门堕入历史的污水坑。”卡特尔看了看手表，“太晚了。我饿了。咱们吃饭吧，怎么样？”

接下来的一个小时，在燃着烛光的餐厅里，众人吃着烤嫩鸭和野生稻米饭，谁也没提埃瑞克·拉德克的名字。办这种事总有一个套路——这是沙姆龙常说的。其中自有它的节奏，不容破坏，不能干扰。这是一场严酷的谈判，此时务必要安稳地坐下来，好好欣赏一下对方会如何成为你的伙伴，因为当你说出了一切时，对方一定会站到你这一边。

于是，在卡特尔最温和的鼓动下，沙姆龙自愿为今晚提供了娱乐节目。一时间，他扮演起了人们期望中的角色。他讲到了趁夜色穿越敌国领土的故事；讲到了秘密的偷窃和敌人的败服；讲到了所有行业里都缺少不了的惨败和灾变——而在沙姆龙波澜起伏的职业生涯里，这些更是必不可少的。卡特尔听得入迷，放下了叉子，借着沙姆龙的炉火暖着手。加百列在桌子一端静静地观察着这一场遭遇。他知道，他正在见证一场“招募”。按照沙姆龙惯常的说法，完美的“招募”，其核心就是完美的引诱。开始先要来点调情，要流露点感情，说几句真心话，不过最好是欲语还休。一直等到土地翻耕彻底了，再种下那颗背叛的种子。

沙姆龙一边享用着咖啡和苹果脆饼，一边改换了话题。他不再谈论他的战功了，而是说起了他个人的故事：在波兰度过的童年，反犹主义在波兰的血腥暴力，来自纳粹德国黑云压城的风暴……“1936年，我父母决定让我离开波兰，去巴勒斯坦。”沙姆龙说道，“他们自己要留下，陪着我的两个姐姐，看看事态会不会好转起来。同许多其他人一样，他们不该等那么久的。1939年9月，我们在电台里听到德国人入侵了。我知道我再也见不到我的家人了。”

沙姆龙沉默了片刻。他的手在点烟的时候有点颤抖。他的种子已经播下。他的要求虽然一直没说出口，却十分清楚。不把埃瑞克·拉德克装进自己口袋里，他是不会离开这幢房子的。阿德里安·卡特尔得帮他实现这个目的。

他们回到客厅，打算利用晚上的时间继续开会。此时，沙发前的咖啡桌上摆了一台卡带播录机。卡特尔重新回到炉火边的座位上，将英格兰烟草填进烟斗。他打着了一枚火柴点烟，同时一边叼着斗柄，一边向卡带机点点头，敬请加百列荣誉开播。加百列按下了播放键，传出了两个男人用德语交谈的声音，一人是瑞士苏黎世的口音，另一人是维也纳人。加百列辨得出那维也纳口音。一周前，在中央咖啡馆，他听过这声音。那声音是来自埃瑞克·拉德克的。

> “截至今天早晨，账户内的总资产价值为二十五亿美元。其中大约十亿美元为现金，以美元和欧元的形式分成两个等份。其余的钱用于投资各类证券、债券，还有相当一部分投资了房地产……”

十分钟后，加百列一伸手，按下了停止键。卡特尔将烟斗里的余灰倒进炉火，缓缓地重新填着烟叶。

“这段谈话发生在上周的维也纳。”卡特尔说道，“银行家的名字叫作康拉德·贝克尔，来自苏黎世。”

“账户呢？”加百列问道。

“战后，数以千计的纳粹逃到奥地利藏身。他们带去了价值几亿美元的财产，都是纳粹党抢掠来的‘党产’：黄金、现钞、艺术品、珠宝、银器、地毯、挂毯。东西都是越过阿尔卑斯山运进来的。有许多纳粹都怀着恢复帝国的心思，他们想用这笔财产来实现这个目的。其中有一小部分骨干，他们明白，希特勒的罪孽太深重了，所以国家社会主义要想恢复活力，至少需要一代甚至几代人的时间。他们决定把一大笔钱存在一家瑞士银行里，再为账户设置一套独特的指令。唯有奥地利总理的一封信才能激活账号。你明白吗？他们相信革命源自奥地利和希特勒，所以复兴也将以奥地利为根基。最初托管账户和密码的有五个人。其中四人已经死了，而第五人也患了病，于是他找了一个人，成为下一任托管人。”

“埃瑞克·拉德克。”

卡特尔点点头，停顿了片刻，一边点燃了烟斗：“拉德克眼看就要得到他的国家总理了，可那笔钱他却一个子儿也见不到。我们是几年前发现这个账户的。我们可以无视拉德克在1945年的所作所为，但我们不会允许他解冻这个账户，这二十五亿可是大屠杀劫掠来的财产啊。我们悄悄对贝克尔先生和他的银行采取了行动，拉德克到现在还不知道呢，不过他一分钱也休想拿到。”

加百列伸出手，按下倒带键，接着按停止键，再播放：

“你的同志们对那些帮助他们完成使命的人十分慷慨。不过我看，还是出了一些没有料想到的……乱子。”

“什么样的乱子？”

“大概是这样，有几位本该收到款子的人物，近期内神秘地死去了……”

停。

加百列抬头看着卡特尔，期待着他的解释。

“账户的创始人想要奖赏那些协助过纳粹逃逸的个人和组织，拉德克认为这种肉麻的温情简直就是扯淡，他可没打算成立什么慈善协会。他没办法改变最初的契约，于是他就把符合契约规定的受益人连根拔掉了。”

“茵里克·卡尔德隆和古斯塔夫·埃斯特拉达是不是原定的收款人？”

“看来你和阿尔方索·拉米雷兹在一起的时候了解了不少事情啊，”卡特尔露出歉然的一笑，“我们在布宜诺斯艾利斯跟踪了你。”

“拉德克是个命不久长的富翁，”加百列说道，“他最不需要的东西就是钱了。”

“显然，他计划将账户里大部分钱给他的儿子。”

“其余的呢？”

“他打算移交给最重要的代理人，然后由此人来完成账户创始人的最初目的。”卡特尔顿了顿，“这位代理人，我相信你与他已经相识了。他的名字叫曼弗雷德·克鲁兹。”

卡特尔的烟斗熄灭了。他看了一眼，皱起眉，重新点燃了烟。

“这就把我们带回了最初的问题，”卡特尔向加百列吐了一口烟，“我们该把埃瑞克·拉德克怎么办？如果你要让奥地利人审判他，他们一定会慢条斯理地拖到他死去为止。如果你强行在维也纳街头把一位老人家绑回以色列去审判，漫天的狗屎就会往你身上喷。如果你现在在欧洲就惹了不少麻烦，那么你要是绑了他，到时候麻烦就会翻十倍。而且他要是上了法庭，一定会竭力辩护，那我们之间的关系也得曝光。既然如此，我们该怎么做，先生们？”

“或许可以有第三种办法。”加百列说道。

“愿闻其详。”

“说服拉德克，让他自愿去以色列。”

卡特尔隔着烟斗，一脸狐疑地注视着加百列。

“你怎么能指望我们说服拉德克这样的头号恶棍照你的意思去做呢？”

他们彻夜长谈。主意是加百列的，所以由他来讲解并释疑。沙姆龙补充了几条有价值的建议。卡特尔起初有抵触，后来也加入了加百列的阵营。这个大胆的计划本身把他吸引住了。在他自己的部门里，如果哪个官员提交这么一份离经叛道的计划书，多半是要被枪毙的。

每个人都有弱点，加百列说。透过拉德克的言行，可以看到他有两个弱点：他对钱财的贪婪，那些钱正隐藏在苏黎世的账号里；再有，他热切地希望他的儿子成为奥地利的总理。加百列坚持认为，第二条弱点驱使他对伊莱·拉冯和麦克斯·克莱恩下了手。拉德克不希望儿子被自己从前的生活泼上污水，事实证明，他会不惜任何手段去保护儿子。要想实现这项计划，他们不得不先忍辱负重——要同一个根本没资格讨价还价的人做个交易。不过在道义上，这样做是正当的，因为它最终能够达到一个目的：将埃瑞克·拉德克送上法庭，让他为自己所犯下的罪行接受审判。时间是个关键的因素。离大选之期还有不到三周时间，在奥地利开始第一轮投票之前，拉德克就必须掌握在以色列人手里，否则，他们就会失去先机。

黎明将近，卡特尔提出了一个问题。自从加百列的案子提出以来，这个问题就一直咬啮着他：为什么？为什么加百列，一名谍报机构里的杀手，时隔这么多年后，还会如此坚决地要将拉德克绳之以法？

“我想给你讲个故事，阿德里安。”加百列说着，语气和目光都突然变得深沉悠远，“不过，还是让她自己说给你听，会更好些。”

他将自己母亲见证录的一份拷贝递给了卡特尔。卡特尔坐在行将熄灭的炉火边，一语不发，将它从头到尾读了一遍。读罢，他抬起头，双眼湿润了。

“艾琳·艾隆是你的母亲吧？”

“她的确是我母亲，她许多年前就去世了。”

“你凭什么确信树林里的那个党卫军就是拉德克？”

加百列向他讲述了母亲的那张画。

“所以，想必你会去做那个同拉德克谈判的人咯？如果他拒绝合作，那又该怎么办，加百列？”

“他没的选，阿德里安。无论选哪条路，埃瑞克·拉德克不能再踏足维也纳了。”

卡特尔将见证录递还给加百列。“这是个漂亮的计划，”他说，“不过，你们的总理会放手去做吗？”

“我敢肯定会有反对的声音。”沙姆龙说道。

“勒夫？”

沙姆龙点点头：“由于我参与其中，无论如何他都会行使否决权的。不过我相信，加百列一定能让总理理解我们的思路。”

“我？是谁说我要向总理汇报的？”

“我说的。”沙姆龙说道，“而且，既然你能说服卡特尔把拉德克装进盘子，当然也能说服总理来享用盘中餐。他这个人，胃口好得很。”

卡特尔站起来伸懒腰，随后又缓缓走到窗前，他的神态犹如一名医生，做了一夜手术，却只得到一个可疑的结果。他拉开窗帘。昏暗的光线泻进室内。

“动身去以色列之前，咱们只剩下最后一个项目需要讨论了。”

沙姆龙说道。

卡特尔转过身，他的剪影映在了玻璃窗前：“钱的问题？你究竟要用它来做什么？”

“我们还没有形成最后的决议。”

“我有主意。那二十五亿美元等于是你们付给埃瑞克·拉德克的，因为当时你们明明知道他就是个屠杀犯、战争罪犯。这钱是从走向毒气室的犹太人身上抢劫来的，我要求把它归还给犹太人。”

卡特尔再次转过身，望着冰雪覆盖的牧草地。

“你这个卑鄙的勒索犯，阿里·沙姆龙。”

沙姆龙站起来，披上外套：“同你做生意很高兴，阿德里安。如果耶路撒冷的一切都顺利进行，那么我们四十八小时后在苏黎世再见。”

29

耶路撒冷

会议于当晚十点召开。沙姆龙、加百列、基娅拉由于气候原因受了延误。他们从本·古里安机场匆匆忙忙地乘车赶来，到达的时候只剩下两分钟休整的时间。此时一位副官却告诉他们，总理先生要迟到了。显然，他那脆弱的政党联盟又发生危机了。因为，他办公室外接待室里的气氛，犹如灾难过后的临时营房。加百列在里面找到了至少五名内阁官员，每一位都被扈从和爪牙包围着。他们互相吆喝着，犹如婚礼上吵闹争执的七大姑八大舅，空气里弥漫着香烟的雾霭。

那位副官陪着他们来到一间保安和情报人员专用的房间里，然后关上门出去了。加百列摇着头。

“以色列正在行使民主啊。”

“相信我，今晚还算清静的。往常更糟。”

加百列一屁股坐倒在一张椅子上。他突然意识到自己两天没洗澡换衣服，他的裤子已经被波尔图-布列斯特墓地的尘土弄脏了。他把这事告诉沙姆龙，老头儿一笑。“阿根廷的泥土只能让你的消息更为可信。”沙姆龙说道，“总理这个人就吃这一套。”

“我以前从没向总理汇报过，阿里。我最起码应该先洗个澡。”

“你还真紧张了。”沙姆龙似乎被逗乐了，“我这辈子还从来没见过你为什么事情紧张过呢。你到底还是个俗人。”

“我当然会紧张。他可是个疯子。”

“其实，我和他的脾气很像。”

“你这是在安慰我吗？”

“我能给你个忠告吗？”

“想说就说吧。”

“他喜欢听故事。给他讲个好听的故事。”

基娅拉坐在了加百列的椅子扶手上。“就用你在罗马给我讲故事的调子，讲给总理听。”她用低回的音调说着。

“当时你躺在我臂弯里，”加百列应道，“据我看来，今晚的汇报还是比较正式的。”他微笑着又补上一句，“至少我希望是。”

直到午夜将近，总理的副官才把头探进屋里，宣布总理老爷终于要见他们了。加百列和沙姆龙站起来，朝打开的房门走去。基娅拉依然坐着没动。沙姆龙停下来，转身面对着她。

“你在等什么？总理要见我们了。”

基娅拉睁大着眼睛。“我只是个假情侣、女特工，”她抗议道，“我可不会去向总理汇报。上帝啊，我连以色列人都不是。”

“你冒着生命危险保卫过这个国家，”沙姆龙平静地说，“你完全有权利站在他面前。”

他们走进了总理办公室。房间很大，出人意料的朴素，除了写字台周围的一小块地方亮着灯，其他地方都很昏暗。勒夫不知怎么比他们先到了一步。他那骨骼嶙峋的秃顶在昏暗的灯下闪着光，长长的双手手指交叉在一起，托住了充满挑衅的下颚。他不情愿地站起来，毫无热情地同他们握了手。接着，沙姆龙、加百列、基娅拉都坐了下来。破旧的皮椅上依旧存着别人的体温。

总理只穿着件衬衫。经过漫漫长夜的政治斗争，他看起来很疲倦。他同沙姆龙一样，是位不知妥协的斗士。在以色列这么个又千流万派又桀骜不驯的弹丸之地，他竟能施展统治手段，这实在是个奇迹。他的目光立即盯上了加百列。沙姆龙对此很习惯——也恰是加百列的外表打动了沙姆龙，使他下决心招募加百列加入了“天谴”的行动。加百列是个很惹眼的人物。

总理同加百列曾经见过一次，尽管当时的情形大不相同。1988年4月，当时的总理正担任以色列国防军总参谋长。那天，加百列和一群突击队员闯进了突尼斯的一幢别墅，就在阿布·吉哈德的妻子和孩子面前刺杀了他。此人正是巴解组织的第二号人物。当时总理就坐在一架特殊的通讯飞机上，飞行在地中海上空，而沙姆龙就坐在他旁边。通过加百列唇边的麦克风，他听见了刺杀的全过程。刺杀完成后，他还听见加百列利用珍贵的几秒钟时间安慰着阿布·吉哈德的妻子和女儿——当时她们已经歇斯底里了。加百列后来还拒绝了授予他的嘉奖。此刻，总理想知道那是为什么。

“我认为接受嘉奖是不合适的，总理，考虑到当时的情况。”

“阿布·吉哈德手上沾满了犹太人的血。他该死。”

“没错，但对他的妻子和孩子而言不是这样。”

“他选择了他的生活方式，”总理说道，“他的家人本来就不该在那里和他在一起。”接着，他似乎意识到自己踩进了雷区，于是意图踮着脚尖走出来。然而莽撞的天性又不容他从容优雅地退出，于是他选择了迅速转变话题。“好吧，沙姆龙告诉我你们打算绑架一名纳粹。”总理说。

“是的，总理。”

他举起了双掌，示意——咱们听听吧。

加百列，或许真的紧张了，可他没有表露出来。他的解说干脆精简，充满自信。总理对汇报工作的人一向粗暴，这是尽人皆知的，不过此刻他呆呆地坐着，一动不动。听到有人在罗马想要了加百列的命，他向前欠身，面色紧张；听说阿德里安·卡特尔坦白了美国人参与其中，他又怒形于色。加百列为了展示他的书面证据而站到了总理旁边，一件一件地把材料摆在灯光下的写字台上。沙姆龙静静地坐着，双手紧紧捏住椅子扶手，似乎是在努力严守着保持沉默的誓言。勒夫死死盯着挂在总理办公桌后面的画像，似乎在和画上的西奥多·赫茨尔比赛瞪眼睛。他时不时用一支金笔做做笔记，还用沉思的眼光看过一次自己的手表。

"我们能逮住他吗？"总理说着，又补上一句，"而且不要弄得沸反盈天的。"

"能，先生，我相信我们能行。"

"告诉我你们打算怎么做。"

加百列将细节和盘托出。总理肥厚的双手交叠在写字台上，静静地听着。加百列说完后，总理点了点头，又转头注视着勒夫——我料想你的不同意见该登场了吧？

曾经身为技术人员的勒夫，答话之前先花了片刻时间整理了自己的思路。他的回应不带情感，井井有条。如果有条件让他把想法展示在流程图或是精算统计表上，勒夫一定会手持教鞭，站着解说，一直讲到天明。不过限于场合，他坐在原地，很快就让他的听众陷入了厌倦。他的讲话停顿了若干次，每次他都会用双手食指摆成一个金字塔的塔尖，然后压在他没有血色的嘴唇上。

这是一次颇有意味的调查工作——勒夫用反讽的语气夸奖了加百列，他又说，不过现在不应该浪费宝贵的时间和政治资本去收拾一个纳粹老头儿，现在不是时候。当初，对于追捕大屠杀战犯一事，本部门的创始人是抵触的——艾希曼的那桩案子除外——因为他们知道，谍报部门的首要任务是保卫国家安全，而追捕任务会分散有限的精力。这个道理同样适用于今天。在维也纳逮捕拉德克会给整个欧洲造成负面影响，那里的国家对以色列的支持会变得危如累卵。对于那些弱小的奥地利犹太社区来说，这样的行动也会给他们带来危险，因为那里的反犹主义树大根深而且暗流汹涌。如果犹太人在街头遭到了袭击，我们怎么应对呢？你认为奥地利当局会动一根手指去阻止吗？最后，他摊牌了：为什么起诉拉德克就该是以色列的义务呢？让奥地利人去干嘛。至于美国人，让他们管好自己的事吧。只要揭露拉德克和梅茨勒的身份，然后任由事情发展就好了。一切自然会水到渠成的，那样一来，我们也不必搞出绑架行动那样夸张的动作了。

总理静静地沉思片刻，然后抬头看着加百列："能够确信这个路德维格·沃格尔就是拉德克吗？"

"确信无疑，总理阁下。"

他转向沙姆龙："我们确定美国人不会临阵退缩？"

"美国人也非常渴望给这个问题作个了断。"

总理低头又看了看桌上的文档，然后作出了决定。

"上个月我在欧洲巡回访问，"他说，"在巴黎的时候，我访问了一座几周前遭人焚烧的犹太教堂。第二天就有家法国报纸刊登社论，批评我专门选择反犹主义和大屠杀的余孽，只不过是为了达到政治目的罢了。现在，也许是时候了，该提醒一下世人，让全世界了解，我们为什么会定居在弹丸之地，被强敌环伺，为了生存而苦苦奋战。把拉德克抓来，让他来告诉世界，为了掩盖大屠杀的真相，他都犯下了什么罪行。也许这样会让有些人闭上嘴，一时的也好永远的也好，别让他们再说大屠杀是编造出来的，是我和阿里这种人设计的大阴谋。让那些人正视我和阿里的存在吧。"

加百列清了清嗓子："这不是为了政治，总理。仅仅是为了正义。”

总理对突如其来的反驳露出了浅笑：“不错，加百列，这的确是为了正义。但正义和政治往往是相辅相成的，当正义能够为政治服务的时候，那就没有什么不道德的。”

勒夫输掉了第一回合，力图掌握行动的控制权，从而赢得第二轮的胜利。沙姆龙知道他的目的还是一样：扼杀这个行动。总理也知道他的心思，这对于勒夫来说真是不幸。

“是加百列给我们带来的点子。让加百列好人做到底吧。”

“恕我直言，总理，加百列只是名‘刺刀’特工，虽然是有史以来最优秀的一位，但他不是行动规划者，所以不是合格的人选。”

“他的行动规划我听着就不错。”

“是的，可他能做好筹备和执行工作吗？”

“沙姆龙会全程支持他。”

“这正是我担心的。”勒夫酸酸地说。

总理站起来，其余的人也跟着起身。

“把拉德克逮回来。但是不管你们怎么做，都千万不能在维也纳搞出乱子，绝对不行。逮住他，手脚要干净，别伤着他，别弄得他心脏病发作。”他转向勒夫，“为了完成使命，要确保他们所需要的一切资源。别以为你投了反对票，就能够置身事外了。就算加百列和沙姆龙引火上身，你也得和他们在一起。所以别来官僚主义那一套，你们是一条船上的人。就这样。”

出门的时候，总理抓住沙姆龙的手肘，把他拉到一个角落里。他一只手撑住墙，挡在沙姆龙的肩膀上方，不许他逃走。

“这小子准备好了吗，阿里？”

“他不是小子，总理，他再也不是小伙子了。”

“我知道，我是说他能行吗？他真能说服拉德克，让他到这里来吗？”

“你读过他母亲的见证录吗？”

“我读了，而且我知道换了我在他的位置上，我会怎么做。估计我会一颗子弹打进那个王八蛋脑袋里，就像拉德克对许多人做的那样，然后就万事大吉了。”

“照您的意见，这样的行为合乎正义吗？”

“有一种正义是给文明人的，通过那些穿长袍的法官大人得到伸张；还有一种正义，是先知的正义，上帝的正义。这么巨大的罪恶，谁能宣判它，谁承担得起？什么样的惩罚才最得当？无期徒刑？人道毁灭？”

“真相，总理，有时候，昭示真相就是最好的报复。”

“如果拉德克不接受这宗交易呢？”

沙姆龙耸耸肩：“您有什么指示吗？”

“我不需要另一个德米扬鲁克[①]。我不要把昭示屠杀真相的审判变成国际媒体的马戏场。拉德克如果能默默地消失，会比较好。”

“默默地消失，总理，您的意思是？”

总理重重地往沙姆龙脸上呼了口气。

“你能确定就是他吗，阿里？”

“这一回，毫无疑问。”

“那么，如果必要，做了他。”

沙姆龙低头望自己的脚，却只看见总理膨胀的腹部：“咱们的加百列背负着沉重的包袱，从1972年开始就压在他身上了。他不适合再做刺杀工作了。”

---

① 约翰·德米扬鲁克（John Demjanjuk），世界最大纳粹嫌犯之一，曾被指控大量残害索比堡灭绝营的囚犯。

“早在你之前，埃瑞克·拉德克就把包袱压在他身上了，阿里。现在是个机会，加百列或许能卸掉一些。让我说得更明白些：如果拉德克不同意到这里来，那就让火焰王子干掉他，让野狗舔干他的血。”

30

维也纳

第一行政区的午夜死一般寂静，这是只有维也纳才有的静，肃穆而空旷。克鲁兹对此聊感安慰，不过这种感觉并没有维持太久。老头儿居然把电话打到家里了，这极为少见。此前克鲁兹也从来没有被人从床上叫起来去开会的经历，他估计不会是什么好消息。

他看着街道，并不见任何异常，又瞥了一眼倒视镜，确定没有人跟踪。他从车里爬出来，走到气势逼人的大门前——这里就是老头儿的房子，一座玄武岩的豪宅。在一楼，闭合的窗帘后透出灯光。整个二楼只亮着一盏灯。克鲁兹按响了门铃。他感觉有什么人在监视他，这是种极其细微的感觉，似乎有人在他的后颈处呼吸。他回头看看，什么也没有。

他再次把手伸向门铃，然而还不等按下去，一阵鸣声就响起来，门闩弹开了。他推开大门，穿过前庭。刚走到门廊，房门就开了，门口站着一名男子，身穿正装，松垮垮地系着领带。他毫不掩饰地露出了肩部的枪套和里面的格洛克手枪。克鲁兹对此情景并不惊讶，他很熟悉这个男人。他是国家警察署的前任警官，名叫克劳斯·哈尔德。是克鲁兹雇了他来给老头儿当保镖的。哈尔德通常只在老人外出或在家会客的时候才陪在他左右。他的出现，如同那个午夜打到克鲁兹家里的电话一样，都不是什么好征兆。

“他在哪儿？”

哈尔德没言语，只是看了看地板。克鲁兹解开雨衣纽扣，走进了老人的书房。隐藏在墙面里的拉门开了，一间小小的、胶囊般的电梯正在等候着。他走进去，按下一个按钮，电梯向下开动了。几秒钟后，电梯门再次打开，眼前是一间地下密室，室内的装潢是柔和的黄色调和巴罗克式镀金纹饰，体现了老人的品位。这间屋子是美国人为他建造的，为了让他在这里召开重要会议，避免遭到俄国人的监听。他们还建了走廊，走廊入口是不锈钢的防爆门，门上装着一套复合门锁。在维也纳，知道这条走廊通向哪里、另一端又住着谁的人极少，而克鲁兹就是其中之一。

老头儿坐在一张小桌前，眼前摆着一杯酒水。克鲁兹看得出他很不安，因为他一直在玩转着玻璃杯，向右两圈，向左两圈。真是个奇怪的习惯，克鲁兹心想。老头儿的动作让人感到如临地狱。他琢磨着老头儿的这个习惯可能是从前世带来的，来自另一个世界。克鲁兹想象着这样一幅场景：一名俄国的政治委员被锁在一张审讯桌前，老人就坐在桌子另一端，从头到脚一身黑色，一边玩转着杯子，一边用那双深不见底的蓝眼珠盯着受审的猎物。克鲁兹的心一阵狂跳。那些可怜的杂种们，他们要是见了这阵势，怕是还没动真格的，就得吓出屎尿了。

老头儿抬头看过来，杯子也不转了。他冷冷的眼光凝视着克鲁兹衬衣的前襟。克鲁兹低头一看，发现自己的扣子扣错了位。他是摸着黑穿的衣服，为了不弄醒妻子。老人指了指一张空椅子。克鲁兹扣好扣子，然后坐下来。老头儿的杯子又开始转起来了，右边两圈，左边两圈。右，右，左，左。

他不打招呼也不作铺垫就开始发言了，似乎只是刚才被一阵敲门打断了谈话一般。老人说，在过去的七十二个小时里，他们发动了两次行动，为的是取那个以色列人的性命，一次在罗马，第二次在阿根廷。不幸的是，两次都没得手。在罗马，显然是以色列情报部门的同事救了他。在阿根廷，情形要更为复杂些。有证据显示，如今美国人也参与进来了。

当然，克鲁兹满腹疑问。通常情况下，他会管住自己的嘴巴，等老头儿把话讲完。然而此刻，他只睡了半个小时就被人从床上叫起来，于是再也顾不上一贯的涵养功夫了。

“以色列人去阿根廷做什么？”

老头儿的脸沉下来，他的手也凝住不动了。克鲁兹越界了——在界线的一边，是他所知道的老头儿的过去；另一边，是他永远也不该知道的东西。在牢牢的盯视之下，他感到自己的胸口紧绷起来。这个男人有能力在七十二小时内在两个大洲策划两次刺杀行动。把这样的男人激怒可是非同小可。

“你没有必要知道为什么以色列人会在阿根廷，甚至不需要知道他有没有到过那里。你只需要知道事情的后果很严重。”老人又开始转杯子了，“你也许能料想到，美国人对一切都了如指掌。我的真实身份，我在战争中做过的事情，没什么可以瞒得住的。我们当时是盟友，我们并肩作战，对付共产主义。从前，我一直认为他们不会轻举妄动，倒不是因为他们对我个人有什么忠诚，而是因为有些事情抖落出来会造成尴尬。我对他们从来没抱什么幻想，曼弗雷德，我对他们来说就是个婊子。他们找上我是因为那时他们势单力薄，又需要帮手，不过如今冷战结束了，我就像个被甩的女人，他们情愿把我给忘了。现在，他们和以色列人又蜜里调油的……”他没有把话说完，“懂我的意思吗，曼弗雷德？”

克鲁兹点点头：“我料想他们也知道彼得的事。”

“他们什么都知道。他们有能力摧毁我，还有我的儿子，不过那样他们自己也会惹一身臊。我曾经以为他们肯定不敢把我怎么样。现在，我不确定了。”

“你要我做什么？”

“严密监视美国和以色列大使馆。对所有已知的谍报人员实行跟踪监视。注意监视空港和火车站。还有，联络你在报界的线人。他们有可能泄露机关，造成致命的后果。我可不想毫无防备地被人逮住。”

克鲁兹低头看着桌子，在抛光的桌面上看到了自己的倒影：“如果部长问我为什么对美国和以色列投入那么多资源，我该怎么应对？”

“当下最危急的事情是什么，不用我提醒你吧，曼弗雷德？怎么向部长交代是你的事，只要达到目的就行。我不能让彼得输掉这次大选，你懂吗？”

克鲁兹抬头看着那双冷酷的蓝眼睛，他再次看到了那个从头到脚黑色穿戴的男子。他闭上眼睛，点了一下头。

老人将玻璃杯举到唇边，略一微笑，然后喝了一口酒。这一笑如同一块玻璃中间突然裂开了一道，丝毫不能令人愉悦。他把手伸进胸前的夹克口袋里，取出一张纸，甩在桌上。趁着它在桌上滑动的时候，克鲁兹瞥了一眼，然后抬起头。

“这是什么？”

“是个电话号码。”

克鲁兹没有碰那纸片："电话号码？"

"眼前的局势将如何演变，谁也不能预料。也许到时候需要诉诸暴力。那时我很可能不方便发出那样的命令了。如果到了那一步，曼弗雷德，责任会落到你肩上。"

克鲁兹用大拇指和食指捏住纸片，将它举在半空："如果我拨通了电话，接电话的人是谁呢？"

老人微笑着："暴力。"

31

苏黎世

克里斯蒂安·齐格利先生是道尔德大酒店的特别项目协调经理。他本人同酒店本身颇为相似——威严而有气派，果断而少废话。他喜欢居高临下的地位，喜欢俯视他人的姿态。另外，他还是个不喜欢意外的男人。根据规定，特别活动和会议都必须提前七十二小时预订，不过海勒企业和希仕代通讯公司打来电话，要求安排一场并购谈判的时候，齐格利先生却同意破例，免去了七十二小时的限制，条件是增加15%的收费。只要他愿意，他是可以助人为乐的，然而在道尔德大酒店，助人为乐同一切事物一样，要收取昂贵的费用。

海勒企业是本案发起方，所以预订事项由海勒来安排——不过当然不是由鲁道夫·海勒老先生本人。操办人是一位意大利助理，名叫艾琳娜。齐格利先生很容易对人迅速形成看法，也很擅长任何酒店经理都会说的那一套陈词滥调。他不太喜欢意大利人，于是乎，气势逼人、要求苛刻的艾琳娜很快就被他列入了不受欢迎顾客的名单。她在电话里大声嚷嚷，在他看来简直罪不可赦。她似乎确信，她的雇主既然花了大把的银子，那她就顺理成章地可以享有特权了。她似乎对酒店很了解——真奇怪，齐格利先生虽然有保险柜一般牢靠的记忆力，却记不得她曾经光顾过道尔德酒店。是啊，她非但了解酒店，而且提出的种种要求都极其苛刻。她要求安排四套相连的包房，要靠近俯瞰高尔夫球场的平台，当然，还要看得到湖景。齐格利告诉她这不可能办到，他们只有两两相邻，或三邻一隔的房间，却没有四间相连的。她的回应是，要求其他客人挪换房间适应她的需要。酒店经理说真抱歉，把客人当作难民来调动，这可不是道尔德大酒店的作风。她只好同意了三连一隔的安排。“与会代表将于明天下午两点到达酒店，”她说，“他们需要一顿简单的工作午餐。”接下来是长达十分钟的口水仗，为的是确定“简单的工作午餐”到底要包括些什么内容。

菜单确定后，艾琳娜又给他出了一道题目。她要在代表到达前四个小时先到一步，同行的还有海勒企业的保安主任，为的是检查房间。检查结束后，任何酒店人员就不得入内了，除非有海勒的保安陪同。齐格利先生长叹一声，同意了。接着他挂了电话。在办公室房门紧锁的情况下，他连续做了一串深呼吸，借以平复紧绷的神经。

谈判的那天早晨又阴又冷。道尔德酒店堂皇的塔楼直插进茫茫雾霭，门前车道上的沥青路面平整无瑕，犹如黑色大理石面一般闪着光。齐格利先生站在大堂守候着。他就站在闪亮的玻璃门内，双脚与肩同宽，双手垂在两侧，准备着一场战斗。她会迟到的，他心想。这种人都是这样。她还会再多要几间房，她还会要求改动菜谱，她一定是个十分恐怖的女人。

一辆黑色奔驰轿车滑上车道，在大门外停下。齐格利先生悄悄瞥了一眼手表——十点整，出人意料啊。侍应生拉开后车门，里面伸出一只光滑的黑色皮靴——布鲁诺·马格利牌的，齐格利注意到了。接着，线条优美的膝盖和大腿也伸了出来。齐格利先生踮起了脚，又伸手抚平秃顶上所剩无几的头发。在这座著名酒店的大堂里，他见过许多美丽女子飘来飘去，然而论仪态论风情，却少有人能比得上这位海勒企业的艾琳娜。她有一头栗色的秀发，在后颈处用发夹束着，她的肌肤是蜜色的，棕色的眼睛里泛出金光。她同他握手的时候，眼眸似乎更亮了。她的嗓音在电话里聒噪逼人，此刻却柔和而令人心颤，如同她的意大利口音一般。她松开了他的手，转头介绍她那位不苟言笑的同伴："齐格利先生，这位是奥斯卡。奥斯卡负责保安。"

看起来，这位奥斯卡没有姓氏。人家不需要嘛，齐格利心想。奥斯卡的身材如同摔跤手，一头金红色的头发，宽阔的脸颊上生着雀斑。齐格利先生是看人相面的行家，他在奥斯卡身上看到了某些熟悉的东西。不妨说他像是……原始部落的一员吧。齐格利想象得出，在两百年前，他一身樵夫的装扮，脚步沉重地穿过黑森林的画面。同别的优秀保安一样，奥斯卡善用他的眼神做交流，他的眼神告诉齐格利先生，他急于开始工作。"我带你们去房间，"酒店经理说道，"请跟我来。"

齐格利先生决定带他们走楼梯而不是乘电梯。楼梯是道尔德最精美的部分之一，而且"樵夫"奥斯卡看起来也不是那种有耐心等电梯的人，更何况他们只需要走不长的一段楼梯。他们的房间在四楼，到了楼梯口，奥斯卡伸出手，索要电磁房卡。"在这里交接吧，不要介意。没有必要带我们到室内了，我们都住过酒店。"说着他使了一个会心的眼色，友善地拍拍齐格利的胳膊，"告诉我们怎么走就行了，我们能搞定。"

是啊，你当然行，齐格利心想。奥斯卡这样的男人，是能够让其他男人对他产生信心的。女人也一样，齐格利估摸着。他还琢磨着，秀色可餐的艾琳娜是不是已经成为奥斯卡的俘虏了。他将磁卡放在奥斯卡摊开的手掌上，向他们指明了道路。

齐格利先生是一个信奉许多格言的男人——“安静的顾客一定就是满意的顾客”是他最钟爱的一句。于是接下来，四楼房间的一片寂静就被他解释为：艾琳娜和她的朋友奥斯卡对居住环境很满意。于是齐格利先生也高兴起来。如今他变得乐意为艾琳娜效力，多多取悦她了。整个上午，她的印象始终留在他心里，就像她身上的香味始终挥之不去一样。他发觉自己竟然盼着出点问题，来一件愚蠢的投诉，或许就能有机会和她商讨一番。然而什么也没有，有的只是“满意”带来的静寂。如今她有了她的奥斯卡，不需要这位全欧洲最讲究的酒店经理了。齐格利先生，又一次把事情办得好过了头。

他再没听到他们的动静，连人影都没见到。直到当天下午两点，他们才集中到了大堂，欢迎与会代表的到来。此时前庭飘起了雪花。齐格利相信，糟糕的天气会使古老的酒店更有吸引力——暴风雪中的庇护所，同它的所在国瑞士正有异曲同工之妙。

第一辆豪华轿车开上车道，车上走下两名乘客。一位是鲁道夫·海勒先生本人。这是一位矮小的老者，身穿昂贵的深色正装，佩着银色的领结。他的眼镜略带些颜色，这说明他的眼睛有疾。他脚步迅疾匆忙，说明他虽然上了年纪，却足以照顾好自己。齐格利先生欢迎他光临道尔德酒店，又和他握了手。他的手似乎是石头做的。

陪他同行的是面色冷峻的卡佩尔曼先生。此人大约比海勒年轻二十五岁，一头短发，鬓角处已变得灰白，一双深绿的眼睛。齐格利先生在道尔德酒店见过不少保镖，卡佩尔曼先生显然属于同一类型。他安静而警觉——沉静得如同教堂里的老鼠。他的步履稳健而有力，绿眼睛既镇定又时刻不停地扫视着。齐格利先生看见艾琳娜正凝视着卡佩尔曼先生。也许他方才对奥斯卡的判断有误，沉默寡言的卡佩尔曼说不定才是世界上最幸运的男人。

接着到来的是美国人：布拉德·坎特韦尔和谢尔比·萨莫塞特，分别是弗吉尼亚州赖斯顿的希仕代通讯公司的首席执行官和运营官。他们身上有一种沉静的气质，齐格利以往在美国人身上很少见到。他们没有出格地表现友好，走过大堂的时候也没有大吼大叫地讲电话。坎特韦尔的德语同齐格利说得一样好，不过，他不愿多做目光交流。萨莫塞特更加和蔼可亲些。从他那饱经旅程的西装和略微褶皱的条纹领带可以看出，他是位"东海岸预科生"[①]，而他那上流社会特色拖长腔调也印证了这一点。

齐格利先生致了几句欢迎词，随即静静地退开。这件事他做得格外好。艾琳娜带着众人走向楼梯的时候，他溜进了办公室，关上了门。这班人非同一般啊，他心想。他期待着这次谈判能有个了不起的结果。他在此次事件中的角色尽管并不起眼，但还是精准而周到地提供了服务。今天的世界，这样的品质没多少价值，但在齐格利先生的小小王国里，这些却是他的筹码。他猜测海勒企业和希仕代通讯的人也会有同感的。

在苏黎世中部，距离墨绿色的利马特河注入苏黎世湖的地方不远，一条安静的街道上，康拉德·贝克尔正忙着给自己的私人银行上锁关门，准备下班。此时写字台上的电话轻轻响起。从程序上说，距离关门还有五分钟，他真的不想接电话了。依着贝克尔的经验，这么晚打来电话的顾客一定会带来麻烦，而他这一天已经过得够不容易

① 指带有书生和贵族气息，保持低调又追求品质的穿着风格。

了。不过，作为一名优秀的瑞士银行家，他还是伸手拿起听筒，机械地放在了耳边。

“贝克尔和普尔银行。”

“康拉德，我是谢尔比·萨莫塞特。你他妈的过得怎样？”

贝克尔用力咽了口唾沫。萨莫塞特是美国中情局的人——至少，这是那人自称自己所使用的名字。贝克尔很怀疑这只是个化名。

“需要为您做什么，萨莫塞特先生？”

“别来这套虚礼了，康拉德。”

“那您的要求是？”

“你不妨下楼走到塔尔大街，到那辆银色奔驰车的后座上。”

“我为什么要这样做？”

“我们要见你。”

“奔驰车要带我去哪里？”

“让你开心的地方，我保证。”

“穿什么衣服合适？”

“商务装就好。还有啊，康拉德……”

“我听着呢，萨莫塞特先生。”

“别端着架子了，这回要来真的了。下楼，上车。我们盯着你呢。我们一直在盯着你呢。”

“您太令人宽慰了，萨莫塞特先生。”银行家说道，然而对方已经挂机了。

二十分钟后，齐格利先生站在酒店前台，正好看见了美国人谢尔比·萨莫塞特正在外面的车道上焦急地踱着步。片刻后，一辆银色奔驰车缓缓驶上环形车道，一个秃顶的矮小身影从后座上走出来。他穿着擦得锃亮的巴利皮鞋，手提防爆公文箱。是个银行家，齐格利心想着，他敢用自己的薪水打赌。萨莫塞特向这位客人送上一个老伙计式的微笑，又结实地拍了拍他的肩头。那矮小男子虽然受到如此热情的招呼，却是一脸上刑场赴死的表情。尽管如此，齐格利先生还是认为谈判想必进展不错。是啊，连送钱的主儿都到了嘛。

“下午好，贝克尔先生。见到你太高兴了。我叫海勒，鲁道夫·海勒。这是我的助理，卡佩尔曼先生。那边那位先生是我们的美国拍档，布拉德·坎特韦尔。显然，你同萨莫塞特先生已经是老相识了。”

银行家迅速眨了几次眼睛，接着用精明的小眼神儿盯住了沙姆龙，似乎是在估算着此人的净资产数额。他用防爆公文箱挡住了自己的裆部，倒像是做好了抵御侵犯的准备。

“我和我的助理即将展开一个合资项目。问题在于，没有你的帮助我们就做不成。帮助伟大的项目启动，帮助人们实现梦想，发挥他们的潜能，这正是银行家的本分，对不对啊，贝克尔先生？”

“那要看是什么样的风投项目，海勒先生。”

“我懂，”沙姆龙微笑着说道，“举个例吧，多年前，有一班德国人去找你，是德国人和奥地利人。他们也想启动个大项目。他们把一大笔钱委托给你，还赋予你权利，让你用它来钱生钱。你做得格外好，你把它变成了更大的一笔巨款。我想你还记得那些先生们吧？我还想你也知道那笔钱是哪里来的。”

瑞士银行家的目光僵住了。他已经估算出了沙姆龙的价值。

“你是以色列人，对不对？”

“我更倾向于被看成世界公民，”沙姆龙答道，“我的居住地有很多，还能说许多种语言。我的忠诚和我的商业利益一样，不受国界的限制。你是个瑞士人，一定能理解我的观点。”

“我懂，”贝克尔说道，“可我就是一点也不相信你。”

“那，假如我就是以色列人，”沙姆龙问道，“这一点会不会影响你的抉择？”

“会。”

“如何影响啊？”

“影响就是，我对以色列不会特别照顾，”贝克尔坦白地说，“也不去关心什么犹太人不犹太人。”

“我很遗憾你这么说，贝克尔先生。不过人人都有权利坚持己见，我不会因此而反对你。我从来不允许政治问题影响生意上的事情。我需要有人帮助我完成使命，你是唯一的人选。”

贝克尔疑惑地扬起了双眉：“它究竟是个什么性质的使命，海勒先生？”

“颇为简单，真的。我要求你帮助我绑架你的一位顾客。”

“我认为，海勒先生，你所提的这项使命，违背了瑞士银行界的保密法则——而且还违背了瑞士的其他几项法律。”

“既然如此，我们会做好保密工作，不让人知道你参与过此事。”

“如果我拒绝合作呢？”

“那样我就不得不昭告全世界，说你的银行是谋杀犯的银行，你手里攥着的二十五亿美元是大屠杀劫掠来的不义横财。我们会派出世界犹太人议会的寻血猎犬抓捕你。等他们办完了事儿，你和你的银行就全完了。”

瑞士银行家向谢尔比·萨莫塞特投去了乞怜的目光：“当初我们有约定的。”

“约定依然在，”瘦长的美国人拖着长腔，“不过我们要改一改大纲。你的顾客是个十分危险的人物。我们需要采取些步骤化解他的锋芒。我们需要你，康拉德。帮我们收拾一个乱局，然后大家都有好处。”

银行家用手指敲打着公文箱：“你是对的。他的确是个危险的人，可如果我帮你们绑架了他，多半也就为自己挖好了坟墓。”

“我们会站在你这边的。我们会保护你。”

“那要是‘约定的大纲’又变了怎么办？到时候谁来保护我？”

沙姆龙斡旋道：“在你把账上的钱发散完毕后，你本该收到一亿美金。如今，这些钱你是散不出去了，因为你要把钱全交给我。如果你肯合作，你可以保留原计划收到数额的一半。我想你会算术吧，贝克尔先生？”

“我会。”

“五千万美元比你应得的要多，不过我愿意给你，只要能争取到你的合作。五千万美元足够雇佣许多保安了。”

“我要你写下来，书面保证。”

沙姆龙苦着脸摇摇头，似乎在说——你比任何人都更懂这个，伙计，有些东西，决不能写出来的。

“你们需要我怎么样？”贝克尔问道。

“你得帮我们进入他的家。”

“怎么做？”

“你就说账户上有个问题，十分紧急，需要见他。可以说是有需要签字的文件，资产的最终发放和清盘需要做一些具体的准备。”

“我进了他家之后呢？”

“你的工作就结束了。你会有位新助手来接手此后的事情。”

“我的新助手？”

沙姆龙看看加百列：“现在也许该介绍一下贝克尔先生的新拍档了。”

这个男人有许多名字和身份。齐格利先生知道他叫奥斯卡，是海勒企业的保安主管；他在巴黎的房东认为他叫文森特·拉冯特，是一位布列塔尼人的后裔、旅行作家、自由职业者，一年四季都在路上跑；在伦敦，他的名字叫克莱德·布里奇斯，是位加拿大软件公司的市场部主任；在马德里，他是位独来独往的德国人，不知疲倦地徜徉在咖啡馆和酒吧，靠马不停蹄地游走来消愁解闷。

他的真实姓名是乌兹·纳沃特。在以色列情报部门的希伯来语岗位代号中，纳沃特是"卡萨"，也就是便衣情报员和专案主任。他负责的地区在西欧。仗着能说多种语言，又有一身迷惑人心的本事，再加上与生俱来的桀骜自负，纳沃特打入了巴勒斯坦恐怖分子的组织内部，在遍布欧洲大陆的各个阿拉伯国家大使馆内吸收了内线特工。在欧洲所有国家的情报部门和安全部门里，他几乎都有眼线。他掌控着一张巨大的志愿特工的网络，这些志愿者来自各地的犹太人社区。在巴黎的里兹酒店，他随时可以拿到餐厅里最好的座位，因为那里的男管家和女领班都是拿着机构经费的线人。

"康拉德·贝克尔，来见见奥斯卡·兰格。"

银行家一动不动地坐了很久，似乎突然变成了铜像。接着，他那双聪明的小眼珠盯住了沙姆龙，又举起双手，做出一个探询的姿势。

"我和他一起又要做什么呢？"

"你来说说嘛。他很棒的，咱们的奥斯卡。"

"他能不能假扮一位律师？"

"如果准备得当，他完全可以扮演你的母亲。"

"这样一场戏要延续多久？"

"五分钟，也许更短。"

"你和路德维格·沃格尔打交道的时候，五分钟就好像几辈子。"

“我也听说过。”沙姆龙说道。

“那个克劳斯怎么办？”

“克劳斯？”

“沃格尔的保镖。”

沙姆龙露出了微笑。抵触阶段结束了，瑞士银行家已经加入了团队。他现在已经向海勒先生的战旗和他的伟大使命宣誓效忠了。

“他非常专业，”贝克尔说道，“我去过他的寓所五六次了，但是每次他都会彻底搜查全身，还让我打开公文箱。所以，如果你们打算带一件武器进去……”

沙姆龙打断了他的话头：“我们根本没打算带武器进去。”

“克劳斯始终带着武器。”

“你肯定吗？”

“一把格洛克，具体地说，”银行家拍拍自己的左胸，“就佩在这里，从来也没遮掩过。”

“这个细节蛮可爱啊，贝克尔先生。”

银行家脑袋一偏，接受了表扬——我的工作拼的就是细节，海勒先生。

“恕我无礼，海勒先生。你们要绑架的人有保镖，保镖有武器，实施绑架的人手无寸铁，如何能绑得了有枪的人？”

“沃格尔先生会自愿离开他的寓所。”

“自愿接受绑架？”贝克尔流露出难以置信的语气，“太独特了。如何才能说服一个人自愿接受绑架？”

沙姆龙交叠起双臂：“只管把奥斯卡带进房里，其他的交给我们吧。”

32

慕尼黑

这是一幢老旧的公寓楼。它所在的位置是慕尼黑一处漂亮的小城区，名字叫作勒海尔区。院门临街，主入口的门前是一座整洁的庭园。楼内的电梯很不牢靠，更多情况下，人们更愿意从楼梯间爬到三层。房间里的布置是酒店的样式。卧室里有两张床，客厅里的沙发是一件可以兼作书桌和卧床的组合家具。在储藏间里还有四张备用小床。食品柜里藏满了可以耐久存放的食物，餐具柜里有八副餐具。客厅的窗户俯瞰着街道，然而不透光的窗帘始终闭合着，于是公寓内部永远是夜晚。电话机没有电铃，只有红色的闪光灯指示着有没有电话打进来。

客厅的墙上挂满了地图：维也纳中部、维也纳都市区、奥地利东部、波兰。在窗户对面的墙上，挂着一幅很大的欧洲中部地图，显示出完整的逃逸路线，从维也纳延伸至波罗的海海岸。沙姆龙和加百列进行了一次短暂的争论才确定线路的颜色使用红色。从远处看，它仿佛一条血色河流，这恰恰是沙姆龙期望达成的效果：血，流经了许许多多个埃瑞克·拉德克的手，流成了河。

他们在公寓里只说德语。这是沙姆龙定下的规矩。拉德克依然称为拉德克，不过不许说全名。沙姆龙不愿意称呼他从美国人那里买来的名字。沙姆龙还定下了别的规条。这是加百列规划的行动，所以是加百列施展的舞台。是加百列，用来自他母亲的柏林口音，向团队发布指示；是加百列，审查来自维也纳的监视报告；一切行动的最后决策，也要由加百列来作出。

最初的几天里，沙姆龙努力地适应着配角的地位，然而他对加百列的信心渐渐加强，他发觉悄然溜进幕后才更方便些。尽管如此，每一位经过保密公寓的特工都会感到一种阴郁的气氛笼罩在他们头上。沙姆龙似乎从来不睡觉。他可以几个小时站在地图前，或是摸黑坐在厨房的桌前，一支接一支地抽烟，倒像一个正和自己的良心作斗争的男人。“他就像个临终病人，为自己筹划着葬礼，”说这话的是一位讲德语的老特工，名叫奥代德，加百列让他在这次行动中负责驾车逃跑，“如果这一锤子办砸了，他们就会把败绩刻在老头儿的墓碑上，就刻在大卫之星的下面。”

即使在最佳条件下，这样的行动也需要数星期的时间制订计划，加百列却仅有几天时间。当初，“天谴”行动为他打下了好底子。“黑色九月”组织的恐怖分子不断地行动，忽隐忽现，令人崩溃。因此一旦确定了一个人的位置，又明确了身份，打击小组就会闪电般的出手。监控组迅速到位，车辆和保密公寓安排妥帖，逃逸路线提早制定。加百列从前储备的这些经验和知识在慕尼黑都派上了用场。极少有哪个情报官员比他和沙姆龙更了解迅速规划和闪电出击的真谛了。

到了晚上，他们会收看电视里的德语新闻。邻国奥地利的大选吸引了德国观众的注意。梅茨勒遥遥领先，每到一站，他的拥护者人数都在增加，就如同他在民调中的支持率。看这样子，奥地利就要做出一件不可思议的事情了：从极右翼阵营里选出一位总理。然而古怪的是，在慕尼黑的保密公寓里，加百列和他的团队却在庆幸着梅茨勒的冉冉升起，因为要是没了梅茨勒，他们通往拉德克的大门就会闭合。

按照惯例，新闻结束不久，他们就会接到来自扫罗王大道的勒夫的问候：他会逼着加百列回答一些无聊的查问，看看这一天都发生了什么大事。这段时间沙姆龙会很放松，因为他不需要接受任何行动指令。加百列会把电话紧贴着耳朵，来回踱着步，耐心地回答勒夫的每一个问题。有些时候，如果灯光合适，沙姆龙能看到加百列母亲的影子，就在他的身边一道踱着步。虽然没有人这么说，但她，其实是这个团队里的一员。

每天一次，通常是在下午时分，加百列和沙姆龙会溜出保密公寓，到英格兰花园去散步。艾希曼的阴影笼罩在他们头顶。加百列认为从一开始他就一直存在。从那天晚上起，他就来了。那天晚上，在维也纳，麦克斯·克莱恩对加百列讲了那位党卫军军官的故事：此人在奥斯威辛亲手谋杀了数十名囚徒，如今却每天都坐在中央咖啡馆里，享受着午后的咖啡。直到此刻，沙姆龙仍然极力避免提到艾希曼的名字。

抓捕艾希曼的故事，加百列以前听过许多次。不错，1972年9月，沙姆龙就使用这个故事刺激了加百列，使他加入了“天谴”的行动团队。在英格兰花园的林荫步道上，沙姆龙所讲述的版本更为详细，胜过了加百列此前听到的所有版本。加百列懂得，他说的这些并不是一个老头儿絮絮叨叨地回顾自己昨日的荣耀。沙姆龙从来不会吹嘘自己的成就，出版商也绝对没机会出版他的回忆录。加百列知道，他告诉自己艾希曼的事情，是有理由的。*我走过的路，是你也会走过的。*沙姆龙这样说，*不过会换个时间，换个地点，由另一个人陪伴；但这个历程你应该知道。*有几次，加百列感觉自己仿佛在陪着历史老人走路。

“等待逃离的飞机，那是最困难的阶段。我们带着这个阶下囚困守在保密公寓里。有些成员无法忍受这样看守他，我只好一夜又一夜守在他的房间里，看着他。他被锁在一张铁床上，穿着睡衣，戴着遮光眼镜。我们是严格禁止同他交谈的。允许同他讲话的，唯有审讯员。我没法遵守这些命令。你想想看，我必须知道，这个连见了血都恶心的男人，如何就屠杀了我们六百万的人民？他又是怎么杀了我的父母、我的两个姐姐？我问他为何要那么做，你知道他怎么说？他说因为那是他的工作——他的工作，加百列——似乎他只是一个银行职员或是火车上的列车员。”

后来，站在拱桥的栏杆前，他们俯瞰着流水。

“有一刻我的确想杀了他，加百列——当时他告诉我，他并不恨犹太人民，他其实还很敬慕犹太人。他还想让我相信，他多么喜爱犹太人，于是开口背诵我们的经文：听吧，以色列，主是我们的神，是唯一的上帝！这几个词从他这种人嘴里说出来，我实在受不了，就是这张嘴发布了屠杀六百万人的命令。我伸手掐住他的脸，掐得他闭上了嘴。他开始颤抖抽搐。我以为我把他弄得心脏病发作了。他问我是不是要杀了他，他还求我不要伤害他的儿子。这个人曾经把别人的孩子从父母手里夺下来，扔进火里，现在却关心自己的孩子，他还以为我们会像他一样，连儿童也谋杀。”

在一座废弃的露天啤酒店，一张布满划痕的木桌前。

“我们要求他同意自愿随我们回以色列，他当然不愿意去。他想在阿根廷或德国接受审判。我告诉他这是不可能的。无论怎样，他都得在以色列受审。我冒着断送职业生涯的风险，允许他喝了点红酒，抽了支烟。我没有和杀人犯一道饮酒，我做不到。我向他保证，他会获得一个机会，站在他自己的立场上陈述他的所作所为，保证他会接受公正的审判，行使为自己辩护的权利。他对结果不作任何幻想，但听说能向全世界为自己作个解释，他似乎颇为所动。我还对他直说，至少还有人明确通知他将被处死，他自己却剥夺了几百万人的这份尊严。那些人听着麦克斯·克莱恩奏着小夜曲，走向‘更衣室’和毒气室的时候，还都蒙在鼓里。他在文件上签了字，填写日期的时候活像个熟练的德国官僚。事情就这么办妥了。”

加百列专注地听着，衣领竖着，裹着耳朵，双手塞在口袋里。沙姆龙的焦点从阿道夫·艾希曼转到了埃瑞克·拉德克。

“比起我，你有个便利条件，因为你曾经在中央咖啡馆面对面地会过他。当初在行动前，我只是从远处见过艾希曼。当时我们是在监视他的寓所，计划抓捕行动。不过我没和他说过话，连站在他身边的机会也没有。我精确地知道他的身高，却无法在眼前勾画出他的面貌。我大概知道他说话是什么音调，然而我却并不熟知。而你了解拉德克，不幸的是，由于那个曼弗雷德·克鲁兹，他对你也有所了解。他还会希望了解更多。他会感到自己已经暴露，会感到不安。他会向你发难，和你公平地对决。他一定想知道你为什么要追捕他。无论怎样，你绝对不能和他正常地交谈。记住，埃瑞克·拉德克不是集中营的卫兵或毒气室的操作员，他是帝国保安部的人，是老辣的审讯高手。他会利用他的一切手段来作最后一搏。别落入他的圈套，现在你是主导局面的人。你的反客为主会让他人吃一惊的。”

加百列将目光向下投去，似乎是在读着桌面上刻的字。

“那么，为什么艾希曼和拉德克都有资格享有正义的审判，”他最后开口道，“但是巴勒斯坦的‘黑色九月’组织就只能遭到复仇？”

“你要是改行，一定能做个犹太法典的大学者，加百列。”

“你在回避我的问题。”

“固然，我们对‘黑色九月’恐怖分子采取的行动，当然包含着纯粹的报复，却又不仅仅是报复。他们构成了一种持续不断的威胁。我们不杀他们，他们就杀了我们。那是场战争。”

“为何不逮捕他们，然后审判他们？”

“然后呢？由着他们在以色列的法庭上大作政治宣传？”沙姆龙缓缓摇头，“他们已经这样做过了，”他举起手，指着矗立在奥林匹克公园上空的高塔，“就在这座城市里，当着全世界的摄像镜头。我们总不能辛辛苦苦逮住了他们，到头来却又给了他们一次机会，让他们为屠杀无辜进行狡辩吧？”

他把手放下，身子向前一倾。就是在这一刻，他向加百列透露了总理最后的几点希望。他说话的时候，加百列的呼吸都凝固了。

“我不想杀死一个老头子。”加百列说道。

“他不是个老头子。他穿着老人的衣服，戴着一张老人的脸皮，可他依然是埃瑞克·拉德克，是个魔鬼，他在奥斯威辛连杀十几个人，就因为他们听不出来勃拉姆斯的一首作品。这个魔鬼在波兰的大路旁杀了两个姑娘，就因为她们不肯否认比克瑙的丑恶罪行。这个魔鬼还挖开了几百万人的坟墓，让死者的尸体受到最后的侮辱。就算老迈年高也免不了他的罪。”

加百列抬起头迎接沙姆龙坚定的凝视：“我知道他是个魔鬼，我只是不想杀了他。我要让全世界都知道这个男人做了些什么。”

“那你得做好准备，好好和他较量一场。”沙姆龙盯着他的手表，“我带了个人来帮你。是啊，他应该很快就到了。”

“为什么现在才告诉我？我还以为整个行动的决策人是我。”

“是你不假，”沙姆龙说，“可有时候我得给你指明道路。老先生就是干这个的。”

加百列和沙姆龙都不相信什么吉兆凶兆之类的迷信。如果他们信那一套，就不会将大屠杀纪念馆的摩西·里弗林请到慕尼黑的保密公寓，因为那样会显得他们对团队的能力不够自信，倒好像凭自己的力量不能胜任眼前的使命一般。

沙姆龙本希望平静低调地邀请里弗林。不幸的是，扫罗王大道将任务交给了两个学院里的实习生，两人行事都是鲜明的西班牙系犹太人的作派。他们决定在里弗林离开大屠杀纪念馆回公寓的路上同他接触，地点距离耶胡达市场不远。里弗林在布鲁克林的本森社区长大，至今在街上走路时依然保持警觉。他很快注意到两名男子开着一辆车正在跟着他。他以为他们是哈马斯的自杀式人体炸弹，又或是一对街头劫匪。后来，汽车停在他身边，坐在副驾驶座的那位开口同他搭话。里弗林身子一歪，拔腿就跑。令人惊讶的是，这位矮胖的档案学家居然身手敏捷，他和抓捕者周旋了好几分钟，最后才被两名特工堵在了本耶胡达大街上。

当天天色很晚了，他才来到勒海尔的保密公寓，带着两只行李箱，里面装满了调研材料。他的肩膀上划了一道口子，那是他在逃跑的路上留下的纪念。“要是连一个胖乎乎的档案员都抓不到，你们还指望抓住埃瑞克·拉德克吗？”他说着，拉着加百列进了公寓后部的密室，“我们要做的事很多，剩下的时间不多了。”

到了第七天，阿德里安·卡特尔来到了慕尼黑。那是个星期三，他在将近傍晚时分抵达保密公寓，那时天色已经暗下来了。他的博柏利外套口袋里装着护照，所用的名字依然是布拉德·坎特韦尔。加百列和沙姆龙刚从英格兰花园散步回来，围巾帽子还来不及摘下来。加百列已经将其他组员派出去了，要求他们到各自最后的岗位上准备就绪，所以保密公寓里没有机构里的人了，剩下的只有里弗林一人。他的衬衣下摆露在外面，光着脚，向中情局的副主任打了招呼，称自己为雅各布。这位档案管理员已经适应了谍战行动的组织纪律。

加百列泡了茶。卡特尔解下外套的扣子，专注地参观了一番保密公寓。他在地图前流连了很长时间。卡特尔相信地图，地图永远不会撒谎，地图永远不会专拣它认为你想听的说。

“我喜欢你对这个地方作的安排，海勒先生。”卡特尔终于脱去了他的外套，“后现代风格的邋遢，还有气味。我想我认识这种味道。街角上那家维也纳森林的外卖吧，要是我没搞错的话？”

加百列递给他一杯茶水，茶包上的绳子还挂在杯角上：“你来做什么，阿德里安？”

“我来走一遭，看看能帮上什么忙。”

“扯淡。”

卡特尔在沙发上清出一块地方，一屁股坐下去，好像一个推销员，终于结束了一段漫长无聊的旅程：“说实话，我来这里是因为接到了主任的紧急命令。他似乎患了严重的手术前过敏症。他感觉我们在一起处境危险，而且你们的人操控了局面。他希望中情局的人同台演出。”

“什么意思？”

“他想知道游戏的计划。”

“你知道游戏计划的，阿德里安。我在弗吉尼亚就告诉你游戏的计划了。没有改变过。”

“我知道计划的大略，”卡特尔说，“我现在想看看详细的版本。”

“你的意思是你们的主任想审查一下计划，然后签字同意？”

“大概是这么个意思。如果事态不妙，他还希望我和阿里能够置身事外。”

“要是我们让他去见鬼呢？”

“要是那样，我得说，有五成的可能是有人去埃瑞克·拉德克耳边吹风，提醒他警觉，然后你们就抓不到他了。和主任合作吧，加百列，只有这样你才可能摆平拉德克。”

“我们准备行动了，阿德里安。要我们接受中情局七楼局长办公室的建设性意见，现在不是时候。”

沙姆龙坐到了卡特尔旁边：“你的主人要是还长着脑子，就该尽可能站得远点。”

“这个我也努力向他解释过——当然，不是用你这样的语言，不过没用，他听不进。我们这位主任可是从华尔街出来的，他喜欢事必躬亲，永远想了解公司每个部门进展如何。他在中情局也想来这一套。你也知道，他还是总统的朋友。你要是惹了他，他会给白宫打电话，事情就完了。”

加百列看看沙姆龙，只见他紧咬着牙，点了点头。卡特尔听到了他想要的报告。沙姆龙坐着没动，不过几分钟后，他站了起来，在屋里踱着步，就好像一位大厨的秘方泄露给了街对面的竞争对手。汇报完毕后，卡特尔花了很长时间，往他的烟斗里填装着烟草。

“在我听起来你们准备充分了，”他说道，“你们还在等什么？我要是你们，就会赶紧行动，别等到主任到时候也决定插一手。”

加百列赞同。他拿起了电话，接通了苏黎世的乌兹·纳沃特。

33

维也纳－慕尼黑

克劳斯·哈尔德轻轻敲了书房的门。里面传出一个声音，允许他进去。他推开门，只见老人坐在半明半暗的灯光里，他的眼睛盯着荧光闪动的电视屏幕——当天下午在格拉茨的集会，都是梅茨勒的支持者，他们已经开始谈及梅茨勒如何组织内阁的问题了。老人用遥控器切掉了画面，一双蓝眼珠盯上了他的保镖。哈尔德朝电话瞥了一眼。一点绿灯正闪烁着。

“这是谁？”

“贝克尔先生，从苏黎世打来。”

老人拿起听筒：“晚上好，康拉德。”

“晚上好，沃格尔先生。这么晚打搅您我很抱歉。不过我恐怕是等不及了。”

“出了什么差错？”

“哦，不，正相反。根据从维也纳传来的选举新闻，我决定加快行动步伐，可以将彼得·梅茨勒的获胜视为既成事实，然后启动相应的程序了。”

“明智之举，康拉德。”

“我想您会同意的。我有几份文件需要您的签字。我想咱们最好现在开始这些步骤，而不是等到最后一刻。”

“什么样的文件？”

“我的律师来解释会比我强。如果您觉得可以的话，我会到维也纳来开个会。只要花几分钟时间就够了。”

“星期五怎么样？”

“星期五没问题，只要安排在将近傍晚就行。因为上午我有事走不开。”

“咱们定四点如何？”

“五点对我更合适，沃格尔先生。”

“好的，星期五下午五点。”

“那到时候见。”

“康拉德？”

“是，沃格尔先生。”

“这位律师——请告诉我他的名字。”

“奥斯卡·兰格，沃格尔先生。是位天分很高的人。我用过他很多年。”

“我想这位老兄应该懂得什么叫作‘谨慎’吧？”

“何止是谨慎，谨慎两个字根本不足以形容他。他非常能干。”

“再会，康拉德。”

老人挂了电话，看着哈尔德。

“他要带其他人一起来？”

老人缓缓点头。

“以前他都是一个人来的。为什么要突然带个帮手？”

“贝克尔先生将会收到 亿美金，克劳斯。要是还有什么人可以信得过，那也只有苏黎世的土地神了。”

保镖朝门口走去。

"克劳斯？"

"是，沃格尔先生？"

"也许你是对的，给咱们在苏黎世的朋友打电话，看看有没有人听说过这位奥斯卡·兰格。"

一个小时过后，一则电话录音通过保密专线由贝克尔&普尔银行的贝克尔办公室，传送到了慕尼黑的保密公寓。他们听了一遍，又一遍，再一遍。阿德里安·卡特尔不大喜欢他所听到的内容。

"你们能听得出吧，拉德克一撂下电话，立即就打出第二通电话到苏黎世，查问那个奥斯卡·兰格。我希望你们对此做过安排。"

沙姆龙对卡特尔显得很失望："你怎么想的，阿德里安？我们没干过这种事情吗？我们是需要人带路的小孩子吗？"

卡特尔将火柴凑上烟斗，等待着下文。

"你有没有听说过sayan这个词？"沙姆龙说道，"又叫sayanim。"

卡特尔咬着烟斗点了点头。"是一些不起眼的志愿者，"他说，"酒店职员给你们提供房间，免登记；租车公司给你们提供查不到车主的车；你们的人要是受了伤，又不想引起麻烦，就找医生志愿者给他们治；银行家会给你们紧急贷款。"

沙姆龙点头："我们的情报部门规模不大，一千两百人的全职雇员，仅此而已。没有这些志愿特工，我们不可能成就我们的事业。这是散居全世界的犹太人给我们带来的好处之一，他们成了我们的志愿者军团。"

"那奥斯卡·兰格呢？"

"他是位苏黎世的税务和地产律师，正巧也是犹太人，不过这件事他在苏黎世从不张扬。几年前，我带奥斯卡去湖边一家安静的餐厅吃饭，然后把他列入了志愿者的名单。上星期，我请他帮个忙。我要他把他的护照和办公室借给我，还要他消失几个星期。等我向他解释了原因，他十分愿意帮这个忙。其实，他真恨不得到维也纳去，亲身参与抓捕拉德克。”

“我希望他现在在一个安全的地点。”

“可以这么说，阿德里安。他这会儿住在耶路撒冷的一间保密公寓里。”

沙姆龙伸出手，按下了录音机的倒带键，停，再播放：

“星期五怎么样？”

“星期五没问题，只要安排在将近傍晚就行。因为上午我有事走不开。”

“咱们定四点如何？”

“五点对我更合适，沃格尔先生。”

“好的，星期五下午五点。”

停。

第二天早晨，摩西·里弗林离开保密公寓，搭乘以色列航空的班机回国，身边有一位机构人员一路护送。加百列留在公寓，直到星期四晚上七点，一辆车顶载着两对滑雪板的大众面包车停在公寓楼门外，喇叭按响了两次。他将伯莱塔手枪塞进后腰的裤子里。沙姆龙吻了他的脸颊，送他出了门。

沙姆龙拉开窗帘，向昏暗的街道瞥望着。加白列出现在步道上，然后走向司机一侧的车门。经过片刻商谈，车门开了，基娅拉出现了。她绕到面包车的前方，车灯短暂地照亮了她。随即，基娅拉坐上了副驾驶的座位。

面包车缓缓从路边开出。沙姆龙目送着它，直到殷红的尾灯消失在街角。他却没有挪动。等待。永远在等待。他的打火机一闪，一缕香烟凝聚在玻璃窗前。

34

苏黎世

星期五下午，一点零四分，康拉德·贝克尔和乌兹·纳沃特从贝克尔&普尔银行的办公室走出来。一名机构的哨兵，名叫泽尔曼，守候在塔尔大街对面的一辆灰色菲亚特轿车里，记录下了当时的时间和瓢泼大雨的天气。接着，他将讯息传给了慕尼黑保密公寓里的沙姆龙。贝克尔的打扮如同参加葬礼一般：灰色的细条纹正装，配着煤黑色领带。纳沃特则模仿奥斯卡·兰格的着装风格：阿玛尼夹克配着铁蓝色衬衫和领带。贝克尔叫了一辆出租车去机场。沙姆龙更倾向于用私车和机构里的司机。不过贝克尔一贯打车去机场，于是加百列决定不破坏他的习惯。所以，最终来了一辆普通的出租车，司机是个土耳其移民。他载着他们穿过苏黎世市中心，又穿过一道浓雾封锁的河谷，来到克洛滕机场。加百列派出的监护人员在后面一路跟随。

他们很快遭遇了第一道小故障。一股冷空气的前锋经过苏黎世上空，暴雨已经随之变成了冰雹。克洛滕机场不得不暂时停止运营。飞往维也纳的瑞士国际航空公司的1578航班只能停在停机坪上，动弹不得。沙姆龙和阿德里安·卡特尔在慕尼黑保密公寓的电脑屏幕前跟踪着实况，一边争论着下一步的行动。他们是否应该要求贝克尔给拉德克打电话，告诉他飞机延迟了？如果拉德克取消了约会另作安排，又该怎么应对？各小组和所有车辆都已经到达最后的行动位置，稍一停歇就会危及整个行动的成败。等，沙姆龙建议，于是他们决定等下去。

到了两点半，天气状况好转了。克洛滕机场重新开放，1578航班开到了跑道一端，排队等候指令。沙姆龙作了估算，飞到维也纳需要不到九十分钟。如果不久即可起飞，他们仍然可以按时赶到。

两点四十五分，飞机升空了，一场灾难避免了。沙姆龙给维也纳国际机场的迎接小组发出信号，通知他们“邮件”已在路上。

阿尔卑斯山上空的风暴使飞机饱经颠簸，弄得贝克尔很不适。为了安抚他的神经，他消费了三瓶迷你瓶装的苏托利伏特加，去了两次厕所，这些都由坐在他们后面第三排的泽尔曼记录下来。纳沃特一派专注和沉静，盯着舷窗外黑色的云海。他的那份苏打水一口也没喝过。

在朦胧的灰色云团里，他们在维也纳国际机场着陆了。此时四点刚过去几分钟。泽尔曼如影随形，跟着他们去验照出关。贝克尔又要去厕所了。纳沃特使了一个几乎无法觉察的眼色，命令泽尔曼跟他一道去。在卫生间里，银行家花了整整三分钟，站在镜子前刻意整理自己的仪表——泽尔曼心想，对于这么一位几乎没有头发的男人来说，这纯粹是浪费时间。监护员真想在贝克尔脚踝上踢一脚，催他走路，随即又决定任他自便。说到底，贝克尔是个业余客串的特工，而且还是受了胁迫。

验过护照出了关，贝克尔和纳沃特来到机场大厅。人群中站着一位又高又瘦的监控专家，名叫莫迪凯。他穿着土褐色西装，手持一块硬纸牌，上写着“鲍尔”。他的汽车是一辆加长的黑色奔驰轿车，就等在临时停车场里。隔着两个车位有一辆银色的奥迪掀背式轿车，它的钥匙装在泽尔曼的口袋里。

进入维也纳后，泽尔曼远远地跟着他们，留足了安全距离。他拨通了慕尼黑保密公寓的电话，斟字酌句地告诉沙姆龙，纳沃特和贝克尔按时抵达了，正在向目标靠近。四点四十五分，莫迪凯驾车来到了多瑙河运河。四点五十分，他穿过区界进入第一行政区，混在高峰的车流中，行驶在环城大道上。他向右转，进入一条铺有鹅卵石的狭窄街道，接着左转。片刻后，他把车停在了埃瑞克·拉德克的华丽铁门之前。泽尔曼从他们的左侧开过，继续前行。

“闪闪车灯吧，”贝克尔说，“保镖会放你进去的。”

莫迪凯照做了。大门纹丝不动，过了令人紧张的几秒钟，一阵尖锐的金属叮当声响起来，紧跟着是一阵吱吱的电机转动声。大门缓缓旋开，拉德克的保镖出现在寓所的正门前，枝形吊灯的强光闪耀在他的头顶，犹如一道光环。莫迪凯一直等到大门彻底敞开，这才缓缓向前，开上了一条小小的马蹄形车道。

纳沃特首先下了车，接着是贝克尔。银行家同保镖握了手，又介绍道：“我在苏黎世的同事，奥斯卡·兰格先生。”保镖点点头，示意他们进来。寓所的前门随即关闭。

莫迪凯看了看手表：四点五十八分。他拿出手机，拨通了一个维也纳的号码。

“晚餐我得迟些才能赶到。”他说。

“一切都好吧？”

“是啊，”他说，“一切都不错。”

几秒钟后，在慕尼黑，一盏信号灯在沙姆龙的电脑屏幕上闪起来。沙姆龙看了看表。

“你打算给他们多长时间？”卡特尔问道。

“五分钟，”沙姆龙道，“一秒钟也不能多。”

黑色奥迪轿车竖着高高的天线，就停在几条街以外。泽尔曼在它后面停下来，接着他下了车，朝前车的副驾驶位置走过去。奥代德正坐在方向盘后面。他是个结实的男人，有一双淡棕色眼睛和一只职业拳击手的塌鼻子。泽尔曼一边在他身边坐下，一边从他的呼吸里嗅出了紧张。泽尔曼比他有优势，因为已经体验了下午的热身活动。奥代德一直困守在维也纳的保密公寓，除了白日做梦，想象着失败的后果之外无事可做。一只手机丢在座位上，泽尔曼拿起来。电话已经接通，另一端是慕尼黑。泽尔曼能听见沙姆龙坚定的呼吸声。一张图片出现在他脑海里——年轻版的沙姆龙大步穿过阿根廷的瓢泼大雨，此时艾希曼刚走下一辆城市公交车，向他迎面走来。奥代德发动了引擎。泽尔曼被拖回了当下的现实。他瞥了一眼仪表板盘的钟：五点零三分……

E461公路，奥地利人通常称之为布鲁讷大街。这是一条双车道公路，起自维也纳，向北延伸，穿过绵绵群山，直到奥地利的葡萄酒产地，威非尔特。那里距离捷克边境五十英里。边境上有一处关卡，头顶罩着一座拱形天篷，配备两名卫兵。他们躲在铝材和玻璃搭建的岗亭里，舍不得亭中的安逸，对出境的车辆连最粗略的检查也懒得做。在关卡的捷克一侧，检查旅行证件的时间往往要长一些，虽说他们对来自奥地利的车辆通常是热情欢迎的。

在边境对面一英里处，南摩拉维亚州的群山之中，坐落着古老的米库洛夫镇。这是一座边境小镇，自然免不了边境小镇的压抑气质。它和加百列的情绪倒很吻合。他站在一座中世纪城堡的短墙后面，高高地凌驾于城镇里众多的红瓦屋顶之上。在他的头顶，是被风吹弯的松树。雨珠如泪水般洒落在他的防水布外套上。他朝着边境的方向凝视山腰。在黑暗中，能看得清的只有公路上车辆的灯光，白光迎面而来，红光背着他，向着奥地利边界的方向而去。

他看了看表。他们这会儿应该已经进入拉德克的别墅了。加百列想象着他们的公文箱已经打开，饮品咖啡已经倒满。接着，另一幅画面出现了：一队女性，身穿灰色衣服，身上浸满血污，正在冰雪覆盖的公路上走着。他的母亲，眼泪结成了冰。

“关于战争，你会对你的孩子说些什么，犹太人？”

“真相，大队长先生。我会告诉我的孩子真相。”

“没人会相信你的。”

当然，她并没有告诉他真相。不过，她将真相留在了文字里，锁进了大屠杀纪念馆的档案室。也许大屠杀纪念馆才是真相最好的归宿。也许有些真相太惊人，其中的恐怖，最好永远封存，永远隔离。她没有办法告诉他，自己就是拉德克魔掌里的受害者，就像加百列永远不会告诉她自己是沙姆龙手上的行刑刀斧。不过，她其实早就知道。她最懂得死亡的面孔，从加百列的眼睛里，她确实看到了死亡。

外套口袋里的电话在他的腰部无声地振动起来。他慢慢地将它凑近耳边，随即听见了沙姆龙的声音……他将电话丢进口袋，站立片刻，望着一对对车头灯，从奥地利的原野上朝着他漂浮而来。

“你见到了他，会对他说什么呢？”基娅拉曾经问过。

真相，加百列此刻这样想着，我会告诉他真相。

他迈步走起来，走过古镇的一条条石头小街，走进了黑幕。

35

维也纳

乌兹·纳沃特对搜身颇有经验。克劳斯·哈尔德对他的工作十分擅长。他从纳沃特的衬衫领子开始搜起，一直搜到他的阿玛尼的裤脚。接着他的注意力转向了公文箱。他的活计做得很慢，关注细节宛如僧侣。搜查总算结束了，他又将一切物件仔细地恢复如初，然后合上箱子，扣上锁扣。“沃格尔先生现在就见你们，”他说道，“请跟我来。”

他们穿过寓所中央的走廊，经过一道双开门，进入一间客厅。埃瑞克·拉德克穿着一件斜纹夹克衫，配了一条铁褐色领带，在靠近壁炉的地方坐着。他的小脑袋向客人点了一下，算作致意，却没有站起来的意思。纳沃特心想，拉德克已经习惯了坐着迎接客人。

保镖静静地溜出去，又回手把门合上。贝克尔微笑着上前一步，同拉德克握了手。纳沃特根本不想碰这个屠夫，不过眼下的情势容不得他作别的选择。那只递过来的手又干又冷，握起来很坚定，没有颤抖。这一握是一道试题。纳沃特自认自己是答对了。

拉德克朝着空椅子一指，随即伸手握住了自己椅子扶手上的饮品。他又开始来回转杯子，右边两次，左边两次……这样的动作让纳沃特胃里直泛酸水。

“我听说你的工作很出色，兰格先生，”拉德克突然说道，“你在苏黎世的同事当中有非常好的名声。”

“全都是谬赞，我向您保证，沃格尔先生。”

“你太谦虚了，”他转着杯子，“你几年前为我的一个朋友工作过，那位先生的名字叫海尔穆特·施耐德。”

你这是在给我下套呢，纳沃特心想。他对这一招早有准备。真正的奥斯卡·兰格向他提供了以往十年的客户名单，纳沃特早就把它背下来了。海尔穆特·施耐德这个名字并没有在名单里出现过。

“过去几年我服务的客户太多了，不过其中似乎没有施耐德这个姓氏。也许您的朋友把我同别人搞混了。”

纳沃特低下头，打开公文箱的锁扣，掀开盖子。当他再次抬起头的时候，拉德克的一双蓝眼睛正盯着他的眼睛。那只杯子依旧在椅子扶手上转动着。拉德克的眼睛里有一种骇人的静寂。这种感觉，似乎是在接受一张画像的审视。

“也许你是对的，”拉德克的语气有转圜调和的意思，却与他的表情并不吻合，“康拉德对我说，为了清算账户的资产，你要求我在一些文件上签字。”

“是的，不错。”

纳沃特从公文箱里取出一个文件夹，又将公文箱放在脚边的地上。拉德克盯视的目光跟随着文件箱垂下去，随即又到纳沃特的脸上。纳沃特打开文件夹的封面，随即抬眼望去。他开口正要说话，却被一阵电话铃声打断。尖锐的电子铃声对纳沃特敏感的耳朵来说，就像墓地里的尖叫。

拉德克没有挪动。纳沃特朝彼德麦式样的书桌瞥了一眼，电话铃第二次响起来，第三声。接着它突然静下来，似乎是尖叫的人被捂住了嘴。纳沃特能听见哈尔德说话，只听这位保镖的声音从走廊的另一台话机传过来。

“晚上好……不，对不起，不过沃格尔先生这会儿正在开会。”

纳沃特从文件夹里取出第一份文件。此刻拉德克已经明显分了心，他的目光望向远处。他是在听保镖说话。纳沃特朝桌子挪近了一点，将文件转了一个角度，让拉德克看见。

“这是第一份需要……”

拉德克仰起头，示意安静。纳沃特听见走廊里的脚步声，紧接着是开门声。保镖走进房间，走到拉德克身边。

“是曼弗雷德·克鲁兹，”他耳语道，“他想和您说句话。他说十分紧急，不能等。”

埃瑞克·拉德克慢慢从椅子上站起来，走向电话机。

“什么事，曼弗雷德？”

“是以色列人。”

“他们怎么了？”

“我有情报显示，过去的几天里有大批特工人员在维也纳聚集，意图绑架您。”

“你的情报够精确吗？”

“最起码可以让我判定，您继续留在家里是不安全的。我已经派出了一个国家警察的小组，接您出来，送去一个安全的地点。”

“没有人能进入我这个地方，曼弗雷德。我在门外布置了配备武装的保安。”

“我们是在对付以色列人，沃格尔先生。我要您离开寓所。”

“好吧，既然你这么坚持。不过请你的警察小组撤回吧，克劳斯能应付得了。”

“一名保镖是不够的。我要对您的安全负责，我要把您置于警方的保护之下。我必须坚持己见了。我所得到的情报是很确切的。”

“你的警官什么时候到这里？”

“随时。准备出发吧。”

他挂了电话，看了看坐在炉火边的两个男人：“对不起，先生们，我恐怕是遇上了紧急情况。咱们必须改日再约了。”他转身对保镖说：“打开大门，克劳斯，把外套给我拿来。马上。”

大门的电机转动起来。莫迪凯坐在梅赛德斯-奔驰的方向盘后面，望着后视镜，只见一辆汽车从马路上开进了车道，蓝色的警示灯急速闪动着。那车在他后面猛地一个刹车，停了下来。车上走下两个汉子，直奔正门的台阶。莫迪凯伸出手，轻轻扭动了车钥匙。

埃瑞克·拉德克来到走廊。纳沃特收拾好公文箱，站了起来。贝克尔僵坐在原处没动。纳沃特伸手勾住银行家的腋下，把他拽了起来。

他们跟着拉德克进了走廊。蓝色的紧急信号灯光旋转着闪动在墙壁和天花板之间。拉德克站在保镖身边，悄悄在他耳边说着话。保镖抱着一件外套大衣，面色紧张。他一边替拉德克套上大衣，一边盯着纳沃特。

敲门声响起，两记尖锐的回声在天花板和走廊的大理石地板之间响起来。保镖放开拉德克的外套，转身去开门。两名身穿便衣的男子推开他闯进了室内。

“你准备好了吗，沃格尔先生？”

拉德克点点头，转过头再次望着纳沃特和贝克尔：“请再次接受我的道歉，先生们。给你们带来了不便，我非常抱歉。”

拉德克走向门口。克劳斯与他并肩，一名警官堵住他，伸手按在保镖的胸口。保镖挥手拨开。

“你搞清楚你在做什么！”

“克鲁兹先生给了我们非常确切的指令。我们只带沃格尔先生一个人去接受保护性拘留。”

“克鲁兹绝不会下这样的命令。他知道的，先生去哪里我就去哪里。一贯如此。”

“对不起，可这是我们接到的命令。”

“让我看看你的警徽和证件。”

“没时间了。请吧，沃格尔先生。跟我们来。”

保镖退后一步，把手伸进了夹克。他的手枪刚一出现，纳沃特已经飞身扑上来，伸左手攥住保镖的手腕，将手枪扣在他自己的肚子上，右手从后面奋力发出两拳。第一拳打得哈尔德摇摇晃晃，第二拳打得他双膝弯了下去。他的手松脱了，格洛克砰然落在大理石地板上。

拉德克看着手枪，刹那间似乎想伸手去捡，却终于改了主意，疾步奔进了没有关门的书房，回手一摔，将门反锁了。

纳沃特试了试把手。锁死了。

他退后几步，肩头向门撞上去。木屑飞溅，他跌撞着冲进昏暗的房间，又挣扎着立定了脚跟，只见拉德克已经移开了伪装的书架，正站在一间电话亭大小的电梯间里。

纳沃特趁着电梯门还未合上，飞步冲上去。他的双臂伸进了电梯，揪住了拉德克的外套前襟。电梯关门时撞在了纳沃特的左肩上，拉德克抓住他的手腕，想要挣脱。纳沃特牢牢揪住不放。

奥代德和泽尔曼赶来帮忙。泽尔曼个子较高，从纳沃特的头顶伸出手去，扳住了电梯门。奥代德从纳沃特双腿间滑进去，从下面使力。合力之下，电梯门终于再次打开。

纳沃特拖着拉德克出了电梯。这会儿已经没时间再演戏使诈了。纳沃特单手捂住了老头儿的嘴，泽尔曼抓住了他的双脚，合力把他抬了起来。奥代德找到了开关，熄灭了吊灯。

纳沃特瞥了一眼贝克尔，“上车，走啊，你个笨蛋。”

他们掳着拉德克下了台阶，走向奥迪车。拉德克一路扳着纳沃特的手，想挣脱他嘴上的铁钳，一边双脚猛踢。纳沃特听见泽尔曼低声咒骂。不过，即便如此剧斗之中，他还是管住了自己，骂人也只用德语。

奥代德掀开车后背的门，随即跑着步从车后绕到驾驶室，坐在方向盘后面。纳沃特将拉德克粗鲁地推进车尾，下死手按倒在座椅上。泽尔曼也挤上了车，又回手关了门。贝克尔爬上了梅赛德斯−奔驰车的后座。莫迪凯猛踩一脚油门，奔驰冲上了马路，奥迪紧紧跟随。

拉德克的身体突然僵住了。纳沃特松开了捂在他嘴上的手，奥地利人贪婪地呼吸着空气。

“你弄疼我了，”他说，“我不能呼吸了。”

“我让你起来。不过你得老实点，不许再企图逃跑。你能保证吗？”

“先放了我。你压死我了，你个笨蛋。”

“我会的，老东西。不过得先帮我个忙，请你告诉我你的名字。”

“你知道我的名字。我叫沃格尔。路德维格·沃格尔。”

“不不，不是那个名字。你的真实姓名。”

“这就是我的真名。”

“你打不打算像个人样儿地离开奥地利？要是不，我这一路就坐在你身上了。”

“我要坐起来，你弄疼我了，他妈的！”

“告诉我你的名字。”

他静默了一阵子，然后嘟囔道：“我的名字叫拉德克。”

“对不起，我听不见。能再说一次你的名字吗，拜托了？这一次大声些。”

他深吸了一口气，身体更僵硬了，倒好像他此刻正站着立正的姿势，而不是横躺在汽车后座上。

“我的名字——是——二级突击队大队长——埃瑞克——拉德克！”

在慕尼黑的保密公寓里，消息在沙姆龙的电脑屏幕上闪出来：包裹已经收到。

卡特尔拍打着他的后背：“他妈的！他们抓住他了。他们真的抓住他了。”

沙姆龙站起来，走到地图前：“抓人从来都是行动中最简单的一步，阿德里安。把他带出来又是另一回事了。”

他凝视着地图。还有五十英里到捷克边境。开吧，奥代德，他心想，打起十二分精神，用心地开车吧，就像这辈子从没开过车一样。

36

维也纳

奥代德驾车参加行动不下十余次，不过从来没经历过眼下的状况——没有尖叫的警笛，没有旋转的蓝色警灯，后视镜里也从来没有过一双拉德克的眼睛与他四目相对。从市中心出发后，他们的逃逸之旅比预计的要顺利。晚间的车流滚滚向前，没有遭遇什么阻塞，但是车流却空前密集，以至于没办法为他们的警笛和警灯让路。拉德克反抗了两次。每次折腾都被纳沃特和泽尔曼残酷地镇压下去。

此刻他们正在E461公路上向北疾行。维也纳的车流看不到了。雨水结结实实地落下来，随即又在挡风玻璃边缘结成冰。一块路牌一闪而过：捷克共和国，42公里。纳沃特回过头看了很久，接着，用希伯来语告诉奥代德关掉警灯和警笛。

“我们去哪里？”拉德克艰难地喘着气，问道，“你们带我去哪里？哪里？”

纳沃特没说话，就像加百列指示的那样。*让他把所有的问题都问完，直到脸色变绿为止。*加百列说道。*不要让他从答话中获得满足。让不确定的感觉始终撕咬他的心。如果角色转换过来，他就会这样做的。*

于是纳沃特望着一座座村庄在车窗外闪过——米斯特巴赫，维尔弗斯多夫，艾德伯格，心里单单想着一件事：在斯托伯巷的拉德克寓所里，那个被他打昏在门廊里的保镖。

普伊斯多弗出现在眼前。他们加速穿过村庄，接着转入一条双车道公路，穿过大雪覆盖的松林，向东驶去。

“我们去哪里？你们带我去哪里？”

纳沃特再也耐不住性子保持沉默了。

“我们回家，”他厉声说道，“你跟我们一块儿走。”

拉德克强撑着露出一个冰冷的微笑：“今晚你只犯了一个错误，兰格先生。你应该抽空杀了我的保镖。”

克劳斯·哈尔德睁开一只眼睛，接着是另一只。一团漆黑。他纹丝不动待了一阵子，想搞清楚此刻身体的位置。他是向前跌倒的，双臂摊在两侧，右脸颊紧贴着冰冷的大理石地面。他想抬起头来，一阵雷鸣般的疼痛袭击了他的脖子。现在他想起了那一瞬间发生的事情。当时他伸手拔枪，却从后面挨了两记重击。是那个苏黎世的律师，奥斯卡·兰格。显然，兰格不仅仅是个律师。他是个做内应的，就像哈尔德开始担心的那样。

他支撑着跪起来，然后靠着墙坐着。他闭上眼睛，一直等到天地不再旋转为止。接着他揉了揉后脑，肿起了一个苹果大小的包。他抬起左手手腕，眯着眼看了看手表的荧光表盘：五点五十七分。事发时是几点钟？五点过了几分钟吧，至少五点十分了。除非他们在斯蒂芬广场有一架直升机做接应，否则他们应该还在奥地利。

他拍了拍运动夹克的口袋，发现手机还在。他摸索着拿出来，拨了号。两声铃响。一个熟悉的声音。

“我是克鲁兹。”

三十秒钟之后，曼弗雷德·克鲁兹将电话一摔，思忖着对策。

最显而易见的反应是拉响警报，通知全国警署的各单位，一名老者遭以色列特工绑架，命令他们关闭边境，封锁机场。这样的举动会引来许多不方便的问讯。沃格尔先生为什么遭绑架？他究竟是什么人？彼得·梅茨勒的候选人资格会因此丧失，克鲁兹的职业生涯也就此完蛋了。即使在奥地利，这样的事情也足以要了他的命。克鲁兹以前见得多了，他知道这样的问讯一旦从沃格尔身上开始，人们就一定会没完没了追问下去。

以色列人知道他一定会束手束脚，他们选择的时间恰到好处。克鲁兹必须想一个更巧妙的干预手段，既可以阻止以色列人，又不会破坏任何进展中的计划。他拿起了电话，拨了号。

“我是克鲁兹。美国人通知我们，他们认定‘基地组织’的一个团伙今晚可能在我国境内驾驶机动车转移行动。他们怀疑‘基地组织’成员可能同欧洲的同伙一道行动，目的是更好地混入周围的环境。现在，我要启动反恐怖预警网络。请将边境、机场、火车站的安全警戒等级提高到第二类。”

他挂了电话，凝视窗外。克鲁兹已经向老头儿抛出了一条救生索，不知道他有没有机会抓得住它。克鲁兹知道，即使他抓住机会脱身了，自己还要面对另一个问题——以色列的抓捕团队该怎么处理呢？他从西装前胸口袋里取出一张纸片。

“如果我拨通了电话，接电话的人是谁呢？”

“暴力。”

曼弗雷德·克鲁兹伸手去抓电话。

自从回到维也纳以后，修表匠很少有机会走出他在斯蒂芬大教堂的小店。他旅行得太频繁，所以积欠了许多工作等他完成，这其中包括一台维也纳彼德麦式样的标准钟，是由著名的维也纳钟表师伊格纳茨·马琳泽勒于1840年制造的。红木外壳完好无损，然而一块镀银的表盘却需要花很长时间才能修复。标准钟的手工机芯被分拆成了几个部分，小心地摊在他的工作台面上。

电话铃响了。他放低了便携CD机的音量，于是巴赫的《G大调第四号勃兰登堡协奏曲》减弱成了耳边的细语。巴赫，本以为是乏味的选择，然而不久之后修表匠却发现巴赫的精确严谨正好同拆装古老机芯的活计形成了完美的搭配。他伸左手抓起了电话。一阵疼痛的冲击波贯穿了整个臂膀，提醒着他在罗马和阿根廷的“丰功伟绩”。他将听筒凑近右耳，用肩膀夹住了它。“喂。”他漫不经心地说道。他的双手又开始做活儿了。

“一位你我共同的朋友给了我你的号码。”

“我知道了，”修表匠暧昧不清地说道，“我如何才能帮得上你？”

“不是我要求你帮忙，而是我们的这位朋友。”

修表匠放下了他的工具。“我们的朋友？”他问道。

“你为他在罗马和阿根廷做过些事情。我想你知道我说的是哪一位了吧？”

修表匠当然知道。就是那个老头儿，他两次误导了自己，害得自己在工作现场损失了体面。如今他又犯了致命的忌讳，居然把自己的名字给了一个陌生人。显然他是有麻烦了。修表匠怀疑这事和以色列人有关。他认定这是斩断瓜葛的绝好时机。“对不起，”他说，“我想你一定认错人了。”

电话另一端的人想要出言否认，修表匠却挂了电话，然后调高了CD机的音量，让巴赫的音乐充满了整个工作间。

在慕尼黑的保密公寓里，卡特尔挂了电话，看着沙姆龙。沙姆龙仍然站在地图前，似乎在想象着押解拉德克向北接近捷克边境的进程。

“是我们维也纳工作站打来的。他们正在监控着奥地利的联络网。曼弗雷德·克鲁兹似乎把反恐怖警戒的级别提高为第二类了。”

“第二类？”

“这意味着你们在边境上可能会遇到些小小的麻烦。”

第二队人马潜伏在一道溪谷里，紧挨着封冻的溪流。有两辆车，一辆欧宝轿车，一辆大众厢式货车。基娅拉坐在大众车的方向盘后面，车头灯关了，引擎熄了，伯莱塔手枪稳稳当当地搁在她的大腿上。这里没有生命的迹象，没有村舍里传来的灯光，没有公路上传来的隆隆车声，只有冰雹打在车顶上的噼啪声和冬风吹过冷杉树树梢的呼啸声。

她回头瞥了一眼大众车后面的隔舱。这是为拉德克的到来而准备的。后面已经备下了一张折叠床。床的下面就是那间专门为老匹夫改装的隔舱，过境的时候会把他藏在里面。他在里面会很舒服——那是他根本不配享受的舒适。

她从挡风玻璃望出去。看不到太多东西，狭窄的公路向上攀升，直指远方的峰峦，最后消失在黑幕之中。接着，突然之间灯光闪出来，那是一道清亮的白光，照亮了地平线，将树木变成了一座座黑色的尖塔。有几秒钟的时间，雹子的颗粒变得清晰可见。它们在风中打着旋，犹如成团的昆虫。接下来，车头灯出现了。汽车攀上山坡，灯光罩住了她，又将树木的影子向一侧投去，接着再投向另一则。基娅拉的手握紧了伯莱塔，又将食指伸进了扳机孔内。

汽车在厢式车一侧戛然停下。她瞥了一眼后座，看见了那屠夫，只见他正坐在纳沃特和泽尔曼中间，身体僵硬，好似一名苏俄的政委，正在等待着血腥的政治清洗。她爬进了车后的隔舱，作最后的检查。

“脱了你的大衣。”纳沃特命令道。

“为什么？”

“因为我让你脱。”

“我有权利知道为什么。”

“你没有权利！照做！”

拉德克坐着没动。泽尔曼拽了他的大衣前襟，但是老头儿的双臂紧紧交叠在胸前不肯放。纳沃特重重叹了口气。这老杂种既然真想来一场摔跤告别赛，那就成全了他吧。纳沃特扳开他的手臂，泽尔曼顺势扒了他右边的袖子，接着是左边。接下来是鱼骨斜纹的夹克衫。随后泽尔曼撕开他的衬衫袖子，裸露出松皮垂坠的胳膊。纳沃特取出一枚注射器，其中注满了镇静剂。

“这是为了你好，”纳沃特说道，“药力柔和，作用的时间也不长。它会让你的旅程少了许多煎熬，不会犯幽闭恐惧症。”

“我从来没有幽闭恐惧症。”

“这个不关我事。”

纳沃特将针头刺入拉德克的胳膊，将活塞推到了底。几秒钟后，拉德克的身体松懈下来，脑袋坠向一侧，下巴松垂。纳沃特开门下车。他从腋下托起拉德克软瘫的身体，把老头拖下了车。

泽尔曼抓起了他的双腿，两人像在战场上抬尸体一样，把他抬到了大众车的一侧。基娅拉正蹲在车里，拿着一只氧气瓶和一个透明的塑料面罩。纳沃特和泽尔曼将拉德克撂在车厢的地面上，基娅拉随即将面罩覆住了他的口鼻。塑料上立刻蒙上了雾气，这说明拉德克呼吸正常。她检查了他的脉搏，稳健强劲。他们将他抬进了隔舱，扣上了盖子。

基娅拉爬上驾驶座，启动了引擎。奥代德合上了侧拉门，又伸掌拍了拍玻璃。基娅拉挂上大众车的一挡，向高速公路开去。其余人等爬上欧宝车，跟在她后面。

五分钟后，边境的灯光如烽火般出现在地平线上。随着基娅拉渐渐接近，一列车队出现在她眼前，大约有六辆车，像等红绿灯一般等待着。能看得见的边防警有两名。他们拿着手电，检查着护照，透过窗户察看着车内。她回头瞥了一眼。隔舱的门紧闭。拉德克没有动静。

她前面的车通过了检查，开进了捷克境内。边防警招手示意。她开了过去，摇下车窗，面带微笑。

“请出示护照。”

她递了过去。此时第二名警官已经转悠到了副驾驶的一侧。她能看见他手电的光在车内各处闪动着。

“有什么不对吗？”

边防警低头盯着她的照片，没答话。

“你什么时候进入奥地利的？”

“今天，早一些的时候。”

“从哪里入境的？”

“从意大利，塔尔维西奥。”

他花了些时间对比了她本人和护照上的照片。接着他拉开了前车门，示意她下车。

乌兹·纳沃特在欧宝车的副驾驶位置上看清了前面的一幕。他看了看奥代德，只听他低声咒骂着。接着纳沃特用手机拨通了慕尼黑的保密公寓。铃声一响沙姆龙立即接了起来。

“我们出问题了。”纳沃特说道。

他命令她站在货车前，用手电照她的脸。透过耀眼的光，她看见第二名边防警拉开了大众车的侧门。她强迫自己直视着问讯他的警官。她努力不去想贴在后腰上的伯莱塔，也不想等在对面米库洛夫镇上的加百列，不想在欧宝车内无助观望的纳沃特、奥代德、泽尔曼。

“今晚你要去哪里？”

“布拉格。”她说。

“去布拉格做什么？”

她瞪了他一眼——不关你的事。接着她说：“我要去看我男朋友。”

“男朋友，”他重复了一句，“你男朋友在布拉格做什么？”

“他是教意大利语的。”加百列是这么教的。

她照此答了话。

“他在哪里教书？”

“在布拉格语言学院。”加百列是这么教的。

她再一次按照指示答了话。

“他在布拉格语言学院任教多久了？”

“三年。”

“你经常去看他吗？”

“每月一次，有时候两次。”

第二名警官已经爬进了货车。拉德克的形象闪入她的脑海——闭着眼，氧气罩盖着脸。别醒过来，她心想，别捣乱，别出声，作了一辈子恶，拜托这回做件好事。

“你何时进入奥地利的？”

“我告诉过你了。”

“请再说一遍。”

“今天，早些时候。”

“几点？”

“我记不得几点了。”

“早晨？还是下午？”

“下午。”

“刚过午后，还是接近傍晚？”

“刚过午后。”

“所以那会儿天还很亮？”

她犹豫着。他催问：“是不是？还很亮？”

她点点头。从车里传来隔舱门打开的声音。她强迫自己直视着问话的警官。他的脸在强光下模糊成了一团，渐渐地这张脸变成了埃瑞克·拉德克——不是躺在车后那个窝囊废的版本，而是1945年驱赶着艾琳·弗兰克尔走上比克瑙死亡之旅的拉德克。他正把她带进一片波兰的树林里，最后一次折磨着她。

“快说吧，犹太人！你被转移去了东线，你有足够的食物，吃得饱，医疗卫生都很好。毒气室和火葬场是布尔什维克和犹太人的宣传。”

我也可以像你一样坚强，艾琳。她心里想着。我要挺过去，为了你。

“你在奥地利的什么地方停留过吗？”

“没有。”

“你没抽空去维也纳？”

“维也纳我去过了，”她说，“我不喜欢。”

他又看着她的脸，审视了一番。

“你是意大利人，是吧？”

“你不是拿着我的护照吗？”

“我不是在核对你的护照。我问的，是你的民族、你的血统。你是意大利人后裔吗？或是移民，比如，中东移民，或是北非移民？”

“我是意大利人。”她向他确认道。

第二名警官从大众车里爬出来，摇摇头。问讯者将护照递还给她。“抱歉耽误您时间了，”他说，“旅途愉快。”

基娅拉爬上大众车的驾驶座，挂上挡，开过了边境线。泪水流下来，如释重负的泪，气愤的泪。道路模糊了，前面车辆的尾灯变成了两行红线。泪还在不断地流。

“为了你，艾琳，”她大声说道，“这都是为你做的。”

米库洛夫火车站坐落在老城镇的下端，就在山坡和平原接壤的地方。喀尔巴阡山脉里喷涌出来的风，几乎从不间断地蹂躏着它仅有的一座月台。车站还配有一座碎石遍布的破败停车场，一到雨天它就会变成池塘。售票处附近有一座画满涂鸦的公共汽车棚，就在那里，在背风处，加百列等待着，双手插在防水布夹克的口袋里。

他抬头看见厢式货车开进了停车场，车轮碾压着石子路面。他等车停稳了，这才走出雨棚，走进雨里。基娅拉伸臂为他打开了副驾驶一侧的车门。车头灯照过来，他看见她的脸濡湿了。

“你没事吧？”

“我挺好。”

“你要我来开车吗？”

“不，我能行。”

“你确定吗？”

“上车吧，我实在受不了和那老东西单独待在车里了。”

他上了车，关上门。基娅拉调转车头，重新开上公路。片刻后，他们向北疾驶，进入了喀尔巴阡山脉。

历时半个小时，他们才抵达布尔诺，又过了一个小时，才到俄斯特拉发。其间加百列两次打开隔舱门，查看拉德克。将近八点钟他们才来到波兰边境。这一次没有安检，没有排队，只有一只手从砖墙窗口里伸出来，示意他们过境。

加百列爬到车后，将拉德克从隔舱里拽出来。接着他拉开储物抽屉，取出注射器。这一支装满了弱剂量的兴奋剂，强度仅够使他恢复知觉。加百列将针头刺入拉德克的胳膊，推入药剂，随即拔出，在创口涂上酒精。拉德克慢慢睁开眼睛。他查看了一番四周，然后将目光落在加百列脸上。

“艾隆？”他隔着氧气罩嘟囔着。

加百列慢慢地点点头。

“你要带我去哪里？”

加百列什么也没说。

“我要死了吗？”他问道，然而还不等加百列答话，他已经失去了知觉。

37

东部波兰

清醒与昏迷之间的阻隔，犹如一道幕布，隔着它，他可以任意出入。他不知道在这道幕布内外穿行了多少次。时间，犹如他的漫长生命，已经不再归他掌管。他在维也纳美丽的寓所，似乎是别人的，坐落在另一个人的城市里。他对以色列人大声喊出自己真名实姓的那一刻，有些事情发生了改变。此时路德维格·沃格尔对他来说就像个陌生人，像一个与他相识但多年未见过的人。他又变回了拉德克。不幸的是，时间并未善待他。英挺的黑衣男子如今变成了弱小、软瘫的阶下囚。

犹太人把他留在了折叠床上。他的双手和双脚脚踝被银色包装胶带缚住，身体被皮带绑定，犹如一个精神病人。他的双手手腕成了清醒和昏迷之间的一道门户。他的手腕只能转到某个角度为止，再多一点胶带就会将他的皮肉勒疼。他有时候会从幕布后走出来，回到现实王国。做梦？把这些景象称作梦，合适吗？不，它们太真切了，太清晰了。它们是记忆，他控制不了它们。他所能做的，只能用犹太人的胶带纸勒痛自己，如此才能使它们中断片刻。

他的脸离窗户不远，玻璃尚能透光。醒来的时候，他可以看见没有尽头的黑色乡村，黑暗中沉睡的村庄。他还能读出路牌上的地名，不过用不着路牌他也知道他在哪里。曾经，在另外一段人生里，他曾经统治着这片土地上的夜晚。他记得这条路：达克瑙、祖科瓦、纳洛尔……他还说得出下一个村庄的名字，不用等它掠过窗前：贝尔泽克……

他闭上眼睛。为何是现在呢，在过去这么多年后？战争过去后，一直没有人格外关注这位在乌克兰服过役的党卫军军官——当然，除了俄国人。曾几何时，他的名字浮出水面，有人发现了他同万湖会议之间的联系，那时候，格伦将军安排了他的逃生和隐匿。他的旧日生涯就此藏在了身后。他获得了上帝、教会甚至是敌人的原谅，他们都热切地向他开启方便之门，因为他们感到了犹太-布尔什维克的威胁。各国政府很快便不再热衷于起诉那些所谓的战争罪犯。西蒙·维森塔尔[①]是个业余选手，只会盯着艾希曼和门格勒这样的大鱼，无意之间却帮了像他这样的小鱼，让他们有机会找到避难所。当时出现过一次严重的危机。二十世纪七十年代中期有一名美国记者，当然，又是犹太人，来到维也纳，问了过多的问题。在南下前往萨尔茨堡的路上，记者一头栽进了峡谷里，威胁就此消除了。拉德克下手的时候丝毫没有犹豫。也许当初他一觉察到麻烦的苗头，就该立即将麦克斯·克莱恩也扔进峡谷。当天他就在中央咖啡馆注意到克莱恩了，接下来的几天也一直发现此人不太对劲。他的直觉告诉他有麻烦。可他犹豫了。接着克莱恩把自己的故事告诉了犹太人拉泻，到那会儿已经太晚了。

他再次穿过幕布。他来到了柏林，坐在了盖世太保头目、集团长海因里希·缪勒的办公室里。缪勒剔了剔牙齿间的午餐，向他挥舞着一封来自外国事务办公室的信。那是1942年。

“有关东部行动的传言似乎已经传到了敌人那里。瓦尔特高地区

---

① 西蒙·维森塔尔（Simon Wiesenthal）：曾将一千多名纳粹战犯送上法庭，有“纳粹猎手”之称。

有一个地方也出现了问题。有人投诉说出现了某种污染。”

“我可否问一个直接的问题，集团长先生？即便传言传到了西边，那又怎么样呢？谁又会相信这种事情是真的呢？”

“谣言是一回事，埃瑞克。要是有证据就完全不同了。”

“谁能发现得了证据？愚蠢的波兰人？斜眼角的乌克兰污水工人？”

“也许是那些叫伊万的家伙。”

“俄国人？他们怎么可能……”

缪勒举起一只泥水匠的手。打住，讨论停止。随即他就明白了。元首在俄国的战事不如预计的顺利。东方的胜利再也不是确定无疑的事情了。

缪勒一欠身：“我真想送你去地狱，埃瑞克。我真想把你这张日耳曼人的脸塞进粪堆里，让你再也见不到天日。”

“我该如何报答您的厚爱呢，集团长先生？”

“把烂摊子收拾干净。彻底。所有的地方。你的职责就是让传言永远只是个传言。行动结束后，我要你成为唯一的活口。”

他又醒了。缪勒的脸孔变成了波兰的夜幕，真奇怪，不是吗？他对万湖会议的真正贡献不是杀戮，而是收摊和保密。不过现在，经过了六十年的漫漫岁月，他的麻烦终于来了，就因为当初在那个奥斯威辛的星期天，他在酒后玩了那场“游戏”。1005行动？不错，那出戏是他唱的。不过，不应该有犹太幸存者出来指证，证明他就站在万人坑边上，那是因为根本就不应该有幸存者。他做得很彻底。早该有人提醒艾希曼和希姆莱，让他们也把事情做绝的。他们太蠢了，留下太多的活口。

一段记忆回放出来。那是1945年1月，一队衣衫褴褛镣铐锒铛的犹太人脚步蹒跚地走着。那条路很像眼前的这条路。那是条始于比克瑙的路。数以千计的犹太人，人人都有一肚皮的故事，人人都是见证者。他曾提议过，要在撤离前清洗全营的犯人。他得到的回应是不行。因为帝国内部急需奴隶充作劳力。劳力？从比克瑙出发的大多数犹太人连路都走不动，更别说抡斧头挥铁锹了。他们不适合做劳力，只能沦为屠杀对象。他亲手杀过不少。为什么，看在上帝的份上，他们为什么命令他清理万人坑，然后允许数以千计的证人走出比克瑙这样的地方？

他强迫自己睁开眼睛，盯着窗外。他们正沿着河岸行驶，快到乌克兰边境了。他认识这条河，骨灰之河，尸骨之河。他不知道这条布格河里淹没的，是几万人，还是几十万人。

到了一座废弃的村庄：乌拉斯克。他想到了彼得曾经提出过警告。“如果我成了竞选总理的热门人选，”彼得曾说，“有人会想尽办法揭露我们的。”他知道彼得说得没错，但他也深信自己能够对付得了任何威胁。他错了，如今他的儿子将面临难以想象的选举丑闻，这全都是因为他。如今就好像犹太人将彼得带到万人坑的边上，将枪口抵住了他的头。拉德克不知道自己有没有能力阻止他们扣动扳机，不知道自己能不能再完成一次交易，组织一场最终的逃亡。

这个犹太人，他干吗用这双不依不饶的绿眼睛瞪着我？他指望我怎样？道歉？跪下抹眼泪，温情泛滥？犹太人不懂，他怎会知道我根本不觉得我犯了罪？上帝的手在推动我，教会的教育在支持着我。难道不是牧师一直在教导我们，是犹太人谋杀了上帝吗？教皇和他的大主教们明知道我们在东边做的事情，不是照样默不作声吗？难道犹太人指望我现在就幡然悔悟，说我犯下了可怕的错误？那他为什么这样看着我？很熟悉，这样一双眼睛，他曾经在哪里见过。也许是因为他们给他用了药物，他什么也不能确定了。他甚至不敢肯定自己是否还活着。也许他已经死了，也许是他的灵魂正在布格河上游荡，也许此地就是地狱。

又一座村庄：沃拉乌拉斯克。他知道下一座村庄是什么：索比堡……

他闭上眼睛，天鹅绒幕布再次裹住了他。那是在1942年春，他驱车离开基辅，行驶在日托米尔公路上，旁边坐着一位流动屠杀分队的司令。他们前往一座山谷，去查看那里出现的泄密问题。那个地方，乌克兰人称之为巴比亚。他们到达的时候，太阳正亲吻着地平线，黄昏已近了。不过，还有足够的光亮让他们看清谷底出现的奇怪现象。大地似乎得了癫痫症，泥土在抽搐，气体喷向空中，伴着恶臭的液体一阵阵涌出地表。是腐臭！耶稣啊，尸体的腐臭。他能闻见。

“什么时候开始的？”

“冬天过去后不久。地面解冻，然后尸体也解冻了。他们腐烂得很快。”

“下面有多少尸体？”

“三万三千名犹太人，几名吉普赛人，还有些苏联俘虏。”

“在整个峡谷布置警戒线。我们尽快赶回来处理这个地方，不过现在有别的地点要优先处理。”

“什么别的地点？”

“一些你从来没听说过的地方：比克瑙、贝尔泽克、索比堡、特雷布林卡。我们在这里的工作算是结束了。别处，他们还要迎接新来的人。”

“你会如何处理眼前这个地方呢？”

“我们会挖开万人坑，烧掉尸体，然后碾碎骨头，将碎片散在树林里、河里。”

“焚烧三万三千具尸体？我们在杀人行动中尝试过。我们用过火焰喷射器，我的上帝啊。可是大规模露天焚烧是行不通的。”

“那是因为你没有修建一座合理的焚尸塔。在切尔姆诺，我已经证明这是可行的。相信我，柯特，有一天这个叫作巴比亚的地方，还有这里曾经居住过的犹太人，都会变成缥缈的传说。”

他扭转自己的手腕。这一次，疼痛没能让他醒过来。幕布拒绝打开。他继续困锁在记忆的牢笼里，在骨灰的河流里跋涉。

他们继续穿行在沉沉的夜里。时间里充满了回忆。胶带切断了他的血液循环，他感觉不到双手双脚的存在了。他一会儿热得发烧，一会儿冻得寒战。有一度他感觉车似乎停了，他嗅到了汽油。他们在加油吗？又或者，那仅仅是记忆中，铁轨上漏油的味道？

药物的作用终于褪去。现在他醒了，警觉了，而且意识到自己肯定没有死。犹太人流露出笃定的神态，可以推想行程将近结束。他们经过了谢德尔策，接着，在索科洛-博德拉斯科，他们转进了一条较窄小的乡村公路。下一站是迪堡，然后是科索拉奇。

他们开下了主路，驶上一条土路。货车抖动起来：砰砰……砰砰。那是旧铁轨，他心想着——它们还在呢，是啊。他们沿着土路驶入一片冷杉和白桦树林中，片刻后，他们在一处人工铺设的停车场上停下来。

第二辆车开进了空地，车头灯没有开。三个男人下了车，向厢式货车走过来。他认出了他们。他们就是在维也纳抓他的人。一个犹太人站在他头边，割断了胶带，松开了皮带。“来吧，”犹太人愉快地说，“咱们走走吧。”

38

波兰，特雷布林卡

他们沿着一条步道走进树林。开始下雪了。雪花轻轻穿过静止的空气，落在他们的肩上，好像从远处的篝火飘来的灰烬。加百列抓着拉德克的手肘。开始，拉德克的脚步趔趄，不过不多久，脚上的血液循环重新通畅，他坚持要自己走，不要加百列的撑扶。他沉重的呼吸凝固在空气里，那是一股酸腐而可怕的味道。

他们在林子里越走越深了，步道上铺满了沙子和细细的一层松针。奥代德走在前方几步之遥，然而隔着飘雪，竟然难以看见他的身影。泽尔曼和纳沃特一组，跟在他们后面。基娅拉留守，看护车辆。

他们停下来。树木之间有一处缺口，约有五码宽，向黑暗中伸展开去。加百列用一束手电光照亮了它。在路径一端的中央，等距离地竖立着几块大石头。这些石头标志着从前的警戒线。他们已经到达了集中营的外缘了。加百列关了手电，拽着拉德克的手肘。拉德克想要反抗，却随即向前绊了一跤。

“老实照我的话去做，拉德克，一切都好说。别想逃跑，因为你没路可逃。也别费劲儿喊救命。没人听得见你。”

“看见我害怕你就很开心吗？”

“说真的，那会让我恶心。我根本就不想碰你。我也不喜欢你说话的声音。”

“那你在这里干什么？”

“我只是要你看点东西。”

“这里没什么可看的，艾隆。只有一个波兰的纪念碑。”

“一点不错。”加百列狠狠地拽着他的手肘，“来吧，拉德克。快点。你必须走快点。我们的时间不多了。天很快就亮了。”

片刻后，他们再次停下了，眼前是一条没有了铁轨的铁路线，是早年从特雷布林卡通往营中的交通线。石碑见证了此地与往昔的联系，眼前新落的雪又将碑身凝固起来。他们沿着轨道线进入营区，来到了原先月台的位置。这个地方也同样用石碑标注出来了。

“你记得吗，拉德克？”

他静静地站着，张着嘴，他的呼吸急促而凌乱。

“快点吧，拉德克。我们知道你是谁，我们知道你做了什么。这次逃不掉的。玩花样、抵赖，全都没有用。合作点，没时间了，除非你不打算救你的儿子。”

拉德克慢慢地扭转了头。他的嘴上的线条绷紧了，目光变得十分痛苦。

“你们要伤害我的儿子？”

“确切地说，是你要伤害你的儿子。我们要做的，只是告诉全世界他的父亲是什么人，这就足以毁了他。就因为这个，你才在伊莱·拉冯的办公室装了炸弹——为了保护彼得。本来在奥地利这种国家，没人能碰你一根指头，你的旧账簿早就合上了。你本来是平安了，唯一能替你的罪还债的，就是你的儿子。就为了这个，你才出手，想杀了伊莱·拉冯。就为这个，你才谋杀了麦克斯·克莱恩。”

拉德克转过头，不看加百列，目光投向了沉沉的黑幕。

“你想要的是什么？你想知道什么？”

“告诉我当时的情况，拉德克。我读过文字材料，我看见了纪念碑，可我想象不出来实际的情况：怎么可能将一列火车的人都化成烟灰，只花四十五分钟呢？四十五分钟，赶尽杀绝，烟消云散，党卫军的人说到这个地方，不是常这样吹嘘的吗？一天一万两千名犹太人。统共八十万人。”

拉德克发出一声阴郁的怪笑，这一笑，倒好像他成了审讯官，正在对犯人的供述表示怀疑。加百列顿时觉得心头压上了一块石头。

“八十万？你从哪儿得到的这个数字？”

“这是波兰政府的官方估计。”

“一帮波兰劣等人，你难道指望他们能搞清楚这片树林里发生了什么？”他的语气突然间变了，变成了年富力强者在发号施令，“拜托，艾隆，如果我们要讨论这个问题，那就要依据事实，而不是听信那些波兰蠢货。八十万？”他居然一边摇头，一边露出了微笑，“不，不止八十万。实际数字比这高得多。”

突然一阵风起，扰动了树梢。在加百列听来，它好像水中的激流。拉德克伸出手，向加百列索要手电筒。加百列犹豫了。

“你不会认为我要用它来袭击你吧？”

“你能干出什么事情，我又不是不知道。”

“那是很久以前了。”

加百列将手电筒递给他。拉德克将光束指向左边，照亮了一排常青树。

“他们管这一带叫作低地营。党卫军指挥部就在那里。营区外缘的警戒线从它们后边穿过。在前面，有一条甬道，路边有灌木，春夏两季都会开花。你也许觉得难以置信，那里非常漂亮宜人。当然，还有很多树木。我们毁掉营地后种了很多树，当时它们还只是小树苗。

现在，它们完全长成了，很美。”

“有多少党卫军？”

“通常是四十人。犹太女孩子为他们打扫卫生，不过做饭的是三个波兰人，都是来自周围村庄的姑娘。”

“那乌克兰人呢？”

“他们的驻地在公路的另一侧，分住在五座营房里。斯坦格尔的房子就在它们中间，相隔两条公路。他有一座很可爱的花园，是一个维也纳人专门给他设计的。”

“不过新来的囚徒永远也看不到这块营区，对吧？”

“看不到，看不到，每一块营区之间都用围栏和松枝精心隔离。他们一到营地，看到的是一座普通的乡村火车站，还配着假造的发车时刻表。当然，不会有载客列车从特雷布林卡发出的。离开月台的都是空车。”

“这里原有座建筑，是不是？”

“那是用来伪装的，看起来就像一座普通火车站，其实是用来存放前一批囚徒身上的贵重物品。这个地方被称作车站广场。那里是进站广场，又称为分流广场。”

“你有没有见过刚入营的列车？”

“我和这方面的工作没有关系，不过当然，我见过他们刚到站的情况。”

“入营的套路有两种，是吧？从东欧来的犹太人，从西欧来的犹太人，分别对待？”

“是的，没错。对西欧来的犹太人，竭力伪装欺骗。没有鞭打，没有呵斥。他们被礼貌地请下车。穿制服的医疗人员等在进站广场上，为虚弱的人做治疗。”

“不过这些全都是烟幕弹。老弱病残立即就被带走射杀了。”

他点了点头。

“东方的犹太人呢？在月台上迎接他们的是什么？”

“是乌克兰人的皮鞭。”

“然后呢？”

拉德克抬起手电筒。光束划过了一块空地。

“在铁丝网后面有两座建筑物。一座是囚徒脱衣服的营房。在第二幢营房里，充当劳工的犹太人会为妇女剃光毛发。他们做完了活计就离开。”拉德克用手电筒照亮了一条步道，“这里有条通道，看上去像牛圈里赶牛用的畜槽，只有几英尺宽，两边用铁丝网和松树枝拦住。这就是所谓的‘管道’。”

“不过党卫军还给它起了个特别的名字，对吧？”

拉德克点点头：“他们管它叫‘天堂之路’。”

“那这条‘天堂之路’通向哪里呢？”

拉德克抬起了手电，光束随着升起来。“高地营，”他说，“也就是死亡营。”

他们往前走，进入一大块空地，这里堆着数以百计的大圆石，每一块石头代表一个在特雷布林卡遭到毁灭的犹太人社区。最大的一块上标着的是“华沙”。加百列望向石阵以外，那里是东方的天空，曙色已经微微地探出了头。

“‘天堂之路’直接通向一座砖结构的建筑，毒气室就设在里面。”拉德克打破了沉默，“每间毒气室是四米见方，起初只有三间，后来他们很快发现，他们需要更大的容量来满足日益增长的需要。于是又增加了十间。一部柴油发动机将一氧化碳烟雾吹入室内。三十分钟内就能造成窒息。然后，尸体被清除。”

“尸体是怎么处理的？”

“开始几个月，他们就埋在这外边，埋在万人坑里。但是很快，万人坑都满了，然后腐烂的尸体污染了整个营区。”

“这个时候你就出现了？”

“不是立刻。特雷布林卡是我们计划清单上的第四座集中营。我们首先清理了比克瑙营，然后是贝尔泽克和索比堡。直到1943年3月我们才来到特雷布林卡。我们一到……”他的嗓子哑了下去，“太可怕了。”

“你们做了什么？”

“我们挖开了万人坑，不在话下，又挖出了尸体。”

“用手挖的？”

他摇摇头：“我们有一种机械化的铲子。有了机器，我们工作起来就快多了。”

“这机器就是你们所谓的‘爪子’，对吧？”

“是的，没错。”

“尸体挖出来以后呢？”

“他们会在巨大的铁架上焚化。”

“你们给铁架也起了特殊的名字，是不是？”

“‘烤盘’，”拉德克说，“我们管它叫‘烤盘’。”

“尸体焚化以后呢？”

“我们把骸骨碾碎，埋进坑里，或是装车运到布格河，然后撒进河里。”

“原先的万人坑处理过之后，此后的尸体怎么办？”

“再往下，尸体直接从毒气室送到‘烤盘’。这种情况一直延续到当年的十月份，当时集中营要关闭了，所有的痕迹都要清理干净。这项行动持续了一年多一点。”

“即使如此，他们照样谋杀了八十万人。”

"不是八十万。"

"那是多少人？"

"超过一百万。不得了啊，对吧？超过一百万的大活人，在这么个弹丸之地，在波兰中部的森林深处。"

加百列拿回了手电，掏出了伯莱塔手枪。他用枪口将拉德克往前一顶。他们走上一条步道，从石阵中穿过。泽尔曼和纳沃特仍留在高地营。加百列能够听见奥代德的脚步声跟随在后面。

"祝贺你了，拉德克。因为你的工作，这里只能保留一座象征性的墓地了。"

"你现在就要杀了我吗？你想听的，我还没有告诉你吗？"

加百列推着他往前走："这个地方，说不定还能让你有几分自豪，可是对于我们，这里可是神圣的地方。你觉得我会让你的血污染了它吗？"

"既然如此，这又是为什么？你为何带我到这儿来？"

"你应该再看一眼这个地方。你需要看看犯罪现场，这样才能唤醒记忆，接下来才能接受审判。也唯有如此，你才能救得了你的儿子，免得让他为他的父亲蒙羞。你必须回到以色列，为你的罪恶付出代价。"

"那不是我的罪！我只是执行缪勒的命令，我只是负责清理残局！"

"你犯的杀戮够多了，拉德克。你还记得在奥斯威辛和麦克斯·克莱恩玩的小'游戏'吧？还有'死亡之旅'又作何解释？你也参与了，不是吗，拉德克？"

拉德克慢下脚步，扭回头。加百列往他的背心推了一把。他们来到一块长方形的凹陷地。这里是当年的火化坑所在地，如今已经被黑色玄武岩填满了。

“立刻杀了我吧，他妈的！不要带我去以色列！现在就下手，作个了断吧！而且，你最擅长这一手了，对不对，艾隆？”

“不是在这里，”加百列说，“不是在这个地方。你甚至都不配踏上这块土地，更别说死在这儿。”

拉德克膝盖一弯，跪在了坑前。

“如果我同意跟你走，等待我的是什么？”

“真相会等待着你，拉德克。你要站在以色列人民面前，承认你的罪行。你在1005行动中充当的角色，你在比克瑙谋杀的囚徒，你在‘死亡之旅’的途中干下的杀人勾当。你到底还记不记得你杀害的那些女孩子，拉德克？”

拉德克的头扭转过来：“你怎么会……”

加百列打断了他：“你不会因为你的罪恶而受到审判，不过你要在监狱里度过余生了。你在狱中服刑期间，必须同大屠杀纪念馆的人合作，彻底整理、记录1005行动的全部历史。你必须告诉抵赖的和怀疑的人，让他们知道你是怎样隐藏历史的，怎样为人类最大规模的屠杀销毁证据的。平生第一次，你将会吐露真相。”

“谁的真相，你们的还是我的？”

“真相是唯一的，拉德克。特雷布林卡就是真相。”

“我得到的回报是什么？”

“很丰厚，按理你是不配得到的，”加百列说道，“梅茨勒的血统身世，我们不会拆穿。”

“就为换来一个我，你们容忍一个极右翼的政治家当上奥地利的国家总理？”

“我有理由相信，梅茨勒会成为以色列和犹太人的挚友。他是绝不愿惹我们生气的。说到底，就算你死了许多年以后，我们手里照样攥着把柄，足以毁了他。”

“你们是怎么说服了美国人，让他们背叛了我？讹诈，我猜是的——犹太人的伎俩。不过一定还有其他手段。显然，你们承诺过，不再提起我加入格伦谍报组织的事情，也不提和中情局的媾和。我料想你们对真相下的本钱也就只有这么点儿了。”

“告诉我你的答复，拉德克。”

“我怎么能相信你，一个犹太人，凭什么相信你们会履行承诺？”

“你又读《先锋报》了是吗？脑子不清楚了？你只能相信我们，没有别的选择。”

“这样又有什么意义？能挽回死者的性命吗，哪怕是一条？”

“不能，”加百列承认道，“但是全世界会了解真相，而你会在适合的地方度过余生。接受条件吧，拉德克，为了你的儿子也得接受。就把它看作最后一次逃亡。”

“这些事不会永远沦为秘密的。有朝一日，真相还是会浮出水面的。”

“说到底，”加百列说道，“我想没人能藏得住真相。”

拉德克慢慢扭头，他用轻蔑的目光盯住了加百列：“你要真是个男人，就自己动手了断我。”他努力做出讥笑的表情，“说到真相，当初在行动现场也没人在乎，如今更不会有人在乎。”

他扭头看着万人坑。加百列将伯莱塔放回口袋，走开了。奥代德、泽尔曼和纳沃特一动不动地站在他身后的步道上。加百列同他们擦身而过，一语不发，径直穿过营地，直奔火车站而去。在走进树丛之前，他略一停步，回头看了看拉德克，只见他正在攀着奥代德的手臂，慢慢地站起来。

第四部

阿布·卡比尔的囚徒

39

以色列，雅法

将他关在何处的问题，引发了很大争议。勒夫认为他是个安全隐患，希望情报部门永远把他攥在手里。沙姆龙一如既往地唱反调，何况他也不希望自己钟爱的机构变成一座监狱。至于总理，他只是半开玩笑地建议，拉德克应该被强行押入内盖夫沙漠，让秃鹰和蝎子去啃他的老骨头。最终，加百列的意见占了上风。他说，像拉德克这种人，最好的惩罚莫过于波澜不惊，将他看作一名普通罪犯。他们在雅法市找了一处妥帖的地方，将拉德克锁在里面。那是一处警察局的拘留所，是英国人在托管期间留下来的一座建筑，而它所在的城区，依然保留着阿拉伯的名字——阿布·卡比尔。

七十二小时后，拉德克被捕的消息最终公之于众了。总理的公告十分简短，而且作了刻意的误导，尤其小心翼翼地避免给奥地利造成不必要的尴尬。总理称，经查明，拉德克以假身份作掩护，生活在某个国家。后经过谈判，该犯同意自愿前往以色列。依据协议条款，该犯将不会受到审判，因为依照以色列法律，唯一可能的判决结果就是死刑。故该犯将被终身行政拘留，并将做出实际的“认罪”行为——他将同大屠杀纪念馆和希伯来大学的历史学家团队合作，共同完成一份详尽的史料，彻底揭露1005行动的罪恶。

没有太多的吹嘘，也没有逮捕艾希曼之后的那种兴奋雀跃。事实上，拉德克被捕的消息不到几个小时就被掩盖了，因为一起自杀式爆炸袭击了耶路撒冷的一座市场，夺走了二十五人的生命。勒夫为此而产生了一种扭曲的满足感，因为爆炸案从侧面证明了他的观点不无道理——这个国家还有比追捕陈年纳粹更重要的事情。他把这次行动称作“沙姆龙办的蠢事”，然而很快他就发现，自己部门的基层下属和他不是一条心。在扫罗王大道，拉德克的抓捕唤起了当年的热血豪情。勒夫随即调整立场，应和大众的情绪。然而为时已晚，人人都知道，拿下拉德克是“哨兵”和加百列一手策划的，而勒夫一直在处处作梗。勒夫在将士们心中地位落到了危险的边缘。

对于拉德克身份的保密工作做得十分敷衍了事，于是他是奥地利人的真相很快被拆穿了。捅破窗户纸的，是一盒他抵达阿布·卡比尔的录像带。奥地利媒体迅速而准确地认出此人是路德维格·沃格尔，是位颇有名气的奥地利商人。他真的是自愿离开维也纳的吗？如果不然，那他是不是从固若金汤的第一区豪宅里被人强行绑走的？接下来的日子里，报纸上充斥着各种推测，人们对沃格尔的神秘职业和政治关系做出种种猜想。媒体调查掀起的波澜危及了彼得·梅茨勒。改善奥地利政党联盟的雷娜特·霍夫曼发出了呼吁：要求正式调查沃格尔涉嫌参与战争问讯处炸弹袭击的案子；正式调查犹太老人麦克斯·克莱恩的神秘死亡事件。她提出的要求大部分石沉大海。炸弹是伊斯兰恐怖分子所为，这是政府的解答。至于麦克斯·克莱恩的不幸身亡，那是自杀。司法部长发话了，进一步调查，毫无意义。

拉德克事件的后续故事没有发生在维也纳，而是在巴黎。那里有一位长了霉的前任克格勃特工跳了出来，在法国电视节目里宣称，拉德克是莫斯科安插在维也纳的人。再往下，还有位前西德国家安全部的角色，如今在德国颇有点名气，他也声称拉德克是他们的人。

沙姆龙起初怀疑，这些都是刻意设计的假情报，为的是给中情局注射疫苗，免得被拉德克的病毒感染，惹一身臊——因为换了他，他就会这样做。然而接下来，他听说在中情局内部，也有人认为拉德克当初很可能吃里爬外，同两个营垒都有瓜葛。这番传言还引起了一阵慌乱。陈年旧账从尘封的档案中翻出来；一队前苏联的老把式匆匆聚在一起。一想到他在兰利的中情局同行们焦虑难安的样子，沙姆龙禁不住暗喜。沙姆龙说，拉德克如果真是个双重间谍，那才真应了天道轮回呢。阿德里安·卡特尔提出要求，希望拉德克同历史学家的事情一了，就立即对他展开调查。沙姆龙答复他说，以色列方面一定会充分考虑他们的要求。

阿布·卡比尔的囚徒对他引发的风暴基本上一无所知。对他的拘禁虽然不太严酷，却也与世隔绝。他把自己的囚室和衣物都打理得整齐、洁净，他领取自己的那份饮食，绝少抱怨。看守他的卫兵都觉得应该恨他，又恨不大起来。他的骨子里有警察的气质，狱卒们在他身上看到了他们熟悉的东西。他对待他们很有礼貌，于是也换来了同样的礼遇。他是个谜。他们在学校里都读到过他和他这种人的罪行，他们轮番在他的囚室周围转悠，就是为了看看他。拉德克越来越感到自己像是博物馆的一件展品。

他只提过一个要求：每天能读到一份报纸，以便跟进时事。这个要求一直传到了沙姆龙的案前。他同意了，只要是以色列报纸，不是德国发行的就行。每天早晨，一份《耶路撒冷邮报》会摆在他的早餐托盘里。他通常会跳过有关自己的新闻故事——大多都是些不实之词。他会直接翻到海外新闻，关注奥地利大选的进展。

为了完成见证实录，摩西·里弗林来探访过他几次。经决定，这些访问时段将被录像，并在以色列电视台的夜间节目里播出。随着首次播出的临近，拉德克似乎变得越来越焦躁。里弗林悄悄地向看守所所长提出，应该严防该犯意图自杀。走廊里增设了一名警卫，就站在拉德克的囚室旁边。拉德克起初为格外的监控而愤怒，不过很快就坦然接受了。

拉德克见证会的前一天，里弗林最后一次来访。他们在一起待了一个小时。拉德克魂不守舍，第一次表现得非常不合作。里弗林收拾起文件，招呼警卫打开囚室的门。

“我要见他，”拉德克突然说道，“问他能不能赏光来看我一次。告诉他我有几个问题想问他。”

“我不能作任何承诺，”里弗林说道，“我和他们没有……”

“只要提出要求就行了，”拉德克说道，“最坏的结果无非是他说不。”

沙姆龙强迫加百列留在以色列，直到拉德克见证会的那天。加百列尽管急着赶回威尼斯，终于还是不情愿地同意了。他住在锡安门附近的一座保密公寓里，每天早晨在亚美尼亚区的教堂钟声中醒来。他会坐在露台的阴影里，俯瞰老城的城墙，一边喝着咖啡，翻看着报纸。他紧密关注着拉德克事件的进展。沙姆龙的名字同此次抓捕事件一道出现在媒体上，而他却藏在幕后，他对此很满意。加百列生活在海外，用的是假身份，所以他用不着媒体为他扬名立万；而沙姆龙毕竟为国家奉献了一辈子，一个荣耀的终场谢幕是他当之无愧的。

日子慢慢过去，紧绷的弦松弛下来，加百列发觉拉德克越来越像个陌生人。尽管加百列天赋很高，有照相机般的记忆力，可是他现在得费好大力气才能回想起拉德克的面孔和嗓音。特雷布林卡似乎是噩梦中的情境，他不知道当初母亲是不是也体验过这一番滋味。拉德克是不是始终存在于她的记忆中，好像一个不请自来的不速客？或者，她是不是强迫自己回忆起了他的形象，为的是将它反映在画布上？那些遭遇过这个恶魔的人，是不是都有过同样的感受？也许正因为如此，那么多幸存者才会选择保持沉默。又或许，他们获得了仁慈的解脱，为了保护自己而故意忘却了那段痛苦的往事。还有一个想法不断地萦绕在他心头：如果当初在波兰的路边，拉德克没有残杀另外两个女孩子，而是杀了他的母亲，他自己就根本不存在了。于是，他对自己的存在也背上了罪恶感。

他能确定的只有一件事情——他还没有做好准备去忘却一切。所以，当有一天下午，一位勒夫的助手打来电话，问他愿不愿意将事件经过写成正式历史材料的时候，他欣然同意了。加百列接受了约请，但有个条件：他还要另外撰写一份删减版的事件全记录，保留在大屠杀纪念馆的档案室里。因为这样的文件要想公之于大众，一定会被反反复复地审查。于是他将解冻的日子预计为四十年后。加百列开始动笔了。

他在厨房的桌上写作，用的是一台机构提供的笔记本电脑。客厅沙发下面，藏着一台落地式保险柜。每天晚上，他都会将电脑锁在里面。他以前没有写作的经验，丁是，在直觉的驱使下，他采用了绘画的构思方式。他首先画底稿，从大处落墨，逸笔草草，不拘形式；接着，他慢慢地加入层层颜色。他使用的色彩很简朴，但是笔触很精心。日子一天天过去，拉德克的面孔重新出现在他脑海里，同他母亲的画作一样清晰。

他一直写作到午后，接着休息一下，步行到哈达萨大学医院。在那里，伊莱·拉冯经过一个月的昏迷，开始出现复苏的征兆。加百列每次会在拉冯身边坐一个小时左右，向他述说案件的前前后后。接着他就回公寓，然后一直工作到天黑。

有一天，他终于写完了报告，于是在医院一直逗留到了傍晚。

恰在此时，拉冯的眼睛睁开了。拉冯空空洞洞地盯着空中，过了一阵子，他的目光里再次显现出旧日那种好奇的神气。他眨眨眼睛，环顾着病房里陌生的景物，最后，终于盯住了加百列的脸。

“咱们在哪里？维也纳？”

“耶路撒冷。”

“你在这儿干吗？”

“我在为机构写份报告。”

“什么内容？”

“纳粹战犯埃瑞克·拉德克的抓捕实录。”

“拉德克？”

“他一直住在维也纳，化名路德维格·沃格尔。”

拉冯露出了微笑。“给我好好讲讲。”他嘟囔着。然而还不等加百列开口，他再次失去了知觉。

当夜加百列回到保密公寓的时候，录音电话的指示灯闪动着。他按下了播放键，却听见摩西·里弗林的声音。

“阿布·卡比尔的囚徒想和你谈谈。换了我我就让他去下地狱。你自己看着办吧。”

40

以色列，雅法

拘留所的四周是砂岩筑成的高墙，墙顶布置了带刺的铁网。加百列第二天一大早就来到了外层入口的大门前，并立即获准进入了。进入院内后，他穿过了一道用栅栏围成的通道。这让他联想起了特雷布林卡的那条“天堂之路”。一名狱官在走道另一端等待着他。他引着加百列进入一道安全门，接着进入了一间没有窗户，只有四堵煤砖墙的审讯室。拉德克像一尊雕像般坐在桌前，身穿见证会时穿的深色正装，系着领带。他的双手带了手铐，交叠着放在桌面上。他用一个几乎看不出来的点头向加百列打了招呼，却仍旧坐着没动。

“摘了手铐吧。”加百列吩咐狱官。

“这不合规程。”

加百列盯了狱官一眼，片刻后，手铐摘掉了。

“你很善于来这一套，”拉德克说道，“这是你的另一招心理战术吧？你是不是想宣示一下你对我的掌控？”

加百列拉出粗铁制的椅子，坐了下来：“我认为在目前的条件下，宣示不宣示的，已经毫无必要。”

“我想你是对的，”拉德克说道，“不过，我还是钦佩你，整件事情办得漂亮。真希望我也能干得和你一样好。”

“为谁？”加百列问道，“为美国人，还是俄国人？”

“你指的是那个叫别洛夫的蠢货传出来的流言？”

“他说的是真的吗？”

拉德克用沉默回答了加百列，几秒钟后，他的那双蓝眼睛里又闪出了些许旧日的刚猛：“谁要是像我那样长久地玩那样一场游戏，他就得争取许多盟友，制造许多谎言欺诈，到后来真话和谎言的分界在哪里，也很难分辨了。”

“别洛夫似乎确信他说的都是实情。”

“不错，不过我恐怕那只是一个笨蛋的自信而已。你要明白，以别洛夫的地位，他根本不可能知道真相。”拉德克换了话题，“我猜你读过今天早晨的报纸了？”

加百列点点头。

“他选举获胜的几率比预料的还要高。显然，我的被捕还为他添了一把柴。奥地利人一向不喜欢外人干预他们的家务事。”

“你还挺沾沾自喜的，是不是？”

“当然不是，”拉德克说道，“我只是后悔，我没有在特雷布林卡开出一个更苛刻的条件。也许我不应该那么轻易地同意了。我当时不确定彼得的选战会不会因为我的过去被揭露而受到影响。”

“有些事情在政治上的影响是很恶劣的，就算在奥地利这种国家也一样。”

“你低估我们了，艾隆。”

加百列任凭静默隔挡在他们之间。他已经开始后悔，觉得自己本不该来的。“摩西·里弗林说你要见我。”他不耐烦地说，“我的时间不多。”

拉德克稍稍挺直了些身体：“我不知道你能不能出于职业上的礼貌，允许我问几个问题。”

“那要看是什么问题，其实你我所属的行业并不相同，拉德克。”

“对，”拉德克说，“我是美国情报部门的特工，你是杀手。”

加百列站起来就要离去。拉德克举起一只手。“等等，”他说，“坐下，求你了。”

加百列转身回到座位上。

“我被绑架那天晚上，有个男的打电话到我的寓所……”

“你的意思是你被捕的时候？”

拉德克缩了缩脑袋：“好吧，被捕，被捕。我猜想那是位假冒的吧？”

加百列点点头。

“他很不错啊。他怎么能做到模仿克鲁兹的声音那么像的？”

“你没打算让我回答这个问题，对不对，拉德克？”加百列看了看表，“你不会大老远把我叫到雅法，就为了问这个问题吧？”

“不，”拉德克说道，“还有另外一个问题我想知道。我们在特雷布林卡的时候，你提到我参加了比克瑙囚犯的撤离工作。”

加百列打断了他：“拜托你，拉德克，事到如今了，可不可以别说得这么委婉了？那是‘死亡之旅’。”

拉德克沉默了一阵子：“你还提到我亲手杀了一些囚徒。”

“我知道你至少杀了两个女孩，”加百列说，“我还敢肯定还有更多。”

拉德克闭上眼睛点点头。“的确还有。”他恍恍惚惚地说，“还有很多。我记得很清楚，好像就是上星期的事。此前的一段时间，我就已经知道一切行将结束，不过直到那一刻，我看着那一队囚徒，走向帝国的……我才知道，时候到了，‘众神的黄昏’真的来了。”

“于是你开始杀人？”

他又点点头："他们派给我的任务，是保守这个恐怖的秘密，可他们却任凭好几千名目击证人活着从比克瑙走出来。我想你一定能想象我当时是什么感觉。"

"不，"加百列照实说道，"我根本不打算去想象你的感觉。"

"当时有个女孩，"拉德克说道，"我记得我问她，关于战争，她会对她的孩子说些什么。她的回答是，她会告诉他们真相。我命令她撒谎，她拒绝了。我杀了另外两个女孩，可她仍旧拒绝了我。不知出于什么原因，我放她走了。从那以后我也不再杀囚犯了。看着她的那双眼睛，我知道，杀人也毫无用处。"

加百列低头看着自己的双手，拒绝理会拉德克抛的诱饵。

"我猜那个女人是你的证人吧？"拉德克问道。

"是的。"

"真荒唐，"拉德克说道，"但是她有一双和你一样的眼睛。"

加百列抬起眼皮，犹豫了一下，然后说道："他们也这么对我说。"

"她是你的母亲吧？"

又是一阵犹豫，随后加百列据实以告。

"我想告诉你我很抱歉，"拉德克说，"可我知道道歉对你毫无意义。"

"你说得对，"加百列说，"所以就不必了。"

"那你是为了她才这样做的？"

"不，"加百列说道，"是为了所有的人。"

门开了。监狱长走进来，宣布时间到了，该去大屠杀纪念馆了。拉德克慢慢站起来，双手抬起。手铐戴上手腕的时候，他的双眼依然紧盯着加百列的脸。加百列一直陪他走到了监狱的门口，然后望着他穿过栅栏围成的通道，走上了一辆面包车的后座。他看够了。现在，他想做的只有忘记。

离开阿布·卡比尔之后，加百列驱车前往采法特，去看望吉奥娜。他们一道在艺术区的一间小小的烤肉咖啡馆里吃午饭。她想听他说说拉德克的事情，然而两小时前才刚刚摆脱了那个屠夫的加百列，此刻完全没有心情再提他了。加百列要求吉奥娜保证不将自己参与此案的事情说出去，接着他就匆匆转移了话题。

他们谈论了一阵子艺术，然后是政治，最后说到了加百列的生活。吉奥娜知道一处空置的公寓，距离她家只有几条街。那里地方足够大，可以安排下一间画室了，而且有上好的采光，是整个上加利利地区都罕有的。加百列说他一定会认真考虑，不过吉奥娜知道他只是敷衍自己而已。他的眼里重新闪出了不安分的火花。他准备再次踏上行程。

喝过咖啡后，加百列告诉她，他为母亲的画作找到了一个合适的去处。

"哪里？"

"大屠杀纪念馆里的美术馆。"

吉奥娜听后热泪盈眶。"太完美了。"她说道。

午餐用完后，他们爬上了吉奥娜寓所的鹅卵石台阶。她打开了储藏间的锁，小心翼翼地取出那些画作。他们花了一个小时，为纪念馆选了二十张最精彩的。吉奥娜又找出了两张画，其中有埃瑞克·拉德克的肖像。她问加百列如何处理它们。

"烧了吧。"他答道。

"不过它们现在多半会很值钱了。"

"不管它们值多少，"加百列说道，"我都再也不想看到这张脸了。"

吉奥娜帮他把入选的画装上汽车。他在浓云密布的天空下驱车赶回耶路撒冷。他首先去了大屠杀纪念馆，一名馆长接收了画作，然后就匆匆赶回去收看埃瑞克·拉德克的见证会。举国上下似乎都和他一样，正等着看直播。加百列驶过橄榄山一条条安静的街道。他在母亲墓碑前放了一颗石子，为她念诵了几句祈祷词。他在父亲碑前同样做了一遍。接着，加百列驱车来到机场，赶上了当晚的航班，飞往罗马。

41

威尼斯·维也纳

次日早晨，在卡纳雷吉欧区，弗朗西斯科·提埃坡罗走进圣乔凡尼礼拜堂，慢慢地从中殿中央穿过。他朝圣徒哲罗姆礼拜堂里瞥了一眼，只见帆布遮盖的工作台后面亮着灯。他悄步上前，用一只熊爪般的大手抓住了脚手架，狠狠地摇晃了一下。修画师掀开戴在头上的放大镜，像一只滴水嘴怪兽似的探头望着他。

“欢迎回家，马里奥，”提埃坡罗吆喝着，“我都开始为你担心了。你去了哪里？”

修画师重新戴好放大镜，目光又凝聚在贝利尼的大作上。

“我去收集艺术火花了，弗朗西斯科。”

收集火花？提埃坡罗知道多问无益。他最关心的，只是修画师终于回到威尼斯了。

“还有多久能完工？”

“三个月，”修画师说道，“也许四个月。”

“最好是三个月。”

“是啊，弗朗西斯科，我知道三个月比四个月好。不过你要总是摇晃架子，我就永远完不成了。”

“你不会又要计划着出差吧，啊，马里奥？”

“还要走最后一趟，”他说着，画笔悬在了画布前，“不过不会太久。我保证。”

“你每次都这么说。”

三周后，包裹由一名摩托车快递员送到了维也纳的第一行政区。修表匠亲自收了件。他在快递员的记录夹上签了名，又给了他一些小费。接着，他拿着包裹进了工作室，把它放在了桌上。

快递员爬上摩托车，疾驰而去，在街角处略微放慢了速度，仅仅是为了向坐在一辆雷诺轿车里的女人发出信号。那女人随即在手机上键入了一串号码，按下了拨出键。片刻后，修表匠接起了电话。

“我刚给你送钟了，”她说，“你收到了吗？”

“你是谁？”

“我是麦克斯·克莱恩的朋友，”她用耳语的声音说道，“还是伊莱·拉冯的朋友。还有蕾芙卡·加奇特和萨拉·格林伯格。”

她放低了电话，迅速按下了四个数字，随即，她及时地转过头，清楚地看到了一团耀眼的火球从修表匠的店门里面喷出来。

她把车从路边缓缓开出，双手在方向盘上颤抖着。她朝着环城大道驶去。加百列已经抛弃了摩托车，正在街角处等着她。她停下来，等着他上车，随后立刻驶上宽阔的大道，消融在夜色中的车流里。一辆国家警察的摩托车迎面疾驰而过，基娅拉只管盯着眼前的路面。

"你还好吧？"

"我觉得我要吐了。"

"是啊，我知道。你想让我来开车吗？"

"不，我能行。"

"引爆信号你应该让我来发的。"

"我不想让你又一次为了维也纳死亡事件担上责任。"她抹去了脸颊上的泪，"你听到爆炸时想到他们了吗？你想到莉亚和丹尼了吗？"

他犹豫了一阵，随后摇摇头。

"那你想到了什么？"

他伸手抹去了她另一边脸颊的泪，"你，基娅拉，"他柔声说道，"我想到的只有你。"

作者手记

《维也纳死亡事件》是相互联系的三部小说的最后一部。三本书都以大屠杀的遗留问题为题材。其中，《英国刺客》以纳粹劫掠艺术品，以及瑞士银行与之合作为背景；天主教教会在大屠杀中扮演的角色以及教皇庇护十二世对杀戮的沉默态度则激发了《梵蒂冈忏悔者》的灵感。

《维也纳死亡事件》同之前的几部书一样，也是大致以史实为基础的。海因里希·格罗斯的确是一名内科医生，其所在的斯珀格朗地诊所在战争期间臭名昭著。本书中提到，奥地利于2000年对他进行了一场半真半假的审判，这段情节完全与实际情况相符。同一年，奥地利遭到指责，称该国的多名警官和国家安全部门曾经为约尔格·海德尔和他的极右翼自由党工作，帮助他们诋毁批评者和政治对手。

1005行动确有其事。其所对应的，是纳粹的一项计划，内容为藏匿屠杀证据，销毁数以百万计的犹太罹难者遗骸。该行动的领导者是一位奥地利人，名叫保罗·博罗贝尔。他在纽伦堡接受审定罪，因其在流动屠杀队中所犯的罪行而被判死刑。1951年6月，他在兰斯贝格监狱被执行绞刑。关于他在1005行动中的所作所为，他从来没有受到过详细的讯问。

阿洛伊斯·胡德尔主教的确是圣玛利亚灵魂之母堂的神学院院长。他帮助过数百名纳粹战犯逃离欧洲，这其中包括特雷布林卡的营地长官，弗朗茨·斯坦格尔。梵蒂冈坚持称胡德尔主教的行为没有得到过教皇和元老院的同意，也没有通知过教皇或其他元老院高官。

当然，阿根廷是数以千计通缉战犯的最后目的地，其中为数不多的一些人至今仍有可能生活在那里。1994年，ABC的一个新闻记者团发现前党卫军军官埃瑞克·普利贝克大模大样地住在巴里洛切。在ABC通讯员山姆·唐纳德孙的询问下，他坦然承认了自己在1944年的阿尔德亚蒂山洞大屠杀中扮演的核心角色。普利贝克被引渡到了意大利，接受了审判，被判终身入狱。但是，他又得到允许，以“居家拘捕”的形式服刑。经过数年司法活动和上诉，天主教教会允许普利贝克到一间修道院居住。

在里程碑式的《1947年奥斯威辛幸存者见证录》里，奥尔佳·伦杰尔写道：“手上直接或间接沾了我们鲜血的每一个人，当然必须为其罪行还债，不然就是对数百万无辜亡灵的侮辱。”她饱含热情地诉求正义，然而却饱受冷漠与忽视。参与“最终方案”（即万湖会议）的屠夫和帮凶当中，只有很小一部分人受到了应有的惩罚。数以万计的凶手在国外的土地上找到了一处处避难所，这其中也包括美利坚合众国。另外一些人干脆回到故土，继续生活如常。有些人受雇于中情局的格伦将军谍报网络，这些人对冷战早期的美国对外政策施加了什么影响呢？真相或许永远不可能大白于天下了。

《国家阴谋5：巴勒斯坦军阀》即将出版，精彩预告：

贝佳斯花园附近的这条小胡同里，没有显出任何灾难来临的前兆。负责周边防御的意大利警察和保安正在斑驳的太阳底下懒洋洋地闲聊着。如同罗马的大多数外交部门一样，这里也有两个使馆，一个与意大利政府合作，另一个负责联系梵蒂冈。两个使馆都在工作时间接办事务，此时大使们都在各自的办公室里。

十点十五分，一个矮胖的耶稣会会士摇摇晃晃地从山坡上走下来，手里拿着一只公文包，里面是梵蒂冈国务秘书处下达的外交行动方针，其中包括了对以色列部队近期入侵伯利恒的谴责。这个胖胖的信使将文件交给了使馆工作人员，又气喘吁吁地朝坡上走去。过不了多久，这份文件将公之于世，其尖锐的措辞将使梵蒂冈尴尬上一阵子。这个信使是幸运的，如果他再晚来五分钟，恐怕就要和这份文件一同化为灰烬了。

而另外一些人就没那么走运了：比如说一家意大利电视台的工作人员，他们是就此次中东事件的声明前来采访大使的；又比如说一个当地的犹太人代表团，针对下周将在维罗纳举行的新纳粹会议，他们前来要求大使保证对此表达公开谴责；再比如说一对意大利夫妇，他们反感欧洲新兴反犹太主义，因此打算咨询一些移民以色列的信息。总共有十四人正簇拥在使馆入口处，等待魁梧的短发安检人员搜身。而就在此时，一辆白色的货运卡车右拐驶进了这条小胡同，然后开始了它的死亡加速，冲向大使馆。

大部分人在卡车出现前先听到了动静。在这样一个如此宁静的早晨，柴油机抽搐的咆哮声堪称暴力袭击。惊天动地的噪音引得意大利保安停止了闲聊，朝那边望去，在使馆门外聚集的十四人也纷纷扭头。那个矮胖的耶稣会会士正在街的另一端等巴士，他也把圆圆的脑袋从《罗马观察家报》中抬起来，朝发生骚乱的方向张望。

在斜坡的助力下，卡车开始了惊人的加速。拐弯时，巨大的载重偏向了两个车轮，车身险些侧翻。但它最终还是稳住了，笔直地冲向使馆区。

透过挡风玻璃，司机的面孔飞快地闪过，那是张年轻的脸，没有一点胡碴儿。他大张着嘴，双目圆睁，他似乎正一边死死地踩住油门，一边在对自己嘶吼着。不知为什么，雨刷也摆动着。

意大利安保人员立即作出反应：几个人躲到了钢筋混凝土障碍物后面，另一些人则扑向钢化玻璃造的保安岗。只有两名警官朝这辆疯狂的卡车开了火。车身上火光四溅，挡风玻璃支离破碎，但卡车丝毫没有减慢，反而加速撞向了使馆区。

事后，意大利保安机构受到了以色列政府的嘉奖，尤其难得的是，其中无一人擅离职守，虽然即使逃跑也改变不了他们已经注定的命运。

爆炸声从圣彼得广场传到西班牙广场，甚至传到了雅尼库鲁姆山。高层楼上的人们亲眼目睹了这难忘的一幕：橘红色的火球从贝佳斯别墅以北腾起，迅速化作了一团浓黑的蘑菇云。爆炸点方圆一英里内的窗户都被冲击波震得粉碎，附近教堂的彩色玻璃也不例外。梧桐树的树叶被纷纷震落，飞鸟在半空中猝死。地震监控中心的地质学家甚至怀疑罗马发生了一次中度地震。

这场爆炸事故中，意大利安保人员无一生还，遇难的还包括在使馆外等候的十四人，以及不巧离爆炸点最近的大使。然而，这并不是造成死亡人数最多的一辆车。那名梵蒂冈信使当时被爆炸的冲击力掀倒在地，他看到还有一辆车驶入了胡同。那是一辆蓝西亚轿车，载着四名男子飞驰而去，他以为那是警方的车正赶往现场。这位矮胖的神父站起身，穿过滚滚黑烟朝事故现场走去，希望能为伤亡者做些什么。然而，等待他的却是噩梦般的画面：蓝西亚的车门一齐打开了，车上那四个他以为是警官的男人开始向使馆区射击。那些在使馆建筑的废墟间挣扎求生的人们，被无情的子弹夺去了生命。

四名持枪男子同时停火，回到了蓝西亚车上。当他们撤离熊熊燃烧的使馆区时，其中一名恐怖分子举枪瞄准了那个耶稣会会士。神父在胸前画了个十字，准备迎接死亡。然而，这名恐怖分子只是笑了笑，便消失在了烟雾中。

图书在版编目（CIP）数据

国家阴谋4：维也纳死亡事件 / (美) 席尔瓦著；

王臻译. -- 北京 : 同心出版社, 2013.11

ISBN 978-7-5477-1103-3

Ⅰ. ①国… Ⅱ. ①席… ②王… Ⅲ. ①长篇小说—

美国—现代 Ⅳ. ①I712.45

中国版本图书馆CIP数据核字（2013）第266067号

图字：01-2013-6831号

国家阴谋4：维也纳死亡事件

出版发行：同心出版社
地　　址：北京市东城区东单三条 8-16 号 东方广场东配楼四层
邮　　编：100005
电　　话：发行部：（010）65255876
　　　　　总编室：（010）65252135-8043
网　　址：www.beijingtongxin.com
印　　刷：北京盛兰兄弟印刷装订有限公司
经　　销：各地新华书店
版　　次：2014 年 1 月第 1 版
　　　　　2014 年 1 月第 1 次印刷
开　　本：890 毫米 ×1270 毫米　1/32
印　　张：10
字　　数：250 千字
定　　价：36.00 元